贝多芬的骰子

贾晓伟 著

江苏凤凰文艺出版社
JIANGSU PHOENIX LITERATURE AND ART PUBLISHING, LTD

图书在版编目（CIP）数据

贝多芬的骰子 / 贾晓伟著 . — 南京：江苏凤凰文艺出版社，2017.10

ISBN 978-7-5594-1138-9

Ⅰ . ①贝… Ⅱ . ①贾… Ⅲ . ①随笔–作品集–中国–当代 Ⅳ . ① I267.1

中国版本图书馆 CIP 数据核字（2017）第 233348 号

书　　名	**贝多芬的骰子**
著　　者	贾晓伟
责任编辑	张　黎
出版发行	江苏凤凰文艺出版社
出版社地址	南京市中央路165号，邮编：210009
出版社网址	http://www.jswenyi.com
印　　刷	苏州越洋印刷有限公司
开　　本	652×960毫米　1/16
印　　张	19.75
字　　数	240千字
版　　次	2017年10月第1版　2017年10月第1次印刷
标准书号	ISBN 978-7-5594-1138-9
定　　价	45.00元

（江苏凤凰文艺版图书凡印刷、装订错误可随时向承印厂调换）

惚兮恍兮，其中有象；

恍兮惚兮，其中有物；

窈兮冥兮，其中有精；

其精甚真，其中有信。

——老子

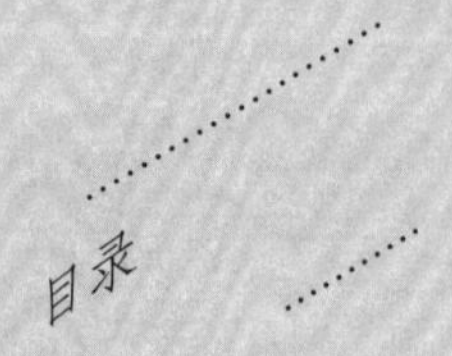
目录

第二辑　万花筒里的声音

序 世界被听见，还是被看见

一

如果说格里高利圣咏是西方音乐史的源头之一，巴赫的出现，不止呈现舒曼所言“创教者之于宗教”的意义，还是一种修辞学与形式上的终结。作为百科全书般的巨大存在，巴赫在内部结构方面的探索已经做到了极限，想象力不亚于牛顿、爱因斯坦与霍金这些物理学家及天文学家，甚至比他们更为深远，旷达，更具诗意——所谓灵魂之国的广大，越过了物质之国的限定。巴赫的音乐，既是那个夸克离子最小的“一”，又是恢弘宇宙一样的“无限”；是大地上的微物颗粒，也是灿烂星空，以及心中的那个“律令”。

这也许就是真的，听一千张唱片，一千首曲子，耳鼓如同开端与终极双重并合一的辨认者，总能找出巴赫在其间的投影。有人说，欧洲文明是从古希腊神庙那几根石柱升起的。不是吗?欧洲建筑美学的比例，空间构成，包括现代与后现代，包豪斯，柯布西耶以及赖特，泱泱大河的水流，来自古希腊人最初对世界的理解。由是观之，进步几乎就是幻象。后世的作曲家并不一定比巴赫知道与领会的更多。大师在开端已经接近完成了一切，其后就是“飞矢”动与不动的悖论。

我们是“迟来者”。古人明白的比我们多，源于他们离那个造物的“中心”更近。我们生存在先知阴影的震荡里，却不能老老实实地听命于这种震荡，恐惧并烦躁于世代相似而重复的生活，出走，流亡，直至一无所获时，才知道无可辩驳之物的存在。一如现代主义与后现代群落的音乐创作——他们逃离巴赫的方向，听命无调性与偶然论，成了流沙间的干涸之河，虚无主义与相对主义的祭品。表面上喧哗与骚动，其实他们从未动身，只是揪着自己的头发要离开地球。逃避重力的限定，也就没有重力与受苦意义上的救赎、恩泽。

从少即多、多也是少的角度来看，音乐听得越多，耳朵越觉出声音魔术的限定性。巴赫键盘音乐的几个小小片段，点线面的游戏与变化，包含了构造的全部奥秘，几乎是一个个物理公式、化学分子键、数学公理与几何图像集合。也许，一万本书是同一本书的变形，一万首诗是同一首诗，一万句话是同一句话。我在反复的倾听里，听到了声音不同的链接与深处的回声。一切的变化从开端来，听者是回声的传递者，也是营造者。这是有意逗留的迷宫与多棱镜里的魅惑，踌躇的时间越长，回声绵延，涟漪重重，自我在遗忘与丢失里成就了非我与无我的自在。

被穿透，在一种形式与序列里拥有的纯洁感，仿佛超越般的存在，在大地的故乡与灵魂的祖国里漫游。里尔克在《杜伊诺哀歌》的第十首里，写了超越生死的象征之境，一个“原苦”的国度。死者前行，穿过“悲伤王侯”贤明统治过的国土，泪树与忧愁之花盛开的原野，到了月光下的峡谷，听闻“喜悦之泉”。此“泉”即音乐；流到世间，则叫作“一条运载的河流”。

二

在当下的消费社会，古典音乐在声音界面所占的份额越来越少是不争的事实。究其根本，在于时代之门上的箴言变了。从前那个人文主义为本的世界，是赫拉克利特描述的世界。在20世纪，德谟克利特的“原子与虚空”说，毕达哥拉斯的“世界即数”说，压低了“人不能两次踏入同一条河流”的声音。相对论驱离了决定论。在音乐创作里，则是泛调性的十二音体系的流行与统治。也可以说，勋伯格的影子遮蔽了巴赫。

欣德米特攻击十二音体系，认为其违反了音乐的重力垂直原则。当牛顿被万有引力拽紧的苹果开始飘飞与漂移，人的形象脱离了大地，开始向宇宙空间寻求新的认知。其实以托马斯·曼写作《死于威尼斯》发轫，人文主义的消亡一直是世界性命题。茨威格的自杀源于二战时德累斯顿被炸，但战后德累斯顿照原样修复了自己，而那个文艺复兴的欧洲，启蒙时代的欧洲，从未摆脱“衰亡论”的阴影。巴特说“作者已死”，福柯说“人已死亡”，一切都在“终结”的咒语里。加了两撇胡子的蒙娜丽莎，更像帕斯卡尔对“人”的解读：既是光荣与神圣，也是宇宙里的垃圾与灰烬。

当旧时代歌唱上帝的选民，被制成一块块纳粹的集中营牌肥皂时，有人说“写诗是野蛮的”。启蒙，科技进步，当权者的狂想，世界的末日之境，已经在两次大战的时空帷幕间浮动。本雅明说科技向大地索要权力的“野蛮婚礼”正在举行，这必定会让俄狄浦斯在罪恶里自我流放的故事重演，骄傲与修筑堤坝的浮士德遭受天谴。而当年先知的预言，早就出现在许多作曲家的作品里，混合于瓦格纳歌剧主题——“世界将毁于火焰”的结论性叙事。巴赫的那种神学意义上“人”的谦卑与畏惧，由是让位于20世纪下半叶以来时代更为焦灼的命题。

当“人之为人”都缺乏认知与定位时，听古典音乐，是选择去当古老“人形”的呼应者，认定自己就是巴洛克与古典主义美学传承的后裔。

三

弥尔顿的《失乐园》与班扬的《天路历程》，探讨的是同一个问题：人的骄傲。骄傲，来自人性可能的自私、邪恶与黑暗，对世界与他人的不管不顾。当一代代生者失落真正的爱意，与世界一样伪善，乐园丧失之后，“人之为人”成了疑问。如今人人手执手机，在技术与人的结合里渴望到新的星球上居住的奇迹，科幻与各种电子游戏，让新人群在虚拟世界中不亦乐乎，直到屏幕里开火的武器有一天变成真的，暴力大笔触勾勒世界的日常风景。而全球都在等待人工智能的新发现，“美丽新世界”已然如斯。

如果强要寻找一个幸福时代的话，大约巴洛克到古典主义开始的那段时间可以入选。那是巴赫、海顿与莫扎特活跃的时期，其后的贝多芬以及瓦格纳，内心并不真正平静，而是充满人性深处的怒气与不祥。巴洛克与古典主义初期的序列音乐让大自然安静如画，作曲家的人性安然如怡，虽然大师们头戴扑粉的假发，但作品却内在幽深而宏大。我听那个时代的音乐，总能感到“人之为人”的神学抚慰，从作品里看见的是一个体量中等、眼神平和的“人”。但这种抚慰，不久就被其后到来的高大人形打破，“人的终结”与“世界的终结”这些大命题已被“高大人形”解读过了。他们逼近了造物主开端的密室，以及世界命运的塔罗牌牌屋。他们是“英雄”般的存在，高头大马，无可阻挡。而古典音乐的核心处，则是一架赞美者谦恭的管风琴，与一个看似渺小的弹奏者。

由此开始，古典音乐慢慢吹响了《启示录》里的末日号角，而不是传达《创世纪》里此地渊面黑暗、“要有光”的声音。

四

一百年前的托尔斯泰主义，并非把贵族庄园的财富分给穷人，简单地重回农耕生活，寂灭文学而独尊神学这么简单。托尔斯泰的“复活”，是“人”的复活与“二次诞生”，是对“人的骄傲”的宣战。大师晚年追寻生命的本真面目，回归朴素而谦卑的人性。尽管写了《克莱采奏鸣曲》，但托氏对诸多大师音乐里的“僭越”与“骄傲”大加挞伐，几近失去公平。他给中国人写信，反对任何所谓的革命与进步。

当少年兰波到北非与西亚一带流浪，拒绝诗歌王子的名号，进入文化的主流殿堂；托尔斯泰李尔王般独行远方，要求拿掉文学之王的冠冕而逊位，一个迅速变化的世界，带来的雨云气味被他们及早嗅到了。这是雅里的“乌布王”降临的时代。叶芝说，野蛮的神追逐着我们，一种可怕的美已经诞生。

诞生了什么？不过是荒谬，虚无，沉沦，腌渍，伴随这种感觉的，是“人是物”“人是机器”“人是信息”等新式箴言，以及“我死故我在”“我刷故我在”的调侃。在世界与人的双重异化与解体的过程中，听古典的意味也就愈加明确，即在诗学、美学与神学三位一体的声音构成里，保持一张人文主义的面容，厮守古老的感情母体，不让古老而丰盈的知觉受到破坏。这是一重艰难的自我实践。

托尔斯泰要人们逃离欲望，到简朴的生活里寻求自由，从而感受泥土的气味，四时的运作。只有这样，牛顿的那只苹果才会被大地握住，由是栖息在大地之上，而不是在云里，风里，雾里，看不清道不明自己的存在。梵高的“农鞋”才可以被读解，取代那双沃霍尔的粉色高跟鞋——后现代的核心意象。

五

20世纪下半叶的作曲家里，波兰的潘德雷斯基是一个重要坐标。他多次参加北京国际音乐节，是欧洲当代音乐的希望。潘氏写宗教作品，而神学是古典音乐的根，大厦的基石。与他相比，亨策迷恋意识形态与革命，凯奇主张相对主义，斯托克豪森推崇激进美学，克拉姆完成古典与其他音乐形式的拼贴。而我一直认为，唯有宗教作品才可以让声音真正“聚合”在信仰与心灵的祭台上，而非“离散”于沙化的世界与荒原深处。

在神学的天空或深渊里，“人之为人”这个命题才能得到解答。生物学与病理学无从释疑一个人的生死爱欲。没有神学这根脊椎，人，无从站稳。社会学与政治经济学里那个“人”，只是符号与数字。这一切，道出的只是“小逻辑”里的人，而“大逻辑”的那个人，必须从“受难曲”与“安魂曲”里寻找对位。

2015年冬天，对梅西安的发现对我是种安慰。他比潘德雷斯基更为宗教化，几十年来在巴黎的三一教堂弹奏管风琴，还从事教学，写了大量天主教作品。梅西安这个生于法国，终生喜欢记录鸟鸣的音乐家，是巴赫的再生。尽管斯特拉文斯基等大师对他的宗教情怀与许多建基于鸟鸣记录上的作品不以为然，但回归神学，是古典音乐“复活”最为稳健的路径。

六

1932 年 8 月，爱因斯坦在《我的信仰声明》里写到：“人类最美丽和最深刻的生命体验是感知神秘事物，这也是宗教和所有艺术与科学更深探索的基础。没有这种体验的人，虽然不能说就是个死人，但我觉得他至少是个盲人……所谓宗教虔诚，就是感觉到在我们的生命体验背后隐藏着我们精神无法达到的东西，其美丽与崇高我们只能间接在微弱的反光中窥得。正是在这个意义上，可以说我的信仰是宗教性的。仅仅充满惊奇地预感到这些神秘的存在，并谦恭地在精神上隐隐约约地试着描绘存在的崇高造物，我就已经心满意足了。”

感知神秘与造物主的美丽与崇高，其实是一种爱的激情。古典音乐的创造乃爱的一个个范例。财富的神话、权力的神话，最终都会灰飞烟灭，但音乐里爱的情感重量与质量不会消失，涌动不息，绵延不止。

七

“两千五百年来，西方知识界尝试观察这世界，未能明白世界不是给眼睛看的，而是给耳朵倾听的。它不能看得懂，却可以听得见。”一个名叫阿达利的法国人如是说。

也许，世界真正的统治者是声音。不止语言是存在的家园，声音更是如此。反对瓦格纳的尼采说，音乐注定是傍晚的艺术，那时听觉最敏锐。梅西安所描绘鸟鸣的黄昏时分，与黎明时一样热烈，“我在”与“我是”的呼叫，在树枝顶与屋檐上传达着谁也忽视不了诋毁不了的神意。它是巴什拉“梦想的诗学”。

当斯芬克斯静听尼罗河的声音与流沙的声音，地底的法老，也可如是我闻。宇宙和声在“梦里”，尽管尼采说听到这种和声的人是耳朵出了毛病。但万千星斗归于“一”，万物都是近邻，在耳聋的贝多芬的笔下，《欢乐颂》指向高处，合唱的声音，瞬间像一座古希腊神殿升入半空。在此，音乐超越了声学事实本身，我们在他人与他国的声音里认出了自己与世界，前世与今生。

最终不能被实证的，永远隐匿着伟大。音乐绵延，回流太空，如同终极震荡，无时无刻不在音乐里让我们静观并感受着自身。

贾晓伟

2017 年 5 月于北京

第一辑

掷出的骰子

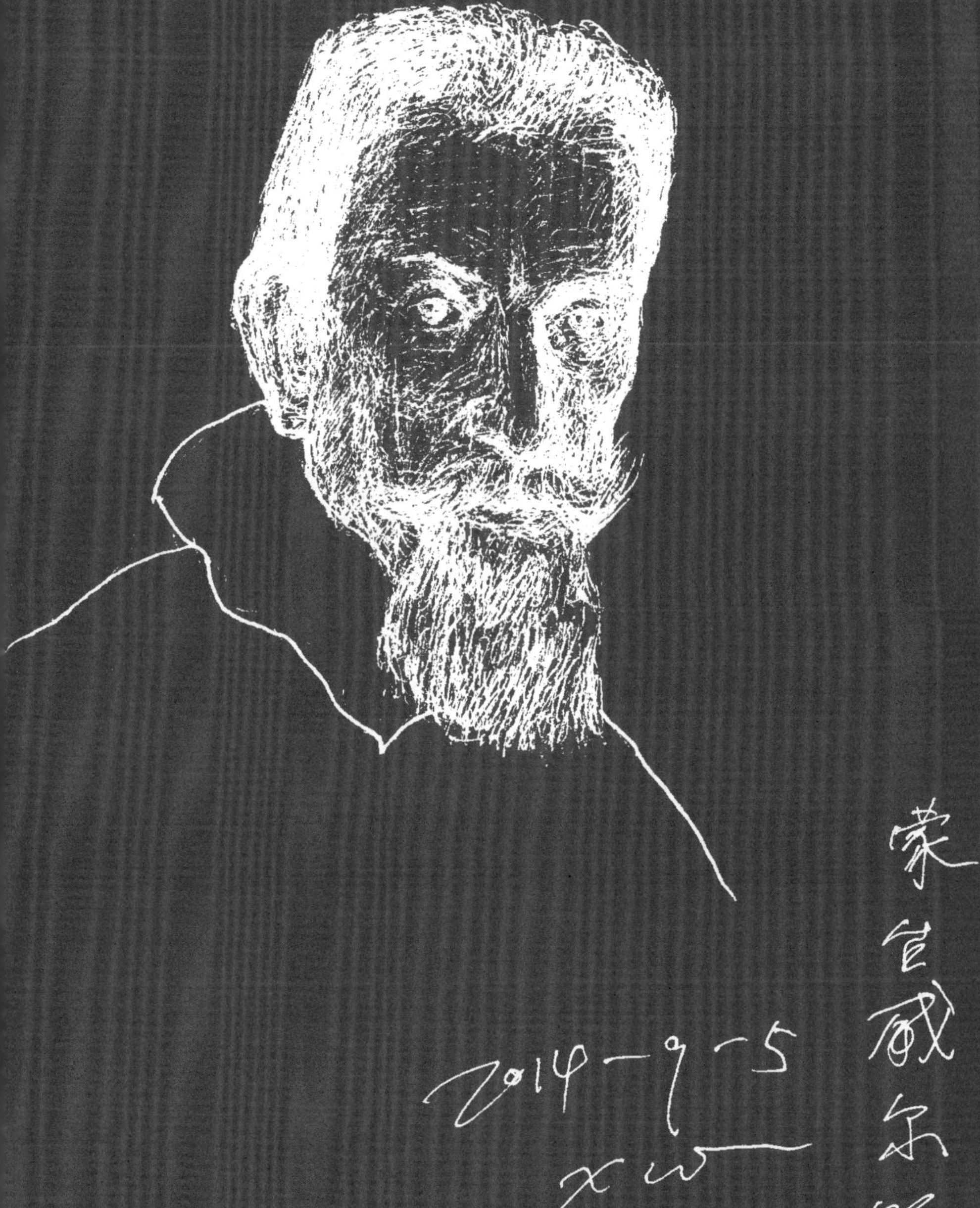

线描　蒙特威尔第像

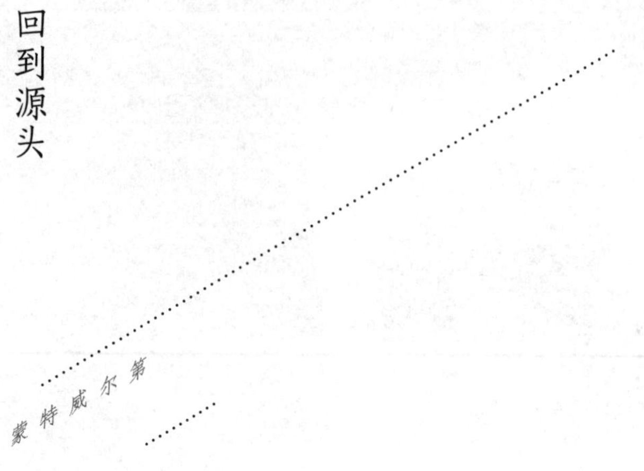

回到源头

蒙特威尔第

蒙特威尔第在国内的译名里，有时翻译成蒙泰威尔第或蒙台威尔第。他是西方音乐史第一个作为大师记录在案的作曲家，也是今天世界范围内还被时常演奏作品的音乐史的开端人物。十几年前，西班牙巴塞罗那歌剧院上演他的歌剧《奥菲欧》，引起热评。在那场演出里，奥菲欧这个穿越世间与冥府的灵知人物，手拿竖琴歌唱，感动听众。他与爱人尤丽狄茜的故事震撼今人，说明了一点：蒙特威尔第在十七世纪写下的歌剧具有先锋意义，他的音乐美学仍指向当下。爱情、死亡与通灵的主题是永恒的。

蒙特威尔第生于意大利，被誉为现代歌剧之父。他长寿的一生中写有十几部歌剧，今天存世的已经不多。其为乐迷津津乐道的《神圣圣母的晚祷》，虽为宗教作品（1990 年由知名指挥家约翰·加迪纳录制，复活古乐的知名版本），却一直是收藏并认识蒙特威尔第的首选。约翰·加迪纳要求演奏者与歌唱者接近作曲家当年创作时使用的乐器，以原始文本为准。

我们听这部作品的 CD，能够原汁原味地感受蒙特威尔第时代乐器演奏的特点。人声在这部作品里充当主角，尽管当时的歌唱方式还有格里高利圣咏的特点，但已充满了文艺复兴时期人的气息。人物在这里不仅是宗教内容里的符号，还是一个朝向大自然的歌者形象。可以这么说，从蒙特威尔第开始，歌唱者有了活生生的人的特点，他既像文艺复兴时期的米开朗琪罗，也近似古希腊的悲剧剧作家埃斯库罗斯。蒙特威尔第的作品有古希腊的悲剧精神，又充满文艺复兴时期的气息。在唱片里，那些男女歌者的声音纯洁而迷人，不再只是针对教堂顶端的那个上帝；歌声的云朵穿过了教会的院墙，抒发自由。

作为一位革新者，蒙特威尔第是第一个真正意义上在音乐中“我手写我心”的西方大师。当年他的作品被指责为不和谐，情感上过于感伤，背离传统。但今天听来，这些作品充满了巴洛克早期的特点，许多旋律表情生动，线条复杂，充满复调，为巴赫等作曲家铺设道路，留下丰富的遗产。

蒙特威尔第的作品一直被音乐史确定为16世纪与17世纪之间，文艺复兴与巴洛克相混合的声乐风景，他却在那个时代充满了浪漫色彩。很多研究者认为，蒙特威尔第之所以有当代性，在于其乐章通常从一个调子意外转向另一个调子，惊险而大胆。他最后一部歌剧《波佩阿的加冕》是当下录音界的新宠，曾有多个版本，成为早期音乐的经典。

蒙特威尔第对后来歌剧的影响力非凡，曾被格鲁克与柏辽兹模仿，尤其是柏辽兹写的“奥菲欧”，在19世纪中期的巴黎歌剧院引起轰动。蒙特威尔第的作品今天听来虽然戏剧冲突不够，但那种情绪的哀婉，仍具有穿透力。他是第一个使人声与乐器完美结合的大师。

在被遗忘近三百年后，蒙特威尔第于二十世纪中叶被重新发掘，当作巴赫前的大师受人膜拜。这个后半生几乎全部待在威尼斯教堂里的乐师，成了西方音乐史的领衔人物。关于他的再生，美国乐评家勋伯格说，这是音乐史风水轮流转的结果。

我个人十分喜欢蒙特威尔第《神圣圣母的晚祷》。作为歌剧的源头作品，该剧像是由神剧向人剧转变的一汪人声泉水。听它，再想想莫扎特富丽堂皇的歌剧，真会觉得歌唱这种形式的大变革。在今天我们遇到的世界世俗化的进程里，不到三百年间，神已遭驱逐，人的位置也随之降低。蒙特威尔第作为把人呼唤上来的使者，如何传达神人之间关系的诡秘呢？倾听《神圣圣母的晚祷》，如同听到大江大河源头的淙淙水声，但当大江大河从高地缓缓向低处流去时，神性在这一进程中也被磨蚀得一干二净。

今天，如果我们感叹后来的音乐语言不够纯净时，那就回到源头，啜饮蒙特威尔第作品的那片净水所在吧。听《神圣圣母的晚祷》，能够感受净光与净水的存在。他有幸生活在一个神与人还两相结合的年代，而文艺复兴之后，人的形象被放大之际，水中倒影开始不清晰了。

线描　巴赫像

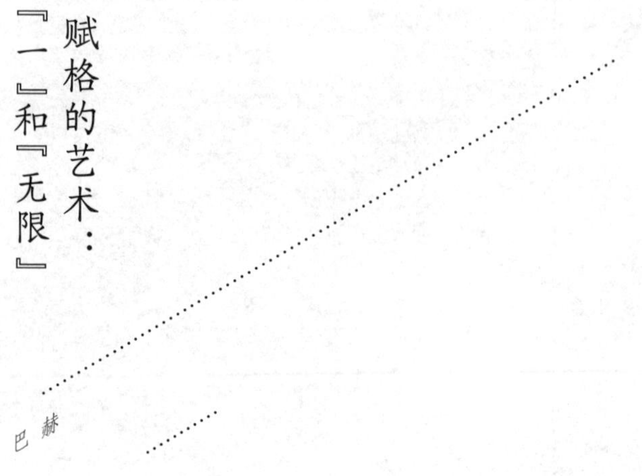

赋格的艺术：『一』和『无限』

巴赫

20世纪80年代，曾有一套名叫“走向未来”的丛书，深深地影响过国人。这套四川出版、白色封面的图书，有一本叫《GEB：一条永恒的金带》。作者所言，虽大多从译文而来，但行文中所谈的奥地利数理学家哥德尔、荷兰画家埃舍尔与德国作曲家巴赫，从数学、图像以及音乐三个维度讨论的大命题，让人倍感神秘与不解。1997年，商务印书馆推出了这本书的真正译本，作者的汉语名字叫侯世达，书名是《哥德尔、埃舍尔、巴赫：集异璧之大成》。该书曾获美国科普类著作普利策奖，一时间名声非凡，被视为穿越数学、图像与音乐三者的奇特著作。

今天看来，无论奥地利的数理学家哥德尔，还是荷兰画家埃舍尔，所谓的“G”和“E”，其存在的价值完全依赖于“B”——德国作曲家巴赫；音乐，高于数学与图像，由此得到了再一次证明。用数理逻辑这种理性的方式解读世界与万物的内在构成，或以图像的形式破译时空的神秘，都不如向上与虔诚的感情——那种巴赫表达方式所完成的作品更为准确，更为真实。哥德尔与埃舍尔表达的，是数理逻辑与图像表达的有限性，唯物者的见识，只有巴赫以其基于感受之上的宗教感情，温暖听者的耳朵。“一”和“无限”的关系在此十分轻松地得到表达，耳鼓藉此辨认造物者的神秘。

巴赫表达“一”和“无限”的关系时，通常运用赋格。他是迄今为止最牛的赋格高手，对此几近痴迷。有人说，巴赫的临终作品《赋格的艺术》，是他关于音乐构成可能性的遗言。在这部作品里，巴赫试图运用最简单的音乐主题，展向无限。它表面听来平淡无奇，但其多重赋格的交织，如同一体多面的棱镜层层发展，彼此相关，交插。而与此相比，哥德尔与埃舍尔所表达的数理逻辑与图像，给我们的感觉是通向无限道路上的停滞。唯有音乐这种既“在”又“流”的艺术，使“一”和“无限”的之间的关系变得如此容易并言简意赅。按照德国巴赫学者史怀哲的说法，《赋格的艺术》并不追求更高的神学意义，作为非宗教作品，它是老年巴赫一生的总结，“一”和“无限”之间的关系说明。德国另一位学者艾达姆在《巴赫传》一书中对此不以为然，认为史怀哲并没有理解《赋格的艺术》中的真正含义，把巴赫此间传达的意义拘泥了。他认为史怀哲贬低了《赋格的艺术》。在我听来，《赋格的艺术》的确是巴赫的一生总结，他的“荣耀上帝”的人生信条在这里得到了充分体现。何谓“一”，何谓“无限”？个人作为渺小的存在物，如何从最朴素、最简单的音乐动机与至高者相连，是巴赫一生的命题。如果这个渺小的“一”不包含“无限”的意味，它如何能成为“一”呢？赋格的棱镜，如同童年时我们观看的万花筒，从“一”出发，层层向外伸展，变化不已，怎能不让我们感到“一”和“无限”之间关系的神奇呢？巴赫的临终作品，其实是从经验世界返回天真世界的论述。作为起点，那个音乐的动机向上发展时，就是原初与终极的有机叠合。“一”在这里融合了全部。

1984 年，DG（Poly Gram）公司推出过科隆乐团录制的巴赫的《赋格的艺术》。此前1965和1970年，DECCA公司录制过德国斯图加特乐团演绎的弦乐版本。1962年和1972年，加拿大钢琴家格伦·古尔德在CBS公司录制过不同键盘乐器弹奏的《赋格的艺术》。这些版本都从各个角度证明了这部作品的重要性。从我的感觉来说，弦乐版的《赋格的艺术》显得有点浪漫与抒情，色彩过于繁杂，唯有管风琴版的《赋格的艺术》，更接近巴赫的本质。巴赫临终所写的作品已经尽洗人世铅华，表达的只是“一”和“无限”之间的关系。赋格，像是从同一只巢穴飞起的几只灵鸟，什么样的引力，让它们一起振翅于空旷的天空呢？在巴赫的理解里，大地上的风物之旅与无限之间的关系，就在于“荣耀上帝”的那个命令。音乐从本质上表达的就是有限与无限之间的联结，而返归原初与本真，是这部作品的意义所在。

自我熔炼与升华的『纯诗』

巴赫

初听巴赫的小提琴协奏曲，会产生仿佛在听维瓦尔第作品的错觉。从乐曲的起句到线条，都有相似性。但反复听来，则发现两位大师的区别：维瓦尔第的戏剧性与装饰过多的特点，是巴赫作品里没有的，尽管里边都充满意大利风味。1717—1723 年间巴赫担任宫廷乐队队长时期写就的三部协奏曲，分别为编号为 1041 与 1042 号的 A 小调和 E 大调小提琴协奏曲，1043 号两把小提琴的 D 小调协奏曲。三部作品的演奏时长均在 15 分钟左右，唱片公司往往搭上一部巴赫的其他协奏曲，录制成一张唱片。

由于可听性强，不那么抽象，巴赫的小提琴协奏曲名版很多。我所听的唱片由小提琴大师阿瑟·葛罗米欧领衔，新爱乐乐团协奏，飞利浦公司 1970 年与 1978 年两次录制，当时的联邦德国发行。尽管格罗米欧的大名更多建立在对莫扎特小提琴协奏曲的演绎上，但对巴赫的解读不遑多让，情绪饱满，线条清晰，舞蹈感十足。有乐评说，格罗米欧的演奏有一种表情上的庄严与严谨，进入状态快，琴声尽在作品原有的精神高度上流动。

我虽然十分喜欢此片的录音，格罗米欧力道十足的琴声，但还是觉得他把关注抽象结构、感情十分内在的巴赫，演绎得太“火热”了。就巴赫而言，他深受维瓦尔第与意大利当时的音乐文化影响，而在精神上则是冷峻的北方德国的产物，有意滤除过于感官化的南部欧洲的音乐文化。不过度铺张，剔除语句与结构的装饰，尽量浓缩并回归一个强大的中心，是巴赫在形式上的追求。巴赫比维瓦尔第严谨，不要作品里出现戏剧性，尽管他也表达神学的喜悦。

舒曼说过，巴赫于音乐有如创教者之于宗教。他还说，相对于巴赫，任何作曲家都是蹩脚的。舒曼此解，即是说巴赫能够超越尘世的情感与庸常的人性，而作品又惊人的朴素，上天与入地几乎是同一回事。这等本事他望尘莫及。言及根本，是巴赫之外的其他表达者都难以处理好感情与人性，不能轻易让尘的归尘，神的归神。舒曼深受感情之苦，而把这种烦忧净化为精确的形式，太难了。

1930 年代，法语诗人瓦雷里写了一系列文章，倡导滤去简单情感与人性的“纯诗”理论。他认为，抽象才是现代诗歌发展的正途。那些年，瓦雷里探究形式，写了若干卷至今也难让人读解的札记，研究精神与灵魂的奥秘。1933 年，在一次关于恩师马拉美的讲座上，瓦雷里借用巴赫作为“纯诗”理论的证明：“一部绝对真纯的音乐作品，例如巴赫的一部作品，毫不外借于感情，而是建造一种没有先例的感情，而它的全部的美存在于它的结构之中，存在于对分散的直觉秩序的建筑之中，它是一种不可估量的收获，是从雇主手中提取的一种巨大的价值。”

这是瓦雷里的困惑。那时他发现了巴赫音乐的永恒性：声音作为抽象形式，比语言更纯粹。他想打开创造的奥秘，但这显然是不可能的。巴赫之为巴赫，最让人感到神秘的，是既抽象又具体。他的作品其实“外借于感情”，但“没有先例”。格伦·古尔德擅于弹巴赫，曾写有赋格作品。他在技术上可以向巴赫学习，但情感与心灵却学不来。他写下来的那些赋格，只是私人作品，难以感动他人。巴赫的情感高度直入星空，但有时听下来又像儿童在地上的单纯游戏。他的天与地，轻与重，大与小，彼与此，不可复制，是今天所谓的人工智能根本不可能完成的。技术相对于创造，是辅助手段；但在人人盲信技术的当下，巴赫的超越性让人望洋兴叹。

其实我们的心是大神秘。聆听巴赫感到的哪个好，那种准确与严密，与瓦雷里是一样的。巴赫的作品，不会是天外飞仙，也不是能飞出了大气层的航天器。他的每个音符，是此地与此情此境下的微观存在，却又像头顶的万千星宿。听完巴赫的协奏曲，再去听维瓦尔第的，会觉得后者的抽象性明显不足，味道偏甜，戏剧性没有滤净，即瓦雷里说的太多的“分散的直觉”。

泛资讯时代，一切都开始失焦，难以在瓦解后聚合。但听巴赫可以得到聚合。那是“一种不可估量的收获”。而收获多少，则取决于内心专注的程度。

巴赫－平均律手稿

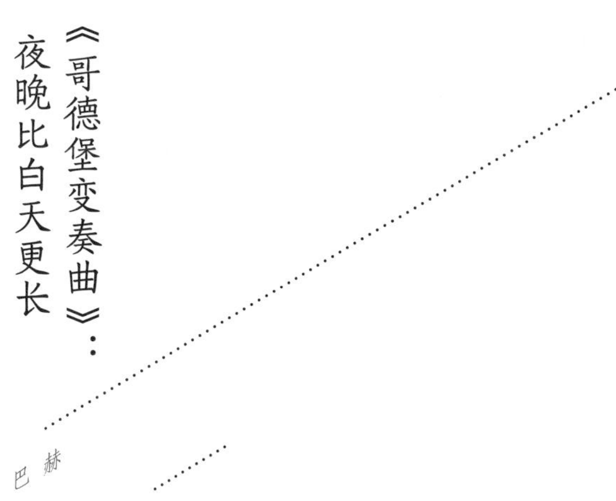

《哥德堡变奏曲》：夜晚比白天更长

巴赫

2011 年去世的苹果公司创办人乔布斯是一个音乐迷。除了猫王、披头士与鲍勃·迪伦等歌星外，他在古典音乐里钟情巴赫，尤其痴迷格伦·古尔德 1955 年与 1981 年演绎的两个《哥德堡变奏曲》版本。马友友作为乔布斯的好友，在斯坦福大学教堂的乔布斯追悼会上，演奏了巴赫的《无伴奏大提琴组曲》。这是两人间的约定，尽管他的巴赫版本相较其他大师有所逊色（甚至没有王健的独特，感人至深）。

乔布斯以“白天”与“夜晚”比喻前后两版《哥德堡变奏曲》给他的印象，并不回答更喜欢哪个版本。格伦·古尔德的 1955 年版，时长 38 分钟 25 秒，1981 年版是 51 分 18 秒。当然，《哥德堡变奏曲》的演绎历来五花八门，席夫的时长 72 分钟，算是加长版，一般的演绎，在 60 分钟左右。两版的格伦·古尔德，都少于普通时长，源于他砍削了作品的重复部分，算是浓缩版的《哥德堡变奏曲》。即使这样，格伦·古尔德的版本前后差异之大，还是令人匪夷所思。但格伦·古尔德有自圆其说的能力，两版都自成一体。就听觉来说，1955 年版的织体致密，音符颗粒大而饱满，1981 年版，充满玄奥与冥思。

如果另换一个比喻的话，前后两版是“春天”与“秋天”的区别，甚至可以说“地界”与“星空”给人的不同感觉。格伦·古尔德的第一张唱片与最后一张唱片，都死死链接在《哥德堡变奏曲》上，本身就意味无穷。这部作品，最早由兰多夫斯卡发现与传播，其内在的复杂与奥秘，迷住了演奏者与乐迷。格伦·古尔德 1955 年的直觉性演奏可谓烧脑灼心，其革命性令人耳目一新，听者喜欢与不喜欢都不再重要。我在新旧两版中偏爱旧版，只为它的惊世骇俗。那是一个无所畏惧的骑士打马冲进山林，以利剑开路，马蹄几近轻微悬空，有了前所未有的速度与节奏。

格伦·古尔德的 1981 年版在 1982 年由哥伦比亚公司推出，唱片封套是晚年的格伦·古尔德带沉思表情的照片。封底有一架钢琴与少年时就不离身的琴凳——他的知名道具。说明书里面出现四张他 1955 年的照片，两张录制新版时的照片。尽管格伦·古尔德的新版有向传统屈服的意思，可听性却很强，里面是一种树木凋零，不再被枝叶“遮蔽”，呈现本真轮廓的“澄明”。但这种“澄明”更加神秘，难以言说。万物在春天蓬勃于力量，到了秋天，则是向神学与诗学的回归。听 1981 年版，也许会感到夜空的深远，那个向我们做力量魔术的使者已在回家的路上，而我们还怔怔地迷离其拖长的影子。回到新版的《哥德堡变奏曲》，某时给人恍若有亡的感觉。

很多钢琴家不敢，也不愿录制《哥德堡变奏曲》，练习者更将其视为畏途。原因之一是巴赫当年是为双排的大键琴写的，新式钢琴成了一排，弹奏起来手指交叉，难以流畅。原因之二，在于巴赫在其间复杂的赋格，尽现精密与深邃的数学与几何之美，需要大脑、心灵与手指的三合一，才能表现十指之上一座教堂的构成，稍有疏漏，建筑就会倾斜。一切，以建筑的中心看齐，找平，在严格的整体关照下，又要尽现局部的装饰之美与活泼的意趣。能够弹好《哥德堡变奏曲》的大师深知此曲的艰难与攀登的惊险，它的精妙只可去听，言说十分困难。

在巴赫的键盘作品里，我百听不厌的就是《哥德堡变奏曲》与《平均律》。那种没有文学意指的声音游戏，在魔术感中，让人从细节变化里感受宇宙无穷变化的趣味，尽现以小见大的功力。其实逃离文学性，逃离命名，逃离理性建构，在整个 20 世纪一直是潮流。尼采之后，再没谁搞大结构了，世界在解体中渐趋粉末化，微观化，游戏感取代了故作的森然与严肃。在讲求速度与变异的时代，每个人在轻装上阵，耳朵也一样。往往无标题的音乐更可听闻，莫扎特的奏鸣曲、肖邦的前奏曲与德彪西的小品，都有和巴赫《哥德堡变奏曲》一样的趣味与美学指向，尽管在复杂性上弱于巴赫。

听巴赫，不会让耳鼓感到沉重，却叫弹奏者的指尖深感跳芭蕾之苦。那几个基本的定式与姿势，要舞者一直保持在不可移动的轴心。巴赫的端正、朴素与高贵，在此凭借繁难才可再现。

巴赫－小步舞曲五线谱

线描　亨德尔像

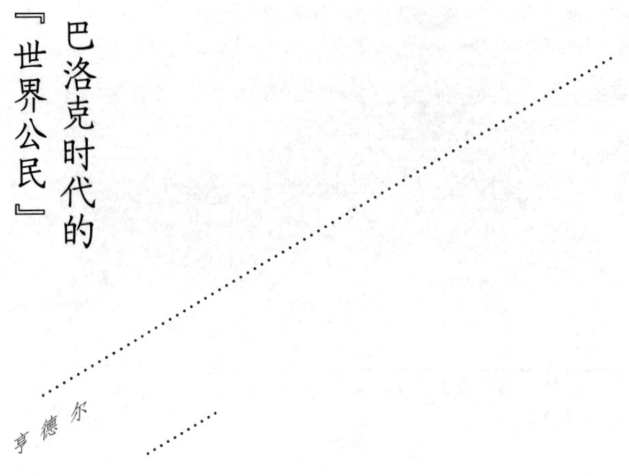

巴洛克时代的『世界公民』

亨德尔

1754年，画家古皮绘制了一张名叫《迷人的畜生》的漫画，讽刺作曲家亨德尔是戴假发套的猪，坐在啤酒桶上弹琴，琴的四周悬挂着各种食物。此时年近七十周岁，身形高大、肥胖的亨德尔自然勃然大怒，除了与古皮绝交、伺机报复这两个选项外，已没有年轻时动不动就与人决斗的气力。自尊心受贬，却无损于他在英国王室受宠，锦衣玉食，大吃大喝依旧。1759年亨德尔去世，英国为这个德国人举行盛大葬礼。不知古皮见此情形会怎么想。

作为巴赫的同代人与同行，亨德尔的人格与巴赫恰恰相反。巴赫一生几乎是守定一个圆点不动的人，亨德尔却浪迹天涯，在德国、意大利、英国、爱尔兰奔走，从未婚娶，是个世界公民。他性格豪爽，反复无常，与人可以瞬间拔剑相向，瞬间又成为友人，化干戈为玉帛。其角色也令人眼花缭乱，既是作曲家，也称剧院经理，弄潮于政治与社会，愿赌服输，运气非凡，近似今天所谓的成功人士。为了赢得名利，他大肆抄袭与剽窃，尤其是针对法国作曲家吕利，简直信手拈来。这种创作上的“世界主义”，在其生前不仅不被指责，还有不少辩护的声音，可见其势力之强。但贝多芬十分崇拜亨德尔，说“亨德尔是所有大师中无可企及的大师”。在临终前，贝多芬还在研读他的作品，喜爱之情持续一生。

一个作曲家今生的外在际遇也许并不重要，一切以作品为凭才是依归。就我个人趣味，亨德尔指向英国王室的作品——《水上音乐》《皇家焰火》等等，应景意味太浓，状景写物，亦步亦趋，富丽堂皇，并没有显露多少才华，像皇家布满金纽扣的复杂袍衣。而他仅用一个月时间就写成的《12 首大协奏曲》则才华横溢，可以与巴赫的《勃兰登堡协奏曲》媲美。虽没有巴赫的精密数学与几何构造，但充满一种意大利风味，乐器之间的应和温暖、细腻，像皇家与民间的混合编舞，华丽与朴素并存，感官之美扑面而来。他的宗教作品如《弥赛亚》，与巴赫相比低一个级别，但旋律磅礴大气，琅琅上口，气势逼人，容易被人接受。他的歌剧与清唱剧作品质量良莠不齐，一些片段还被接受与演绎。当然，亨德尔在西方音乐史上的影响与地位毋庸置疑，属于前十位之列，尽管在 20 世纪声望已经下降。

英国的“圣马丁室内乐团”一直是我最喜欢的乐团，原本由内维尔・马里纳爵士执棒，录制了大量室内乐精品。前些年乐团来过北京，水平依旧精湛，但执棒者已非昔人。虽然如此，乐团演绎亨德尔还是让人信服，尤其是布朗女士指挥，1981 年录制的《12 首大协奏曲》，堪称飞利浦公司的录音精品。这套唱片一共三张，是乐团首席布朗女士兼任乐队指挥的力作。她是提琴手出身，这部 12 首的协奏曲其实不用复杂的指挥，乐手间心领神会，呼吸与节奏相合即可保证质量。

至今我还能记得初听这套唱片的感受，那种法国画家布歇画中的春日意境。亨德尔像在状写一座巴洛克风格的小广场，琴声相缠，交汇后又默默离去，等着接下去舞蹈的命令。听时甚至能感到傍晚的暖风拂面，精致的琴声像编组的喷泉。一段旋律离去，另一段情绪饱满地前来。那种回环与缭绕，如同普鲁斯特在《追忆似水年华》第一卷斯万告别奥黛特时听闻音乐的感觉。据说，普鲁斯特是听了德彪西的《小提琴奏鸣曲》后写出音乐回忆的段落。那是迄今为止写音乐感受最华彩的章节。亨德尔作品的华丽与饱满，堪与普鲁斯特的文字风格匹配。

当然，今天亨德尔最为人熟知的作品是《弥赛亚》。据说最初演出时震撼异常，英国国王听到《哈利路亚大合唱》部分，竟站了起来。在场的听众也纷纷起身，听命于作品催眠的魔力。这个习惯一直保持着，那种万民齐诵上帝的声音势不可挡。巴赫的《b 小调弥撒曲》与《马太受难曲》也有这种气势。不知道崇拜亨德尔的贝多芬，在《第九交响曲》的合唱部分是否受到《弥赛亚》的启发。这些大作品，都是一个量级的声音文献，伟大的极致。

音乐家的身份

亨德尔

作曲家与演奏家的命运，向来是冰火两重天。从经济学原理看，原创环节与流通环节相比，流通的一方终究会是获利大的一方。如是解释，作曲家生活上入不敷出的境况就容易理解了，也就有了梅克夫人赞助柴可夫斯基这样的传奇。

据说第一个有能力自由营生的欧洲作曲家是亨德尔。他不再受制于人，谁给面包为谁唱歌了。但在演奏家群体里，情况另当别论。他们花天酒地，江湖上营生，比作曲家活得光鲜百倍。今天被人津津乐道的小提琴家帕格尼尼，是其中的代表人物。此公长相似幽灵，魔鬼附身，拉琴时眼睛里充满奇特光亮，对听众有勾魂术。自然他挣的钱也是同时代作曲家想都不敢想的。用今天的话说，他的小提琴是一台私人印钞器。他同时还是位大商人，开赌场，做买卖，一生行踪诡异。

帕格尼尼头脑超前，来者不拒。当时的餐厅、球杆、工艺品打上他的名字充做广告，收费时他一点也不觉得难为情。与此相比，作曲家的想法单纯多了。他们私下里谋求灵感，打磨细节，在作品里完成的是个体与上帝的对话。帕格尼尼这样的演奏家，把抽象符号变现为成品或者商品，面朝江湖兜售，对话的是大众的人性。从这里可以看到作曲家与演奏家的分别：作曲家上天，演奏家是要落地；落地，是接地气，生根开花，对大众施展魔法。作曲家们餐风饮露，享受虚无的折磨或快感，演奏家是一个个吃遍江湖的大侠。

古典音乐蒸蒸日上的年代，作曲家与演奏家身份串用是常有的事。巴赫作曲之外，演奏管风琴；莫扎特一边写曲子，一边当指挥；肖邦则是能写又能弹的全才。即使到了古典曲式行将终结的时代，马勒当指挥家挣钱以弥补自己作曲的亏空。这些身份转换对他们而言是稻粱之谋，委曲求全。但作曲、演奏、指挥，还都与音乐有关，属一体多面，让音乐家的人格分裂不到哪里去。

到了今天这个商业社会，与前辈相比，音乐家双重身份的含义大大变化了，半边脸是演奏家，另半边脸会是商人，映满金币颜色；如果整张脸是商人，音乐只是层薄薄的面壳，此人一定是大腕了。常可在电视里见到某位年轻钢琴家，手指在琴键上飞舞，扭身站起，脸色深沉地推销银行卡。他被《福布斯》追踪到财富榜单上，明星范儿绝不输大牌流行艺人。在许多庆典场合，他们还代表中国符号混合于国际元素，身跨音乐、政治、经济多个界面。当然人们已无心追究他们有过什么，做过什么，引人关注的是曝光度以及由此而来的影响力，价码，商业价值。钢琴一响，黄金万两。但写这支曲子的柴可夫斯基，当时正等梅克夫人派发赞助呢。

也有大商人烧钱玩古典音乐的。日本索尼公司老总大贺典雄，投巨资盘下哥伦比亚唱片公司，还一直想当大乐队指挥。他年轻时在德国学过音乐，与卡拉扬是好友。此后，大贺典雄在国际场合亮相当指挥，但堵不住乐评家们的如潮恶评。

当金钱成了时代的政治时，音乐家的身份与商业之间的关系会成为哲学与道德意义上的选择。一般的逻辑是帕格尼尼式的：先谋求音乐家身份，然后项庄舞剑意在沛公，运作社会力量，为其金钱的权力学服务。我们已经看到，今天社会环境的特征之一，就是弹琴的人不固守钢琴，写小说的不固守书桌，搞学问的不守课堂，周遭尽是串场，身份在社会上乾坤大挪移，双重身份乃至多重身份，是为了跟随资本跳舞，当一切终是金钱目的，身份乃至有没有身份都不重要了。商业会腐蚀掉你的任何身份。

帕斯卡尔说，世间的所有灾祸来自人不好好在自己的屋里待着。他的意思是讲，人要固守其位，固守其职，固守其名，不可漂移。帕斯卡尔太古典了，环顾四周，有什么还在其位，清晰可辨呢？除了资本的不败神话，人的一切都模糊了。但我还是相信，时间会把一切打回原形，而音乐家惟一靠谱的东西，还是他写过的曲子、录过的唱片。其他的，终究都会被风吹散。

哈利路亚

亨德尔－哈利路亚大合唱五线谱

线描　帕赫贝尔像

欲速，则不达

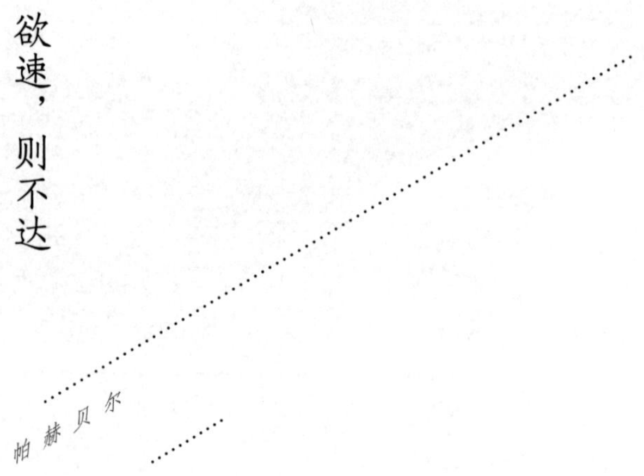

帕赫贝尔

有人统计过，巴洛克时期作曲家帕赫贝尔的《卡农》是当今最受人欢迎的古典曲目。不止外国电影，国内的许多电视剧也总喜欢拿《卡农》作为背景音乐。《卡农》的流行化，使其各式演绎多如牛毛，我至少听过几十个版本的《卡农》：乐队版的，钢琴版的，人声版的，日本尺八版的，长笛版的，小号版的，不一而足，各有特色。

帕赫贝尔生于1653年，1706年去世，他生前创作有大量曲目，但死后为人所知的，仅有这首与流行乐一样有名的《卡农》。当然，“卡农”作为一种巴洛克音乐的建构形式，追求的是内部构造的精密与反复回到开始，其妙趣横生的循环特点为人称道。法国哲学家柏格森有一个著名的哲学概念叫“绵延”，这个词语用来表达《卡农》的特点，再合适不过了。柏格森出生于音乐世家，他的“绵延”概念大概来自对音乐的感受。当年的鼎鼎大名让他得到诺贝尔文学奖，堪称一次例外。

据说，与帕赫贝尔活跃在同一时期的巴赫，没有他当年的名声。但两人所完成的作品样式，有着惊人的一致。巴赫的音乐构造更为复杂，许多曲子是声音迷宫，而帕赫贝尔的作品，相对容易理解。《卡农》的线条清晰，旋律雅致，因演绎上的多变，已让今人难见其庐山面目。而本真的《卡农》，究竟什么样的呢?

总部在德国的ARCHIV公司，20多年前就倡导本真演奏昔日大师的作品，还原作品当时的风貌。这其间最有名的人物是约翰·加德纳，他录制的很多唱片，让乐手使用当年的乐器，作品也以作曲家当年留下的总谱为准。对他而言，没有“约定俗成”这回事，也没有所谓“时代美学”这个概念。我20年前痴迷过的《卡农》版本，并非来自ARCHIV，而是法国弗朗索瓦乐团在RCA录制的。这张唱片烟雾缭绕，“绵延”的意味浓厚。随着倾听经验的增加，现在我觉得倾听线条与结构清晰的《卡农》，才应是最好的。

1985年，平诺克指挥英国乐团在ARCHIV公司出品过一版《卡农》，这个版本堪与明欣格尔的DECCA版相媲美。在这张唱片里，帕赫贝尔从历史的烟雾里清晰地浮现出来。那是真正的巴洛克风格，缓慢而优雅的《卡农》，去掉了附着的各式香料，虽有一点寡淡感，但其原汁原味让人信服。在我们今天这个后现代社会，一切都混合，穿越，让人看不清事物最初的质地。而随着阐释的无度，阐释者都不知道被阐释的对象是什么了。ARCHIV强调音乐的本真性，反对穿越，是对历史的尊重。

还是ARCHIV公司，2008年又推出了一版帕赫贝尔的《卡农》。这是一张帕赫贝尔、巴赫、泰勒曼等几人的作品合集。音乐家们演奏的风格虽然遵循祖制，但速度奇快。有时我不知道“回归本真”是不是也有一种误区，因为音乐是对原作的二度演绎，不同演绎者有不同的解读，各执其理。比如这张唱片，速度完全另类，比平诺克那个版本快了不少，将4分29秒演绎为 3 分 07 秒，令人咋舌。在此，他们都自称本真，是 4 分 29 秒准确，还是 3 分 07 秒更靠谱呢？速度一变，所有音乐的味道跟着全变。也许平诺克的那个版本，才算是更为准确的吧。ARCHIV 公司所崇尚的本真理念，也会在不同的唱片里让我们心生恍惚。

一部作品带给我们的感动和理解，会随着时间而变化。也许在一切都崇尚“快”的当代，“慢”的演奏往往更加可靠，也更需要功夫。格伦·古尔德就曾有《哥德堡变奏曲》快与慢两个版本。慢的版本让他的演绎对每个细节孜孜以求，不允许有任何敷衍与忽略。我们也就此接受“慢”下来的《卡农》吧。慢，会让我们摆脱浮躁的心绪，体会当时作曲家的真实用心。当我们四周太多事物都被虚拟化，各种人造云雾飘来荡去时，会有一个内心渴求的“真”，要我们经由缓慢的寻求才能确认，而非快速就可完成。看似快的，也许从来都没快过。这个世界有各种快餐，但精神与感受却从来没有“速成”这回事。就音乐而言，慢比快好，我们应该相信中国的一句老话：欲速，则不达。

线描　海顿像

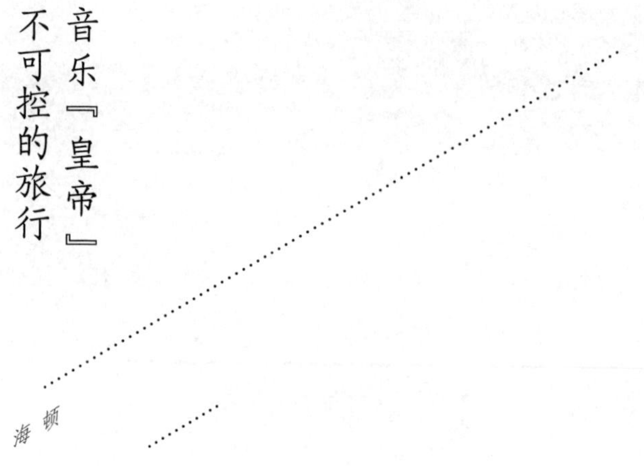

音乐『皇帝』不可控的旅行

海顿

对写有104部交响曲、84首弦乐四重奏、52首奏鸣曲的音乐巨人海顿而言，如今传遍世界的旋律，恐怕是我们时常听闻的德国国歌。1797年，海顿写成《上帝保佑弗朗茨皇帝》这首歌曲，并于1799年写进编号为76的弦乐四重奏第二乐章。但随着世间沧海桑田，作品的意味与所指乃至归属都发生了移位。看过电影《茜茜公主》的观众，都奇怪里面的奥地利国歌怎么会是德国国歌的旋律。

美国乐评家勋伯格在《伟大作曲家的生活》一书里记述，1809年5月去世前一两天的海顿，命人把自己抬到钢琴前面，曾弹奏了三遍《上帝保佑弗朗茨皇帝》。他与皇权、与贵族纠结的一生谢幕了，最终葬礼上选用的却是莫扎特的《安魂曲》。如果神权高于皇权，皇权需要神权庇护，《上帝保佑弗朗茨皇帝》这首作品的起因，还要从1790年海顿的两次英国之行说起。他在那里听了《上帝保佑吾王》的英国国歌，深受激发，发誓要写出一首与其匹敌的奥地利国歌。这在当时成了一种风潮，上帝保佑沙皇或是美国等等作品先后问世，为国家与民族定位的创制国歌风吹刮到了欧美多国。

撇开政治与意识形态，海顿这段写进弦乐四重奏的旋律十分好听，庄严，徐缓，容易被人记住。学者考证旋律的源头是一首歌颂锡安山与救世主的民歌，海顿对它加以改造，成了后来的模样。但由于《上帝保佑弗朗茨皇帝》在前，弦乐四重奏在后，76 号四重奏又被人叫做《皇帝四重奏》。

从 28 岁时写作第一首弦乐四重奏开始，海顿在四重奏里一直用四乐章的形式，后来也成了约定俗成的规制，莫扎特与贝多芬都加以沿袭。他不仅是交响乐之父，还被称作四重奏之父。在《皇帝四重奏》里，海顿为主旋律做了很多精美的变奏，甚至使用了舞曲，弱化其间的深重内核，乐章间加以平衡。他的作品里有种奥地利人的自我放松，而非德国式的肩负世界命运的意识。

关于《皇帝四重奏》，我最早购买的是拿索斯（NAXOS）推出的版本。当时属于价位公道而物超所值的典范，价格只是 DG、飞利浦、DECCA 与百代等大牌公司唱片价格的一半。但前些天去北京外文书店买唱片，发现拿索斯的碟片已近乎一线品牌的价格，一些历史录音价格高得离谱。拿索斯的录音与销售哲学变了，值得怀念的是公司起步并小心翼翼打造《皇帝四重奏》的时代。那时的录音有种简朴而真诚的味道。

这首曲子的好版本浩如烟海，日本乐评家推崇意大利四重奏团的版本，美国乐评家则喜欢塔克斯四重奏团的演绎。作为先入为主者，我看重最早的聆听经验，那种不可更改的相遇，拿索斯的版本难以替代。尽管初听它时觉得没有贝多芬的四重奏深刻、有力，也没有莫扎特的流畅、才华横溢。

从历史沿革来看，从当年的奥匈帝国、哈布斯堡王朝、弗朗茨皇帝、茜茜公主，再到帝国解体、欧洲的版图重绘，从前的奥地利国歌最终流变成了德国国歌，而奥地利今天的国歌，用的是莫扎特的旋律。世间的分分合合也让音乐穿越国界，物是人非之感加重的是对历史虚幻的感知。这也从另一方面证明音乐是超越的产物，高于国家政治、历史与社会的束缚。就作品的本质而言，一旦面世，便不属私产，它会流动，变通，重寻归宿。

音乐难以被确认知识产权与身份，在于音乐的抽象与流动。文字，也许充满国别与种族的认证，打上了不可冒犯的印戳，但让音乐道出祖国与故乡难上加难。海顿的国歌，最初也来自民间曲调，那时的德奥与东欧连成了一体。从音乐的流动性来理解，今日世界的混合与跨界已是大势所趋。国与国，民族与民族，艺术形式与艺术形式之间都在混合，发生剧烈碰撞。全球一体化的恐怖也由此而来，我们正在失去辨认归属的能力。国家的意义在变异，世界越来越不可评述。但往回退，有可能吗？音乐的行走，从来就不可控制。就文明深处的构成而言，伟大的作品与思想归属全人类，国家与民族的标签会被无常的流变之风吹得七零八落。海顿的音乐尽管题献给了皇帝，但从本质而言是对世界与人类的奉献。

线描　莫扎特像

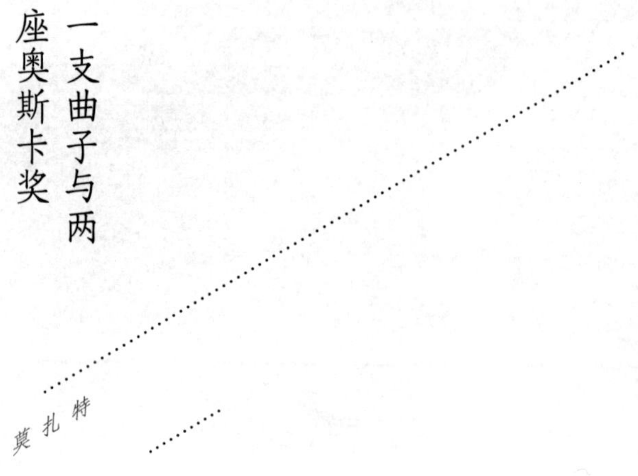

一支曲子与两座奥斯卡奖

莫扎特

一个有趣的现象是，往往作曲大师借用既有旋律尤其是民歌创作的作品，多为影视作品反复使用。柴可夫斯基的《如歌的行板》与威廉斯的《绿袖幻想曲》，是著名的例子。前者的主旋律来自柴可夫斯基 1869 年旅居乌克兰时，从泥水匠那里听到的一首小亚细亚民谣；后者是威廉斯改编自英国文艺复兴的爱情民歌（传说为亨利八世所作），用作歌剧《热恋中的约翰爵士》的片段，后来改成了室内乐，即今天人们耳熟能详的样子。这两部作品几乎被影视用滥了，莫扎特著名的《单簧管协奏曲》也未能免此际遇。

不过莫扎特是神奇的庇护者，两部影片——《国王的演讲》与《走出非洲》，分别使用了《单簧管协奏曲》的第一与第二乐章，都得了奥斯卡奖。前一部作为励志电影，讲述口吃的国王如何战胜了自我，《走出非洲》则是一曲哀歌，充满主人公告别非洲的感伤心结。

《走出非洲》的开头，出现了一轮非洲大陆上的落日。大明星雷德福扮演的男主人公浮现落日中的剪影，单簧管的声音追忆般响起。非洲此时再也不是某个硬汉故事的背景，而是一个为贵族头衔而冒险的女人失落的梦，无论是她在殖民地的生活，还是跌宕起伏的爱情。

《单簧管协奏曲》作为莫扎特晚期的作品之一，是为友人并不标准的单簧管创作的。后来经过修改才是今天通行的样子。最早的曲谱在他死后若干年才发行。其中第二乐章的旋律，来自当时一支流行的作品，此前很多作曲家都改写过，也只有莫扎特才化腐朽为神奇，让旋律层层涟漪般扩散，汇聚成流。虽然《国王的演讲》把第一乐章的伴奏部分作为电影的结束曲，为乐迷传诵的，却仍是第二乐章的柔板。

DG 公司 1988 年就出品了此曲的激光唱片。乐队是美国奥菲斯室内乐团。唱片封套是莫扎特素描像，旁边的乐器为单簧管与圆号。唱片的单簧管演奏家是美国人内迪斯。他曾到莫斯科音乐学院留学，也在朱丽亚音乐学院任教。学者的气质让他注重音乐的本真，避免附会与添油加醋。演绎时稳健与徐徐道来的控制力，释放出至深的悲痛，把人淹没。他的单簧管声音极端纯正，没有一丝浮躁与火气。

1997 年百代公司出品的梅耶的《单簧管协奏曲》，也被业界高度评价。梅耶出生于 1959 年，年轻时曾得到卡拉扬的赏识。她被誉为“单簧管皇后”，数度来到中国。2014 年，梅耶在北京国家大剧院演绎《单簧管协奏曲》，为媒体与乐迷一致称许。多年前我听过她的演奏，声音十分精致，对作品的把握炉火纯青。那时她已经不年轻了，一副中年大师的派头。

说到《单簧管协奏曲》的接受史，大约是 1990 年代初的一个傍晚，我在北京的一家书店听到了此曲（那时书店常低低地播放古典音乐），当时觉得好像从前听到过它，但何时何地忘了，只留下一种滋味在记忆里边。出了书店，天空微暗，莫扎特的旋律却在沿途回响，四周的景象在下沉，空中弥漫第二乐章里的单簧管独奏部分。在追忆之中寻根究底，我也没找到第一次相遇的记忆，但滋味却越来越浓，不像普鲁斯特所写的“小玛德兰点心”留在舌尖上的味觉记忆是个递减与趋弱的过程。也许听觉与味觉的感触正好相反，音乐给人的安抚，在极其缓慢的过程里是强化的。

几年前国内热映的电影《让子弹飞》，又出现了此曲的第二乐章。土匪张麻子在老式唱机上放音乐，告诉老六将来要到欧洲留学，听古典音乐才是一个体面人应该干的事，当土匪不是好选择。在北洋时代，偏僻的小城可以听到莫扎特，可见当时“西风东渐”的程度。但老六与张麻子遇到的是暴力的强人时代。老六最终死于意气用事，张麻子出场时白马拉动的火车也烟消云散。莫扎特的世界在此表达的，是与《走出非洲》一样的送别情怀。

必须承认，莫扎特那个时代尽管在服装与装饰上极为繁琐与造作，但音乐作品却居于欧洲音乐文化的巅峰。其后，世界与人都没有巴洛克文化的那种安详与欢愉了。人的自我流放契合莫扎特音乐内在的悲伤。那是一种自制而不可放纵的悲伤。

莫扎特 – 第四十交响曲乐谱

莫扎特－弦乐四重奏 手稿

线描　贝多芬像

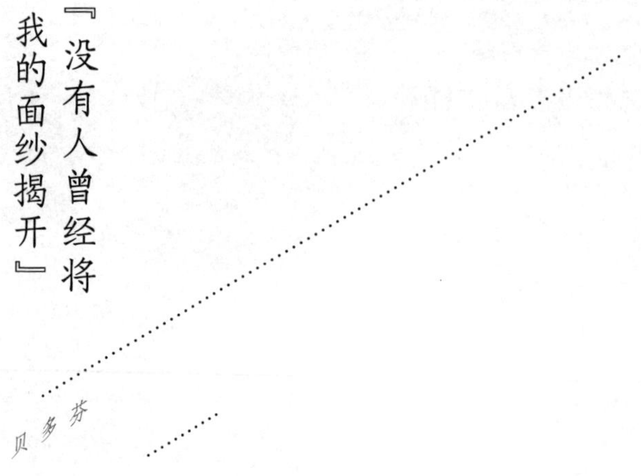

『没有人曾经将我的面纱揭开』

贝多芬

前些天重读奥地利小说家伯恩哈德的《历代大师》，又见他诋毁贝多芬等大师的段落。有人说他是奥地利的贝克特，其实并非这么一回事儿。贝克特关注“荒诞化的个人”，而伯恩哈德对抗的则是荒谬的社会，一个内在，一个外化；一个是象征与寓言，一个是对现象世界的麻辣批判。相同之处，则是伯恩哈德模仿贝克特“絮叨”而“重复”的独语方式，像是词语的饶舌歌手。贝多芬的音乐被他漫画化地描述为军队行进曲，极其幼稚而可笑。这个为人类做出声音大文献的不朽者成了滑稽小丑。

瓦格纳崇拜贝多芬，拿他与上帝并列。舒曼提议建一座辉煌建筑，九根柱子分别代表九部交响曲。19 世纪还对大师恭敬不已的西方，到了 20 世纪两次世界大战后，开始了解构风潮。1971 年 12 月美国导演库布里克的《发条橙》在美国首映，两个月后登陆英伦。片子的配乐有贝多芬的《欢乐颂》，以及罗西尼与埃尔加的曲子。一堆犯罪少年在侵害他人时，《欢乐颂》响起，此番分裂与戏谑，恶与善的互换，让美好与丑恶的界限荡然无存。埃尔加的《威风堂堂进行曲》也被嫁接到电影里。在暴力与黑暗让人无话可说的世界上，贝多芬被误当成了标靶。

文化的衰落首先是文化偶像的崩塌。

仔细而认真地理解贝多芬，也成了自己最近的一个题目。我重听了卡拉扬指挥的贝多芬《第九交响曲》，尤其关注《欢乐颂》。关于此曲，争议多多，斯特拉文斯基就认为《欢乐颂》尾大不掉，是此曲的冗余，破坏了结构。诚实地说，贝多芬的作品在美学风格上从来就不朴素，而属于光彩照人、气势非凡的一类。还是卡拉扬演绎的贝多芬更准确，到位，甚至比托斯卡尼尼与富特文格勒更好。后两位大师的演绎，有伯恩哈德攻击的现象。卡拉扬的风格保持了两位前辈强调的逻辑与理性，却又不失感性的光热，华丽而有力，弦乐与人声都漂亮无比。

1991 年，人民音乐出版社出过一部名叫《贝多芬论》的译文集。书中有浓郁的苏联与东欧味道。这部纪念贝氏诞辰 220 周年的书籍六百余页，可谓煌煌大作，代表当时的研究水准。当然书中的卢那察尔斯基等人的文章多强调政治，忽略艺术，其他文章则是一份资料大全。其中《贝多芬札记》一节，有三句贝多芬喜欢的原先来自埃及法老的话，据说挂在他的屋子里，如同庇护的箴言："我是眼前的存在。""我是现在、过去与未来所在的一切。没有人曾经将我的面纱揭开。""他唯一属于自己，而万物由于这唯一而存在。"

三句箴言是灵魂的独语，无从以政治之维解读。但国内几十年来事关贝多芬的一切，于很多人成了今生命运。其中包括曾翻译汉语版《欢乐颂》最佳文本的邓映易女士。她是 1950 年代《第九交响曲》的领唱，1960 年代就被迫离开北京到了太原，从事教学工作。她是贝多芬在国内最好的传诵者，多年前已在太原去世。

相较西方大师间的诋毁与戏谑，解构与嘲弄，国内的贝多芬崇拜依旧是主流。但妄言者的腔调已经不少，多是下三路的攻击，比如至今并没有确论的“贝多芬所患的梅毒”。竟有人把贝多芬作品里的挣扎与矛盾，说成是梅毒的结果，荒唐透顶。伟大的作品与病理学挂钩，其实是西方后现代的牙慧。当八卦代替了真实，话题的核心已经消失。

没有谁能轻易揭开大人物的面纱。他们是造物者，笼罩在世界的烟雾里。倾听者能在山间找到一条认知他们的小径已属今生的幸运。人可以有愤怒之舌，但确需荡涤脏污，一如卡夫卡所说，要保持生命锁孔的干净；或维特根斯坦所谓的终有一场末日对舌头的审判。应当感恩邓映易先生的存在，她给了倾听者前行之杖，以对贝多芬发自内心的热爱与虔诚。

贝多芬与荷尔德林出生于同一年。就作品的光热与温暖，理想主义的角度而言，两人有一致性。荷氏倾心希腊，呼唤众神；贝氏深信个人的搏斗，从根本上是命运的斗争者，没有荷氏少年般的纯洁与虔诚。作品是命运面纱的碎片，在乱风里失落，唯有真正的敬畏与倾听，才有靠近的可能。

第九交响曲

I

路·凡·贝多芬

L. van Beethoven, Op.125

1770-1827

贝多芬－第九交响曲乐谱首页

第六交响曲

（田园）

一、初到农村时被唤起的愉快心情

贝多芬－第六交响曲乐谱首页

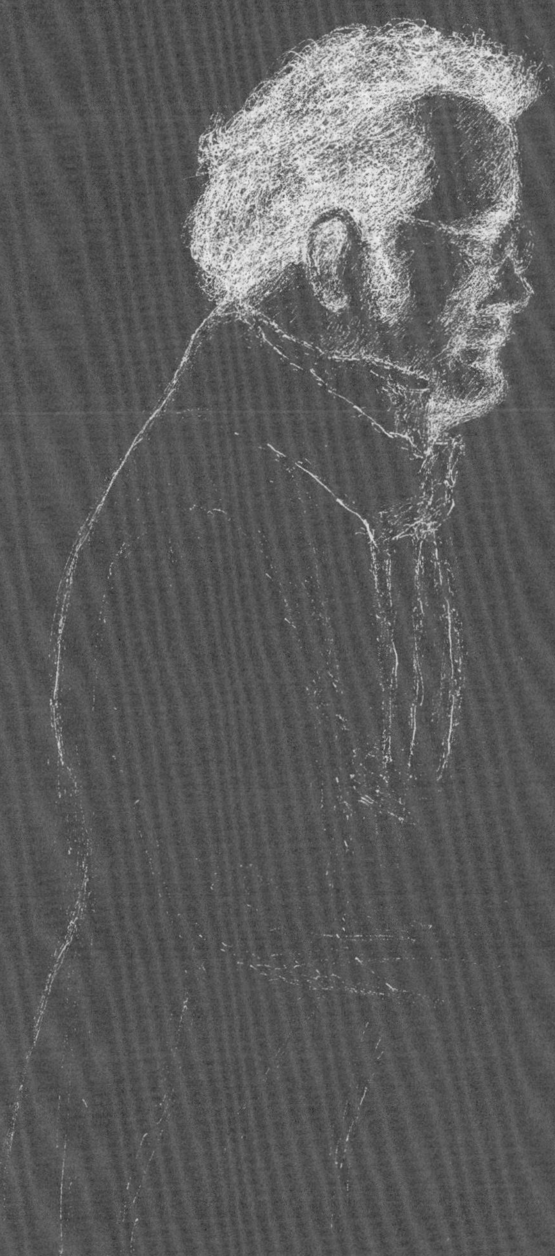

线描　舒伯特像

漂泊者与自然神殿

舒伯特

西方作曲大师群落里，舒伯特是最热衷在音乐里描述大自然与心灵关联的人。他的《鳟鱼》像一幅鲜活的水墨画，尽现鳟鱼的游动与回旋；无论弦乐与钢琴结合的五重奏版本，还是作为艺术歌曲吟唱，都妙趣横生，百听不厌。看过一张碟，是女大提琴家杜普蕾与巴伦博伊姆等几个小伙子一起演奏《鳟鱼》的版本。五个人练习时有说有笑，登台后却一脸肃穆，额头渗汗；尤其是小提琴手帕尔曼，因为太胖而显得难堪。当年的杜普雷真是年轻，大提琴的运弓深重，用力，比其他四人都要更加投入。音乐于她不是游戏与手段，而是生命与本质。由此想想舒伯特，不也如此吗？对他而言，大自然与人生一样多有无常与变化，生命的真相在飘忽之间。

学者说，舒伯特不信宗教而陷入一生情绪的消沉，尽管也写宗教作品，但宗教对其无安抚作用。也许应当这么看，舒伯特从不是西方意义上的虔诚教徒，但却属于大自然神庙中奔走的灵知使者。他更像古希腊人，内在的情感向大自然寄寓与倾诉，而非向宗教的母体或信仰的终极寻求。他的《圣母颂》感情圣洁，万语千言藏在简单的旋律里，至于音乐里的那个渴望的对象是圣母，或是高远天空慢慢消失的一团光，都不再重要。舒伯特不想在宗教里安身立命，因为他写的多是青春爱者在漂泊之路上的失落，一如自然本体在四季的轮转里的失落。只是这种失落让舒伯特哀痛并失去耐心，只得在音符里再现。他也许不信太阳明天会照常升起，而今天太阳的西沉，是唯一的真实。

舒伯特作为“漂泊者”，是诗人兰波与哲学家尼采之前的先驱。诗性，本身就是大地上的被逐者，暗夜幽灵，不可能在世间得其所位，是其所是。尼采写过《漂泊者及其影子》，因为要向世界寻求而不得，因此成了“漫游”之人；兰波逃离欧洲到非洲大陆游荡，最后腿部生疾，仿佛接受了诅咒，三十多岁就与世界作别。舒伯特所代表的，是诗性的流浪族，在世界里找不到感情的对位者。也许，在大自然的神殿里要比在教堂或教会里，更适合生命的寻找，那里从不抽象，适合爱者的多重变形。

上世纪九十年代初，我就买过一张笛卡公司出品，皮尔斯担纲主唱的《冬之旅》。这是舒伯特的套曲作品（共二十四首，最长的曲子不到六分钟，短的一分多钟，钢琴伴奏布里顿；布里顿是英国作曲大师，与皮尔斯相知甚深），是迄今为止艺术歌曲的巅峰之作。此片 1991 年由老录音重做后出品，我买时感叹，可以与欧美乐迷同步聆听了，算一桩乐事。

舒伯特写《冬之旅》，用的是 1824 年三十岁即去世的德语诗人穆勒的诗句（舒伯特 1828 年告别人间与穆勒去世时年龄相仿，都是短命天才）。作品描写了诗人在世间的流浪，大自然里的漂泊。但时值深冬，流浪者最难面对的季节，周遭没有温暖与慰藉，死亡在前面等候。这部套曲里传达的，是与舒伯特谱写歌德《魔王》一致的主题。

迄今存世的舒伯特六百多首艺术歌曲里，为歌德诗歌配曲最多，其他多是二流三流诗人的作品。但舒伯特从不管诗人名气大小，“感动”是其唯一选择的准则。他热爱描写大自然的悲伤诗句，把大自然的冬日殿堂选作这个世界的寓言与象征。诗人，一个渴望者与爱慕者，不能被爱人接纳进温暖之屋；他有的只是冬天孤寂的大树与白茫茫的荒野，上帝赐给他的还有独自倾诉的歌声。

听舒曼或勃拉姆斯的艺术歌曲，很少有在大自然中的感觉。唯有舒伯特在其歌唱里完成了个人与千变万化大自然的结合，前无古人，也难被后人追随。自然作为圣殿，是浪漫时代的主题；到了象征主义的年代，仍未失去意味。但接近现代，自然的寓意丢失殆尽；随着此根链条的断裂，人与世界的关系开始走向荒谬，到后现代社会则是彻底的虚无。由此听舒伯特艺术歌曲，会让人体验失落的青春岁月，“经验”之国降临之前的“天真”。二十年来听这张唱片，听者见证的已是神殿的消失、众人在世间的漂泊。

WINTERREISE.

Von

WILHELM MÜLLER

In Musik gesetzt

für eine Singstimme mit Begleitung des Pianoforte

von

Franz Schubert.

89tes Werk

1te Abtheilung

EIGENTHUM DES VERLEGERS.

Wien, bey Tobias Haslinger

舒伯特冬之旅 1828 年出版时的封面

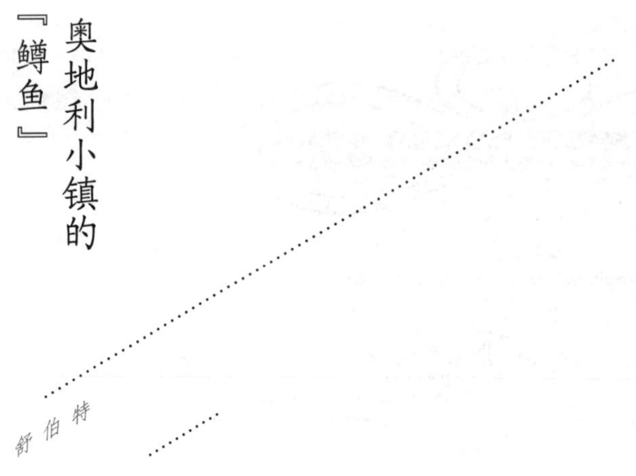

奥地利小镇的『鳟鱼』

舒伯特

飞利浦公司出品的钢琴家布兰德尔与克利夫兰四重奏团合奏的《鳟鱼五重奏》，空灵，鲜活，琴声致密而潇洒，是室内乐录制的极品。布兰德尔在唱片里年轻起来，与几个大学生模样的弦乐手竞逐，舞蹈；钢琴的点状，与提琴的线条交叉，充满忘我的神意。飞利浦一直以录制室内乐闻名，以此与DG、笛卡、百代与哥伦比亚等公司共分古典唱片的天下。这张片子时长38分35秒，除“鳟鱼”外，不加他物。而通行的做法是两个室内乐作品做成一张唱片，飞利浦仅用一个作品，可谓自信。大概发行者认为此版就是绝唱，宁缺毋滥。少，即是多。

日本乐评家在《唱片艺术三百首名曲》里选中了这个版本，但对演绎略有微词，认为缺少奥地利味道。所谓奥地利味道指的是雅致与端庄，而布兰德尔与年轻人配合得有点疯魔，自我痴迷，不管不顾。舒伯特在作品里的忧郁内涵，因此打了些许折扣。

但就舒伯特而言，写作此曲纯粹是游戏，为了几个朋友在聚会上各执乐器，一起玩一把。1817年，他写出艺术歌曲《鳟鱼》，甚得友人喜爱。两年后的1819年夏天，舒伯特与朋友一起到奥地利斯戴尔小镇游玩。在当地一个名叫鲍姆加特纳的业余大提琴手的家里，一起夜宴，外加演奏。他请舒伯特写一首五重奏，要把歌曲《鳟鱼》的旋律用在里面。舒伯特一蹴而就，杰作就此诞生，如今竟成为他最受演奏家与乐迷喜爱的作品。看似游戏的即兴制作，舒伯特的表达却能钻骨入髓：一条上下回旋的鳟鱼活着，呼吸着，别有魅力。

那年在斯戴尔小镇度过的几周，是舒伯特少有的明朗与快乐时光。他在另一个朋友家居住时，喜欢上了房东五位千金中的一位。她弹琴，歌唱，舒伯特则为她写曲子。但舒伯特是一个漫游者，热衷流浪的行吟诗人。用本雅明的话讲，是与母体、与故乡疏离的人，拒绝与现世发生任何深刻的关系。两人无疾而终的爱，成就了一个梦，这对爱慕的双方都是另一重圆满。那座小镇，唤醒了舒伯特的“鳟鱼”，已算最大功德。对他而言，美梦无需成真，也从来成不了真；只有作品的完成才是真，而真的作品，属于“未完成”。

《鳟鱼五重奏》有五个乐章，其中第一乐章超长，第三乐章十分短，布兰德尔这个版本分别的时长为 13 分 25 秒与 3 分 54 秒，其余三个乐章均在 7 分钟左右。在第四乐章，开始了鲍姆加特纳盼望的歌曲《鳟鱼》的变奏。五个乐章表面在长度上不均衡，但内在结构却谨严有加，逻辑清晰，层层翻滚的旋律线让人分不清是水流还是鳟鱼，一波未平，一波又起。中提琴、大提琴与低音大提琴你方唱罢我登场，彼此缠绕，剥茧抽丝，不亦乐乎。而钢琴作为统领之王始终居于中心，使结构之像不偏不倚，防止某根旋律线过分突兀，打乱平衡。

除了这个版本外，钢琴家塞尔金领衔，在索尼公司推出的版本也有极高评价。塞尔金的弹奏十分老派，精益求精，其风格与布兰德尔有相像的地方。学者味道的钢琴家，搭上激情四溢的提琴手，看来是《鳟鱼五重奏》成功的标准配置。塞尔金的版本除鳟鱼外，还加上了莫扎特的《单簧管五重奏》，给购片者更大的实惠。

“鳟鱼”这个物种，因舒伯特爆得大名，恐怕是音乐史独一无二的例子。十几年前，北京北部的郊县怀柔大量养殖鳟鱼，周末尽是城里的饕餮客来此地大快朵颐，满脸放光。鳟鱼是冷水鱼，对水质要求高，必须有活水才行。由于热爱《鳟鱼五重奏》，我对鳟鱼也发生了兴趣。也许怀柔县的纬度与环境，与奥地利的小镇大致相似；但就安静而言，就不能说了。

听《鳟鱼五重奏》最好的地方，往往适合在静谧小城或小镇。记得那时痴迷此曲，压缩到播放器上，有一次在怀柔的傍晚看山野干干净净的光亮消失，耳机里的“鳟鱼”与四周的景象有种精准的对位。离开城市的最大好处，是卸掉了噪音，在声音减少的地方才可觉察一支旋律的复活。倾听音乐而能真正听见，其实很难，需要契机。那个黄昏，山野与水库边，“鳟鱼”与我都听见了对方。

舒伯特艺术歌曲手稿

舒伯特 – 音乐瞬间五线谱

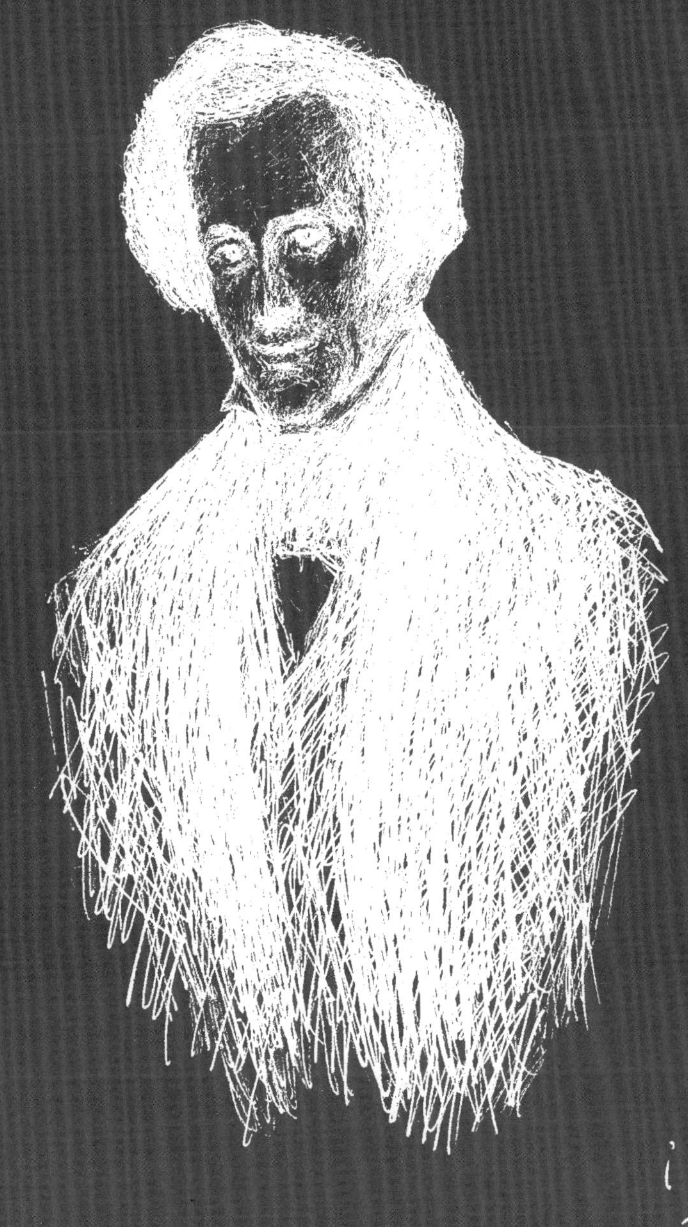

线描　门德尔松像

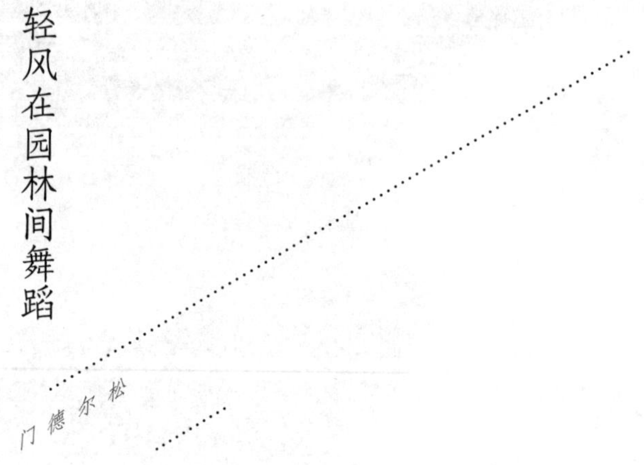

轻风在园林间舞蹈

门德尔松

大多数乐迷会有这个印象：门德尔松的音乐，是写给妇女与儿童听的。哲学家维特根斯坦在笔记中讲他从没有创作过勇敢的旋律，暗指门德尔松的作品过于拘谨，格局不大，缺乏男性气魄。当然，也有学者对此惋惜，因为门德尔松的天赋绝不在莫扎特之下，但成就却不可同日而语。他 17 岁就写出《仲夏夜之梦序曲》，擅长多种曲式创作，钢琴与管风琴弹得好，指挥能力超强。重要的是就人文修养来说，门德尔松可能算是西方音乐史中可列为前几位的人物，但其气质上却有点孱弱，偏软，像画家拉斐尔，作品虽然和谐优美，力度与深刻性稍显不足。一句话，他太温良，不够“狂野”。

美国乐评家哈罗尔德·勋伯格这么写到：“可惜他没有活到他最初的创造天才所期许的那个境地，某种保守某种情感上的压抑与障碍，妨碍他达到那样的高度。随着他年龄的增长，他那一贯技巧娴熟的音乐变得越来越像是一连串正确无误而谦恭温顺的优美舞蹈。”勋伯格的评价有些大而化之，但有一点绝对正确：门德尔松的家世太好，让他“狂野”、打破规矩，几无可能。还有一点需要注意，门德尔松作为犹太人，谨小慎微不止是家族信条，也是自己安身立命的法宝。与同样正值创造之年去世的德奥作曲家莫扎特与舒伯特相比，门德尔松一切顺遂，没受过金钱匮乏之苦；在社会环境里经营音乐事业也风生水起，要什么有什么。

我个人喜欢门德尔松的音乐，无数遍听他的钢琴作品《无词歌》《e小调小提琴协奏曲》、乐队作品《苏格兰交响曲》与《意大利交响曲》等。尽管他的名声在20世纪初一度衰落，甚至一些专家指责他的音乐品位不高，尤其是宗教作品，充满犹太人的图谋。但门德尔松音乐里的纯洁与优美，并不滥觞的浪漫，尤其是其间细节上的雅致与温暖，让人听来安静，似清风与光影在树林里的舞蹈。我把他当作现代主义推崇声音的“丑学”，以及后现代“虚无”哲学的平衡者。隔段时间听一听门德尔松，像看浓淡相宜的水彩画，觉出“和谐”的另一重内涵。

门德尔松的《小提琴协奏曲》是四大小提琴协奏曲之一，哥伦比亚公司录制过美国小提琴大师斯特恩与指挥奥曼迪联袂的唱片。录制这张唱片时的斯特恩正值技术高超期（不比他老年时受手疾之苦，不时出现错音），异常自信，情绪热情而饱满。三个乐章戏剧性十足，舞蹈感极强。琴声一出就夺人耳鼓，旋律的表达入木三分。可以将此曲当作芭蕾舞剧来理解，主题是年轻恋人的爱情。在慢板乐章中，百转千回的舞者欲言又止，像在云朵忽明忽暗的春日山坡上穿行。如果说浪漫主义在舒伯特那里表现为“死神”与“少女”的纠结与对抗的话，门德尔松这里没有那种“严峻”，“严重的时刻”更多是“悲伤”与内在心绪的“净化”。也许可以这么说，门德尔松缺乏“勇敢”，恰是他有意对撕心裂肺那种表达的回避。他愿意让作品安全，洗练，照顾结构的平衡。

卡拉扬在20世纪70年代率柏林爱乐乐团在DG录制过门德尔松的交响曲。柏林爱乐乐团的弦乐细腻，干净，丝丝缕缕都有光泽。在《苏格兰交响曲》里，起伏的旋律是一种回忆，尽是大自然在心头的温暖母性感觉。卡拉扬善于控制与调教乐队，线条尤为清晰，结构秀美，境界空灵。有人说卡拉扬的指挥有空洞之嫌，这是一种曲解。他要让作品光洁，有质感，必定要有所取舍与剔除。指挥门德尔松太契合他的美学了，因为门德尔松的作品无一例外都异常透明。

时代的美学趣味多变。20 世纪下半叶随着现代主义甚嚣尘上之后的弱化，门德尔松的音乐又被重新认知。他至今仍是音乐会上受乐迷欢迎的作曲家，除宗教作品不太被注意外，钢琴作品，弦乐作品以及交响乐都被大量演出与录制。有人说这是“新浪漫主义”的复归。可见，让浪漫主义彻底死亡是不可能的，人人都曾经浪漫，只是在世界变得“严重”时分假装不再浪漫了。

门德尔松 – 第四交响曲五线谱

线描　肖邦像

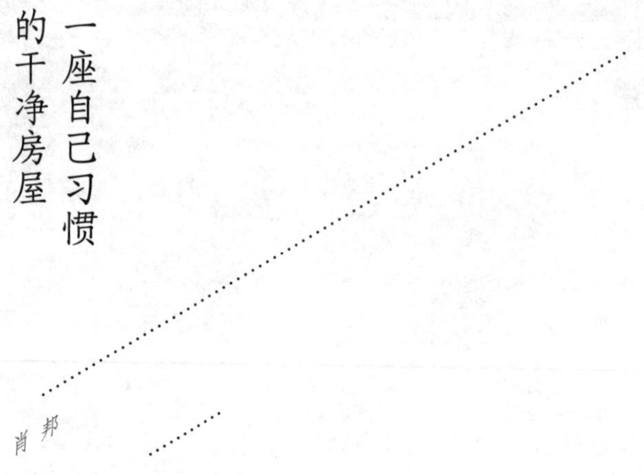

一座自己习惯的干净房屋

肖邦

肖邦热心具有形式感的事物，有人认为他是享乐主义者，对世界与他人极度敏感，带有一定程度的洁癖。乔治·桑说，“他是习惯的奴隶，任何变动，无论多么小的变化对他的生活来说都是可怕的事件”。李斯特曾挑战他的“习惯”，利用其外出时在其房间里与情人幽会，肖邦知道后勃然大怒，为这一“可怕的事件”几乎要与李斯特绝交。他的住所是一座干净异常的屋子，不让人轻易进去。花大钱置办的讲究家具，每天的新鲜花卉，床头的诗集，簇拥在一个唯美者的四周。他的穿衣品位保守而精致，而眼前一个贵妇不当的穿着，会让他难忍到失去讲话耐心的程度。

出演《布拉格之恋》的刘易斯与《钢琴师》的演员布罗迪，两者的面相相加，就是肖邦的样子。他有刘易斯神秘的眼神，布罗迪的鼻子、窄脸，以及两人共同的瘦削，只是个子要矮一些。后来肖邦身形佝偻，虚弱到需要人抱他到床上才能躺下。与乔治·桑分手后，他成了无人照料的大婴儿。

但品位，又算什么呢？有时品位既是悖论，也是诅咒。据巴尔扎克记载，肖邦的情人乔治·桑身形矮胖，肤黑，抽雪茄与水烟，一副男人婆模样，且情人多多，不一而足。而肖邦与她相遇，写出了今生最重要的作品，尽管两人其间磕磕绊绊，彼此伤害。可见所谓品位，只有作品才可以真正地证明。生活里的品位，大多只是“习惯”而已。

肖邦人格上自我孤立，除巴赫与莫扎特之外，对其他作曲家很少喜欢，也不重视。连对贝多芬都没什么感觉，更别提李斯特了。但出于礼貌与需要，他与李斯特会同演曲目；也会对为其画像的德洛克洛瓦青眼有加，内心却是隔膜的。舒曼深谙他作品的美妙，说他的音乐是“花丛里的大炮”——极其生动与准确。他对舒曼却没有什么感觉。就感情的纯洁性来看，肖邦与舒伯特是近似的人，彼此钢琴作品上的成就也在伯仲之间。但区别在于，两人的梦幻一个是冷的，一个是热的。肖邦冷漠，这一点乔治·桑最有发言权。

那是一种仙境里的冷，也是过分精确、作品产量极低的冷。有乐评家说，与许多作曲大家比较，肖邦几乎就是一个“游手好闲的人”。他全部的作品都是钢琴音乐，十几本曲谱就属一生所得。但肖邦这个地位与产量严重失衡的人，对后世的影响，与巴赫、贝多芬、莫扎特几可比肩，即使在作品规模上要小上太多。他的影响力与钢琴这个乐器之王的普及与影响固然有关，而重要的是肖邦的作品好听，表面柔和，结构却缜密。他的美是与力结合在一起的。还有，就是他不断的创新。肖邦不认为自己是浪漫派，没有滥情与无度的表达。他的练习曲与多种舞曲干净利落，复杂与单纯彼此交织。

RCA公司出品有鲁宾斯坦版的肖邦全集，浅咖啡色封套，上面是演奏者的侧面像。全集里最有魅力的作品是《夜曲》。“夜曲”的曲式最初由一个名叫菲尔德的爱尔兰人创制，肖邦将其发扬光大，呈现“仙境”般的美，堪与贝多芬与舒伯特的奏鸣曲相比。听《夜曲》会让人轻度中毒，亦梦亦幻，远避世事，也可说是深陷其中，不可自拔。与肖邦其人幽灵般的魅力一样夺人心魄，听进去就欲罢不能，不知今夕何夕。

此番作曲家与演奏家结合的吸引力，在欧洲音乐史上共有三位。一是帕格尼尼，一是李斯特，一是肖邦。帕格尼尼与李斯特的引力较为外在，肖邦的杀伤力却来自内部，不着痕迹。拉赫玛尼诺夫也弹奏自己的作品，但演绎得朴实，准确，甚至有些轻描淡写，极为自制。而肖邦的魔力之美，记载于乔治·桑的文字。当年，她带着肖邦到马略卡岛过冬，患肺结核病的他在一座棺材形的密室里作曲。不远处海水滔滔，密室里烛光摇曳。在深陷自我时，肖邦甚至认不出乔治·桑是谁。

但乔治·桑还是在自己的作品里暗伤了肖邦。这恐怕是两人告别的深层原因。作品是恐怖的，具有的力量大于生活。当爱的魅力让位于孤独，误解之后就是彼此都不需要。但作品又来自爱或恨，它是唯一不会轻易坍塌的屋子。抽象的存在活得最久。

肖邦－叙事曲手稿

肖邦－前奏曲五线谱

线描　瓦格纳像

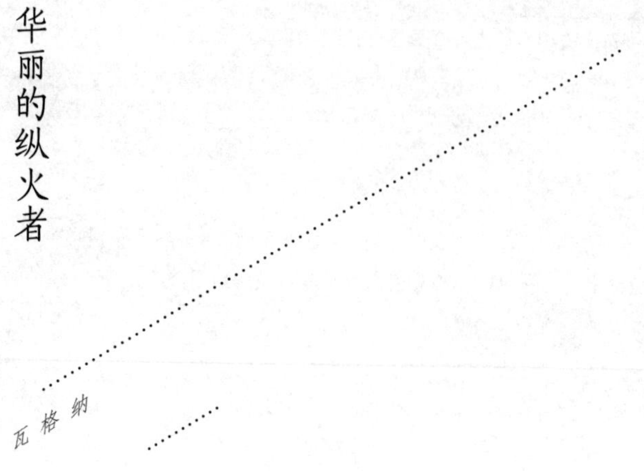

华丽的纵火者

瓦格纳

当今瓦格纳的音乐和世界产生关联的，是年轻人的婚礼多用他写的《婚礼进行曲》。这段旋律人们耳熟能详，却鲜有谁知道他是版权的所有人。瓦格纳的鸿篇巨制《尼伯龙根的指环》，开创了有史以来古典音乐创作的最大规模。其阵势的华丽，长度与内在的复杂程度，都堪称极限。有人说瓦格纳是欧洲音乐遗产最大的挥霍者。他把和声资源在创作中使用殆尽。他的音乐世界像是声音版的“魔戒”。

公平地说，瓦格纳是音乐与戏剧相结合的高手。他的歌剧与莫扎特开创的传统完全不一样，和同时代的作曲家也几乎无关。在他的笔下，尘世的男女故事与戏剧性已没有吸引力，而把歌剧编织成象征与寓言，最大限度表现人与神之间的关系，才可追求。尼采最初被他吸引，以为他是希腊诸神的复活者，借助他的音乐可以让古希腊的狄奥尼索斯击败基督教里的基督。他太恨基督了，因为西方文明两千年的走向，是希腊注重生命本体的文明，最终屈服于关心灵魂拯救的希伯来宗教文化。尼采认为，以基督教为核心的西方文明日渐虚弱；他作为“敌基督者”，要把其拯救出来。酒神狄奥尼索斯与他其后提出的“超人”，才是西方文明的曙光与希望所在。而当他发现瓦格纳在歌剧《帕西法尔》里向基督教靠拢时，认为自己上当被骗了，怒火中烧。在尼采发疯之后，又恢复了对瓦格纳的热爱。他看到瓦格纳的画像流泪，说自己无比地喜欢他。

瓦格纳这艘19世纪的华丽大船，其实在航向上与尼采有一致之处。他的破坏性虽没有尼采大（尼采几近炮手，到处引爆），但作为金碧辉煌殿堂里华丽的纵火者，还是引爆了西方音乐的能量库。他是集大成者。其后无论勋伯格还是现代主义其他作曲家，都不再能站在前人的肩膀上发展了。火烧连营，一切尽在毁灭。

瓦格纳的私生活一团糟。他把彪罗的太太即李斯特的女儿柯西玛抢到手，与柯西玛同居。彪罗认下这桩丑事，但瓦格纳却并不收手，与柯西玛私情不断，最后彪罗只好离开。瓦格纳音乐世界的成功，得益于奥匈帝国的王室。掌权者特别崇拜他的音乐，大花金银替其还债，让他过着锦衣玉食帝王般的生活，最后还为他建立拜罗伊特歌剧院出力。生前的显贵，史上的任何一位作曲家无人能及瓦格纳。拜罗伊特歌剧院相当于他生前已得的圣殿与纪念碑。今天的拜罗伊特依旧为瓦格纳的后代把持着。他是一个生前和死后都尽享荣光的人。

1990年代，我买了迪卡出品的由索尔第指挥的《尼伯龙根的指环》。当时觉得这套唱片是镇宅首选。索尔第这位生于匈牙利的犹太人（一个犹太人，却把一个所谓反犹作曲家的作品解读得最好），一生最擅长指挥歌剧。这套唱片的完成是他指挥生涯的高峰。但可惜的是，我从来不能系统地听完它。因为瓦格纳的作品太大了，需要若干个小时竖起耳朵，聚焦，沉浸在诸神的黄昏里。歌剧，不能只是听，还要看，二者结合才能到位。

进入 20 世纪，瓦格纳的名望就一直在下降。尤其二战后德国战败，瓦格纳作为希特勒崇拜的音乐家，名声到了冰点。希特勒年轻时穷得叮当响，却一遍遍去听瓦格纳的歌剧。其实，瓦格纳被当成纳粹工具，反犹根本就不是他表达的初衷。一如尼采的妹妹，把尼采的很多思想肢解之后，编成“权力意志”一书，成了纳粹圣经。当音乐家和哲学家充当暴君权力绞肉机的润滑剂时，味道全变了。

瓦格纳许多歌剧的前奏曲，在今天还是可听性很强的作品片段，旋律动人。但也必须承认，我们生活在这个资讯时代，已经无力去承担巨大和辉煌的作品了。听室内乐与协奏曲还行，但听交响曲和歌剧会觉得内心与情感跟不上去。其实，西方音乐的那座殿堂在 19 世纪就关门了。到新世纪，我们能从其间见证一朵花的奇迹，已属幸运。从 20 世纪开始的现代主义到如今的后现代，西方文明的精神高度再也不能和 19 世纪相比了。瓦格纳以火光最后照亮了一座伟大的殿堂。

线描　格里格像

格里格与『北方的观念』

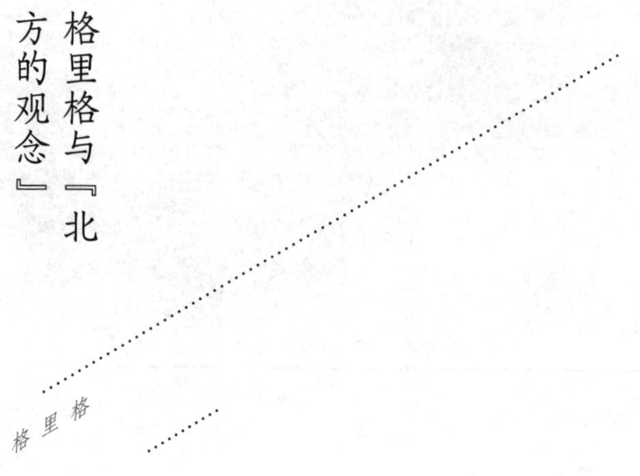

格里格

20 世纪 60 年代后期，不再现场演出并开始痴迷录音的钢琴家格伦·古尔德，为加拿大广播公司录制一档名叫《北方的观念》的节目。1967 年适逢加拿大建国百年，格伦·古尔德创意的这档录制人声的节目，赶在年底在电台播出。做事向来投入，甚至有些任性的他，在这档节目中的命题是——通过采访加拿大北部边区居民，探讨孤独的处境与个人信仰之间的关系。擅长弹奏对位音乐的格伦·古尔德，用一种崭新的剪切方式，让录制的多重人声也产生某种对位。此后不久，他于 1971 年和 1973 年开始录制挪威作曲家格里格的钢琴作品。后来的录音版本由索尼公司出品，封面是白色的，格伦·古尔德戴鸭舌帽的照片居于封套的中心位置。

为什么要录制格里格？对于格伦·古尔德这个痴迷钢琴作品复杂性的人，格里格的作品稍显简单。由于其他钢琴家的演绎，格里格被冠以“北欧肖邦”的名义。在作曲家群落里，德彪西尤其看不上格里格，认为他的作品甜美、感伤，像是糖果。当然，对于巴托克这个热衷收集民间音乐的作曲家，还是对格里格评价甚高。格伦·古尔德平生几乎不录肖邦的作品。在他看来，欧洲古典音乐分为北方和南方，北方结构谨严，以巴赫为代表的作曲家是北方音乐的代表；而以莫扎特为代表的南方音乐，充满感官与游戏的面目。格伦·古尔德出生在一个清教徒家庭，曾自许为“最后一个清教徒”。制作“北方的观念”这档节目，对他而言是对隐秘先辈内在精神的寻找。也许正基于此，他对也属于欧洲北部，却带有不少南部情调的格里格一度钟情。他甚至说，格里格的音乐里有先前没有发现过的秘密。

但准确地说，格里格的音乐并不能体现格伦·古尔德所想象的那种“北方的观念”。他的钢琴作品偏于抒情，是古典曲式与挪威民间音乐相结合的产物。其创作里，挪威民间舞蹈、童话里的各种精灵与神怪，游走于音符。从定位上讲，格里格更是一个民族音乐家，无论是结构与力度，还是对钢琴和弦的运用，都不能与巴赫、贝多芬以及肖邦同日而语。从他的作品里我们能感受到北欧神奇的风光，斯堪的纳维亚郁郁苍苍的森林。他的许多小品，非常接近于西班牙诗人洛尔迦的小诗，那是一首首来自安达卢西亚的美妙谣曲，可以伴着吉他歌唱。这也说明一个问题，在国家和意识形态的认知更加强化的今天，民族文化的代言人与符号，比从前更受人重视。比如，维也纳新年音乐会每年以施特劳斯家族的音乐作为传播符号，格里格的作品在今天首先是挪威的音乐名片。

从 20 世纪下半叶开始，轻音乐风靡全球。一些电声乐队改编古典音乐大师的作品，以期赢得商业效益。那些旋律简单而抒情性强的作品，往往被轻音乐家看重。格里格便是这么一个作曲家，他的许多作品被改编成为有点甜腻的轻音乐；学者与专家由此把格里格放到二流作曲家的队伍里，几乎把他的作品看成廉价、流行的产物。当然，格伦·古尔德从来不会这么看（他母亲的祖上甚至与格里格家族有点沾亲带故）。他把格里格当作一个伟大的钢琴作曲家对待，用一种个人风格的阐释，让轻音乐化的格里格，变成他的“北方”的格里格。我们今天这个时代真是一个阐释的时代，无论听格伦·古尔德弹格里格，还是听普列特涅夫演奏肖邦，都能强烈地感受到那些演绎完全不是传统意义上的格里格与肖邦。弹奏者的个人解读取代了一切。各种不同风格的演奏，让既定文本面目全非。

近年让格里格的钢琴曲大放异彩的，是一个生于 1975 年的克罗地亚钢琴家。他叫马克西姆，长相俊美，身高两米多，是玩钢琴的跨界高手，常以电子乐队与钢琴的搭配在世界各地演出，一时风靡。其招牌曲目之一就是格里格《a 小调钢琴协奏曲》。当然，马克西姆不按古典的方法演奏，而是对文本进行改造。他把格伦·古尔德所认为的“北方”的格里格，变奏为“南方”的格里格，直至娱乐时代的格里格。声音对他而言，是一种游戏与魔术。“北方”“南方”在此没有了界限。

格里格－培尔·金特乐谱

格里格－钢琴曲五线谱

线描　柴可夫斯基像

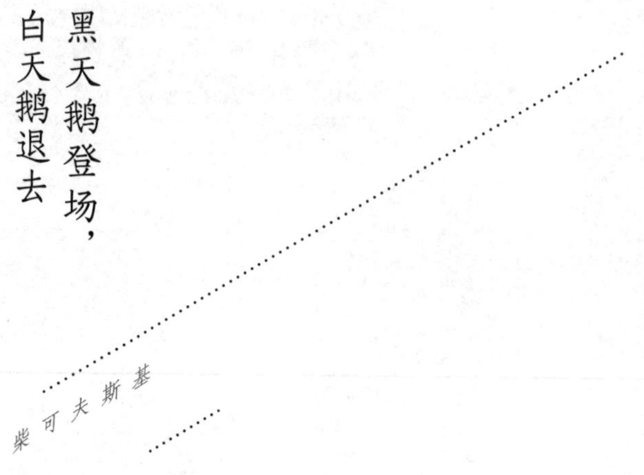

黑天鹅登场，白天鹅退去

柴可夫斯基

2010 年，美国导演阿罗诺夫斯基推出了名叫《黑天鹅》的电影，片子的音乐以柴可夫斯基的芭蕾舞剧《天鹅湖》为蓝本，让观众见识了好莱坞模式的音乐电影是什么样子。影片的类型定位于惊悚，可见这部电影是对原初柴可夫斯基芭蕾舞剧的解构。像片名所示，“白天鹅”代表的纯洁、神圣与优美已不是作品的主体，相反“黑天鹅”暗示的欲望与邪恶成分更能用以说明当代人的特征。

美女演员娜塔丽·波特曼饰演的“天鹅”一角，在剧情的进展中遭遇了多重危机：单亲家庭母亲的强权，剧院导演的欲望，芭蕾同行的彼此算计以及倾轧，都使她在寻找角色的途中面对内心的变形，怪事连连，几近疯魔。《黑天鹅》在此展示的是一种当代的黑色与迷离之美，只有在柴可夫斯基《天鹅湖》的音乐主题反复响起时，我们这些 21 世纪的观众才隐隐地感到 19 世纪浪漫主义音乐充满幻境的美。

据说，柴可夫斯基写这部芭蕾音乐的动机有两个。一是 1871 年他在自己妹妹家做客时，答应热爱阅读德国童话的小外甥，写一部被施了魔法的美少女由天鹅变回人形的故事；二是他接受莫斯科大剧院创作《天鹅湖》的邀请，写成后会有800卢布的收入（柴可夫斯基当时一年的收入才1000多卢布，800卢布对他来说是笔巨款）。但写这么一部作品，于柴可夫斯基是一种两难之境。在同行看来，他的音乐一直没有多少俄罗斯文化的特征，“强力集团”就攻击他是为讨好欧洲人的美学趣味在创作。今天来说，《天鹅湖》的确有点像德国文化或法国文化的产物。作品里的王子、天鹅，美以及死亡，这些既统一又对立的要素，被他巧妙地加以运用——这原本是属于西欧文化的构成。包括“黑天鹅”在构思上，也是为了增加王子与白天鹅爱情的戏剧性而设计：黑天鹅与白天鹅原本算是一体，或者说，黑天鹅只是白天鹅的一个投影，其内心的一重忧患。当然，柴可夫斯基完全没有料到他19世纪所写黑天鹅，在今天这个时代会取代白天鹅，成了主角。

柴可夫斯基写成《天鹅湖》后，并没有引起观众与剧院的良好反映。由于最早的《天鹅湖》版本编舞粗糙，布景松垮，有人甚至认为《天鹅湖》是一出失败之作。当然，芭蕾舞剧的成功，首先要借助于编舞的成功。今天全球比较认可并推崇的版本，是马林斯基剧院的版本（这个版本并不为中国的芭蕾舞团认可，因为其剧情更多爱的悲切，中国芭蕾舞团更喜欢王子与天鹅美好与团圆的结局）。我们今天最痴迷《天鹅湖》的部分，是意大利芭蕾明星最先为黑天鹅设计的32圈名叫“挥鞭转”的单脚原地旋转，堪称芭蕾舞难度的极致。

十几年前，马林斯基剧院带着自己的《天鹅湖》在北京展览馆剧场上演，让北京乐迷与芭蕾迷见识了正宗的《天鹅湖》。我当时自掏腰包购票，约请朋友，只为了一起感知俄罗斯音乐与芭蕾双重优美的震撼。当然，在我看来，芭蕾音乐从来不是柴可夫斯基最强有力的作品，他的交响乐、协奏曲以及室内乐的水平远在芭蕾音乐之上。但就古典音乐与芭蕾舞蹈的结合来看，还是《天鹅湖》最好。此后看法国马赛剧团的《吉赛尔》，女主角的芭蕾表演水准一流，但《吉赛尔》的音乐，绝对不可与《天鹅湖》同日而语。柴可夫斯基当是西方音乐史上把芭蕾音乐提升到交响乐水平的大师。听听《天鹅湖》的主题，也只有俄罗斯人才具有如此宽广地把握旋律的能力。此前，有哪个作曲大师把芭蕾音乐提升到柴可夫斯基的高度呢？

不过，我们今天这个物欲时代，美学走向上已经与 19 世纪大相径庭。电影《黑天鹅》问世之前，曾有一版男性舞蹈者上演的《天鹅湖》，在世界范围内引起轰动，其他的版本也多如牛毛，热闹非凡。经典在不断被重新阐释，超乎原创者的想象。我们遇到了“黑天鹅”登场、“白天鹅”隐去的时代，一如《红楼梦》的内在意味在今天不及《金瓶梅》更夺人眼球。是耶非耶，一百多年后，一切已是沧海桑田。

柴科夫斯基－第五交响曲乐谱

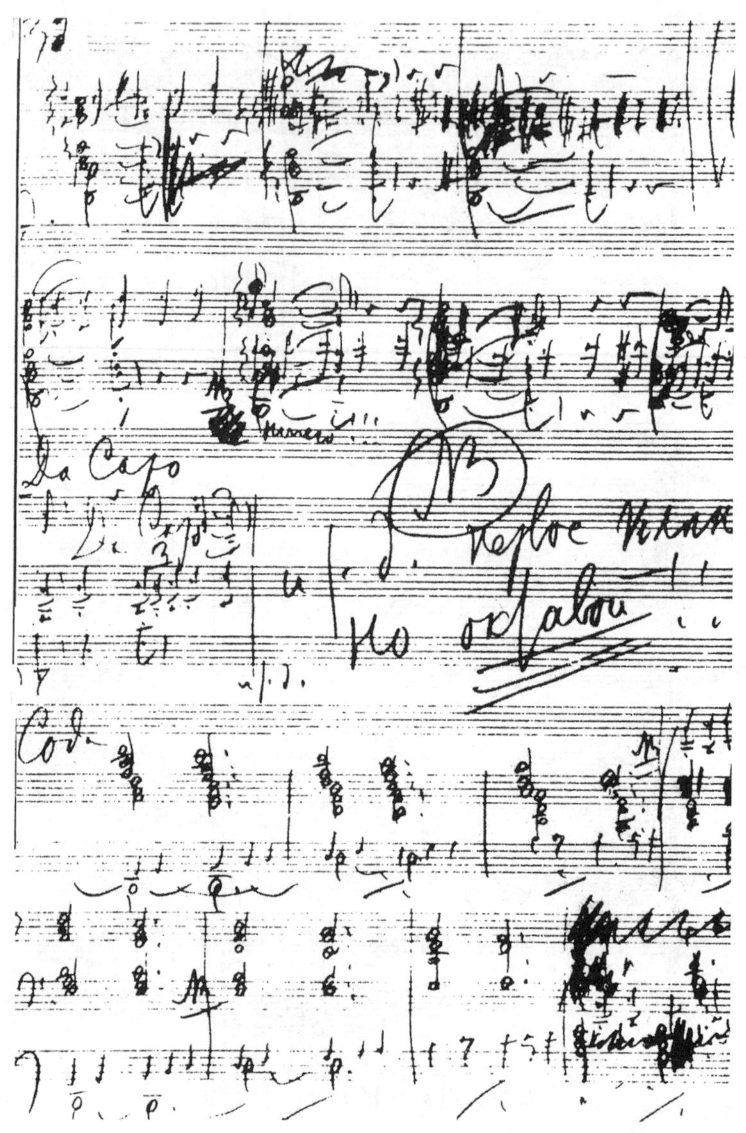

柴科夫斯基－第六交响曲 手稿

线描　穆索尔斯基像

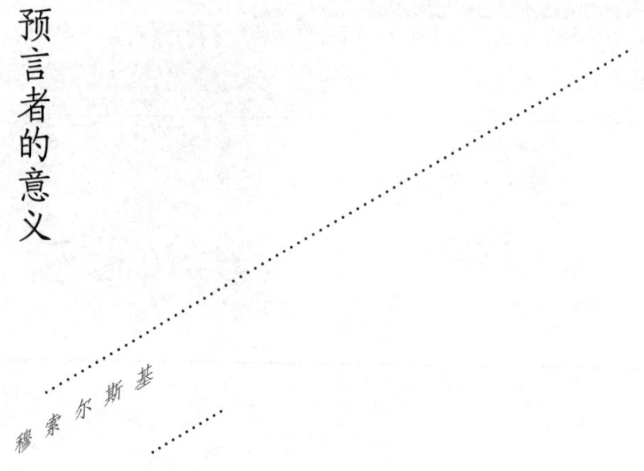

预言者的意义

穆索尔斯基

穆索尔斯基是中国乐迷既熟悉又陌生的名字。说到熟悉，在于他是 19 世纪对抗柴可夫斯基创作理念的“强力集团”的中心人物，也是其成就最高者。列宾为他绘制的著名肖像，让人耳熟能详的《跳蚤之歌》，都成为这个互联网时代认识他的符号。但穆索尔斯基音乐的深刻内涵从来没得到真正认识，其中的原因一言难尽。他是一个粗糙的作曲者，由于不精通配器以及乐理，留下的手稿都经过了重新的整理与编写，可谓再创造。但此番创造也有不少争议。比如，里姆斯基—科萨科夫与拉威尔对他的重要作品进行了重新配器，让其面目一新，可专家们认为这是为穆索尔斯基做了不恰当的整容术，更改了作品的原始内核。

所谓“强力集团”，是以俄罗斯音乐遗产为出发点的一群志同道合者，有激情，有思想，但是音乐素养十分匮乏，弹琴和作曲全凭天性，不遵守章法。正像他们指责柴可夫斯基的作曲媚俗西方一样，他们自我认定的俄罗斯特性今天看来有不少瑕疵与欠缺。比如“强力集团”一直认为巴拉基列夫是他们的教父，技术样板。但巴拉基列夫除了是钢琴高手外，对作曲的基本常识的掌握十分幼稚。跟随这么一个所谓的指导者，去进行需要精密数学与几何学的作曲工作，只可能中途翻船。

穆索尔斯基算是“强力集团”里思想最深刻的人，写下的曲目《荒山之夜》《图画展览会》以及歌剧《鲍里斯·戈多诺夫》，是19世纪俄罗斯音乐文化经典中的经典。他的音乐没有柴可夫斯基那种唯情与唯美，却尽是先知般的警醒与预言。比如《荒山之夜》，可谓是斯特拉文斯基《春之祭》的先声。在这部作品里，穆索尔斯基描述了撒旦降临人世，群魔在地狱里狂舞的世界。他的《鲍里斯·戈多诺夫》，取材于诗人普希金的作品，描写了一个杀了即位者的篡位者，忧心忡忡面对大众与自己罪行的内在煎熬心理。

穆索尔斯基在音乐会上最受欢迎的作品是《图画展览会》。此曲版本多样，有钢琴版、弦乐版、大提琴版等。这是他为纪念亡友而作的曲子。一位画家友人请他去看自己的画展，后来突然死亡在穆氏身边。也许是死亡的激发，穆氏写就了它。我个人十分喜欢《图画展览会》，尤其热爱贯穿全曲的“漫步”乐章。很多乐评家解读此段时，都将其理解为穆氏在画廊里踱步的情景，但并不这么简单。这个在乐曲开头并几次用来串联的乐章是一出预言，像一个先知忽然回首世界，内心听到了鸣响的钟声。这既是亡友给他的暗示，也让他从其间明白了一个上帝退场，魔鬼世界的降临。这个乐章严肃而大气，是20世纪现代主义音乐登场的序曲。

钢琴家乌戈尔斯基出生在西伯利亚，1990年代移居西欧。他有一手好琴艺，对音乐会上钢琴的优劣从不挑选，只愿尽情表达自我。新世纪初，他曾来到北京保利剧院弹奏过，琴声惊艳，技术的滴水不漏让乐迷感慨不已。他一直是我心仪的钢琴家之一。1992年他为DG公司录制了《图画展览会》的钢琴版。这张唱片除了穆氏的这部作品外，还有斯特拉文斯基的曲目。

乌戈尔斯基之所以这么安排，是在暗示穆氏是斯氏的精神导师，斯氏的一切是对穆氏的发展与变异。但我不满意乌戈尔斯基在这张唱片里的表达。他把“漫步”乐章弹得过于平和，去掉了穆氏那种旷野呼告的严峻性。他打造了一个精致的穆索尔斯基，但作曲家生前反对的，正是柴可夫斯基让西欧人喜欢的那种精致。当乌氏把穆氏弹得好听时，他把一个先知的压迫性语言变成了平庸的布道。

国内乐迷喜欢浪漫主义的如泣如诉，不愿在耳畔布满警告者的钟声。从这个意义上来说，我们听古典音乐太爱享乐的一极，不喜欢受苦受难的成分。在“娱乐至死”的时代，也许我们要听的正是更有严峻意味的声音。敲响警钟不会让人愉快，但比廉价的娱乐有意义。穆索尔斯基 19 世纪为整个人类敲响的预警钟声，今天仍在回响，因为它为大地上的每个人而鸣。

线描　鲍罗丁像

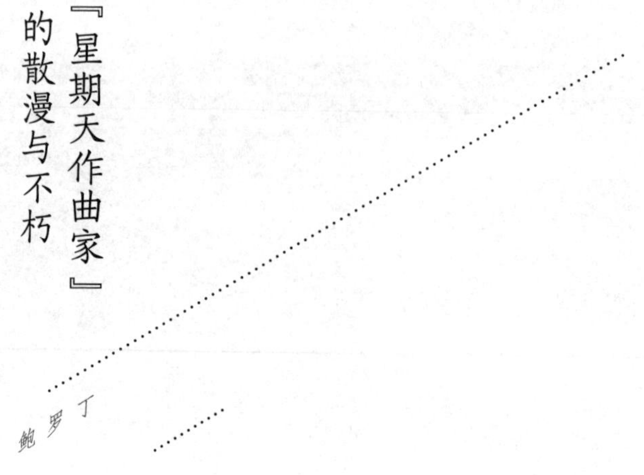

『星期天作曲家』的散漫与不朽

鲍罗丁

俄罗斯“强力集团”的五个作曲家里，穆索尔斯基号型最大，充满力度；里姆斯基－科萨科夫最有名，曲目因为精良的配器与异国情调，在音乐会上常演不衰。而巴拉基列夫、鲍罗丁与居伊三个人中，鲍罗丁的作品也广泛传播。五位大师算是互帮互学小组，凑在一起，听命巴拉基列夫这个不甚了了的导师指引，一起买各种乐器，研究声音特点，现学现卖，土法上马。彼此间的作品也是互批互改，尽量避免作曲法与配器上的错误。鲍罗丁的许多作品与穆索尔斯基一样，生前没写完，草稿由里姆斯基－科萨科夫与格拉祖诺夫修订。去掉作品外在的脚手架，还原真实样貌，是亡友留给活人的苦差事。

巴拉基列夫自小被认作莫扎特般的人物，成年后全职作曲，其余四人则是军官、公务员、教授等社会角色。最特别的当属鲍罗丁——欧洲大师级别的化学家，终生不停地出国参加各种科学会议，作曲，完全是副业。他被人叫成“星期天作曲家”，一生中只有不到五分之一的时间在弄音乐。由于作品少，鲍罗丁在 20 世纪获得的声望（美国百老汇音乐剧《天命》借用他弦乐四重奏里的旋律改成歌曲，得以传播，获得 1954 年的东尼奖），让乐评家感慨一个散漫的人也可以获得不朽名声，被时代选中。

鲍罗丁生于1833年，是一个亲王的私生子。1887年，他在参加一场晚会时猝然离世，享年54岁。在许多友人的回忆录里，他被描写为基督一样的人物。居住之地永远被他人占领，人来人往，潮起潮落。他甚至让出自己的床给访客用，房主倒成了借宿的人。这是19世纪下半叶的俄罗斯，人与人的关系非今天所能理解。

从作品的旋律感来看，鲍罗丁有近似柴可夫斯基的能力，是“强力集团”中最好的一个。柴可夫斯基瞧不起“强力集团”，在于他们一直以他为敌，认为柴氏的音乐过于西欧化，缺乏俄罗斯特质。但问题是“强力集团”这个土炮集合，匮乏技术，作品多为临时磨枪的成果，有情感，有渴望，但形式上不精致，不成熟。他们反对柴可夫斯基，甚至反对德奥音乐传统，但没有说服力。以德奥技术标准来看，柴可夫斯基的交响曲在结构上也并不过关，感性成分大，编织能力弱。

可以这么说，鲍罗丁是“强力集团”中少有的冷静，不自以为是，也不意气用事的人。他的科学家职业与散漫天性救了他，创作时不生硬，也不过度使劲，我甚至觉得他的交响曲水平，不亚于柴可夫斯基，在管弦乐的使用上也不比里姆斯基-科萨科夫差。德彪西喜欢鲍罗丁，认为他的《第二交响曲》是俄罗斯作曲家的最高水平。李斯特也推崇鲍罗丁的交响能力。

能与穆索尔斯基世界级别的《鲍里斯·戈多诺夫》并列的俄罗斯歌剧，鲍罗丁的《伊戈尔王子》当属一个。也许是亲王子嗣的缘故，他的英雄史诗情怀是终生的。这是民间传说的音乐重塑，旋律好听，没有《鲍里斯·戈多诺夫》的深刻与沉重。鲍罗丁有举重若轻的本事，外加柴可夫斯基般的旋律能力，他成了国际上普遍接受的作曲家。作品里的疏朗肌理，避免了感情的过度黏稠，解不开的俄罗斯式纠结。一个化学家懂得生成与变易的美妙，鲍罗丁的作品里有种开朗、自然的特征。

这些年，他的名字因为一个名叫“鲍罗丁四重奏”的演出组合而传播。百代公司出品了这个四重奏团的鲍罗丁作品——第一与第二四重奏曲。其中第二四重奏曲，温暖而抒情，二、三乐章被百老汇音乐剧拿来改编，传遍了世界。但鲍罗丁与“强力集团”的其他俄罗斯作曲家一样，在曲式与结构上仍达不到德奥作曲家的精密与完美。一旦他想追求德奥的滴水不漏，就出现一些问题。

从这个角度而言，鲍罗丁是徘徊在俄罗斯文化与德奥系统中间地带的大师。而导师巴拉基列夫，在追求俄罗斯化的道路上中途已经退场，陷入宗教迷狂。一旦鲍罗丁把“民族化”当作伪命题一脚踢开，一笑置之，放松，也许就成就了大业。古典音乐的文化身份问题困扰德奥以外的国家与民族太久了，鲍罗丁放下了这个包袱。

线描　斯克里亚宾像

『盗火』与『越狱』

斯克里亚宾

从任何角度言说俄罗斯的作曲家斯克里亚宾，都难以轻易地讲清楚。生于1872年的他，原本与拉赫玛尼诺夫是同一代人，既为同窗好友，又属竞争对手。从今天的认识来看，俄罗斯作曲家在19世纪末与20世纪初都似乎选择了两条路。一条路是与19世纪的音乐传统发生联系，比如拉赫玛尼诺夫，他的作品与柴可夫斯基有内在关联，尽管有守旧主义的嫌疑，但还是开创了大场面与大格局；另一条路则是现代主义之路，斯特拉文斯基、普罗科菲耶夫乃至肖斯塔科维奇都信奉崭新的美学，创造了一种属于20世纪而非19世纪的音乐。唯独斯克里亚宾在这两条路的四周打转，不向前，也不退后。他的突围方法是向上跃起，与宇宙通灵，摆脱束缚，走“第三条道路”。

19世纪末的俄罗斯依旧有一种强烈的弥赛亚（救世）情怀。这是特殊的思想动荡的年代。在西欧，各个与现代主义思潮相关的艺术家纷纷登场；但俄罗斯人有自己的独特命题与情怀。在柴可夫斯基那边，情感的苦难与救赎充满了自我折磨。这种折磨对俄罗斯人来说是自我解放的必由之路。柴可夫斯基的交响曲与芭蕾音乐，表现的就是不可挣脱的痛苦以及对仙境的痴迷。

据史料记载，柴可夫斯基对年轻的拉赫玛尼诺夫赞赏有加，本能地意识到他是其音乐传人。但斯克里亚宾却一直对俄罗斯民间主题缺乏深刻的兴趣。他深受尼采超人哲学的影响，知道整个欧洲文化大厦摇摇欲坠的现实。关于这一点，斯宾格勒在《西方的衰落》一书中已经有了透彻的说明。斯克里亚宾在一场革命即将到来的风云里，不相信现代主义的思潮、语言的更迭能够对自身产生救赎作用；而向上与造物主合一与通灵，于他才是真正的解放方式。这种理念贯穿在其音乐作品里，无论是练习曲、交响曲还是奏鸣曲，都有置身于宇宙之间的陶醉感。那种个体与无限之间融合的喜悦，尤其出现在钢琴作品里。他发明了一种崭新的钢琴语言：既有神秘主义的内核，又有一种挣脱小我进入大我之后的新生感。

我们听斯克里亚宾，时常觉得他似乎努力与旧有的传统失去联系，像是只身藏在一艘从大地发向宇宙的飞船里，为另一位神弹奏音乐。他是 20 世纪的普罗米修斯，逃离神对大地的谶语，让盗来的天火照耀自己的生命。

对于斯克里亚宾的钢琴作品，迄今为止最为准确的弹奏者是霍洛维茨与里赫特。拉赫玛尼诺夫的弹奏受到批评，认为他的表达没有斯氏的宇宙意识。但霍洛维茨（美籍俄罗斯人）与李赫特作为典型的俄罗斯人，懂得斯克里亚宾的钢琴音乐里那种超越感与陶醉感。钢琴声音瞬间的静默与爆炸，空间上大与小之间的比例，色彩间万花筒与单色之间的关系，尽在斯克里亚宾的作品中。

斯克里亚宾中年之后就被世人认为陷入了癫狂，一如在星空的围墙下沉迷于某种妄想，生活上也多有荒唐事发生。而针对个体与无限之间的关系，巴赫的音乐已经做出了最好的回答。但斯克里亚宾渴望超越对个体的限定，如超人般与造物主合一。

他的理念已经建立在把音符作为工具，与上帝通灵的玄想上。

我个人对斯克里亚宾的认知，更多是在霍洛维茨的几张唱片里。他是弹奏斯克里亚宾的高手。无论 1986 年为 DG 公司录制，还是在莫斯科音乐会上弹奏的斯氏第八号练习曲，听来都有在宇宙中飞行的感觉。在音乐里，斯克里亚宾与群星对话，听命神秘物质导航，让我们感到别样的魅惑与吸引力。

今天的音乐史上，斯克里亚宾的地位远低于斯特拉文斯基、普罗科菲耶夫、肖斯塔科维奇与拉赫玛尼诺夫。但这可能是暂时现象。一旦宇宙空间里的轰鸣成为强音，深受大地重力与诸种戒律所限的人渴望“越狱”时，会重新认识并读解斯克里亚宾。他或许是一位得到了特殊启示的先知，不仅给我们异端之美的声音，而且呈现高于世界的另一种逻辑。

线描　拉赫玛尼诺夫像

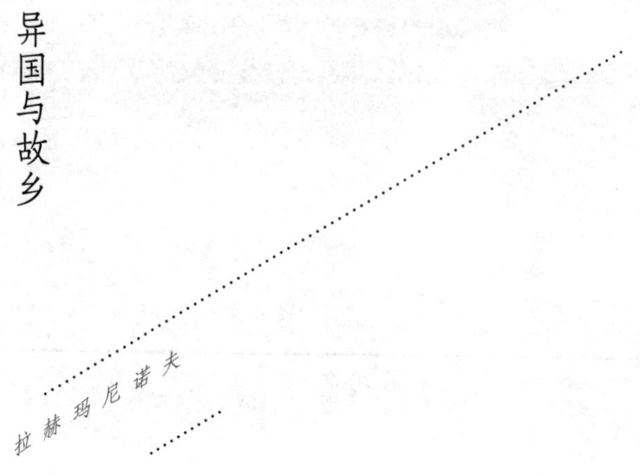

异国与故乡

拉赫玛尼诺夫

英国大导演里恩 1945 年推出的《相见恨晚》（曾获戛纳电影节大奖），可以当作拉赫玛尼诺夫《第二钢琴协奏曲》的电影版来看。片子开头是一列白烟滚滚的火车，画外音以《第二钢琴协奏曲》的八个和弦作为起句，预示车站上相遇的男女主人公命运的不祥。电影的主题是家庭与爱情的冲突，每当女主人公陷入内心挣扎并独白时，拉赫玛尼诺夫作品在各个片段出现，贯穿整个剧情。由此可见拉氏作品多有情感上的争斗与折磨，有时甚至是变形与分裂。

拉赫玛尼诺夫 1943 年去世，不知里恩此部电影是否在暗暗向他的音乐致敬。作为同在美国发展的外国人，里恩关于“异国与故乡”的焦虑远远小于拉氏。俄罗斯人的故土根性极深，用丘特切夫的诗句表达，“俄罗斯”是一种不可用理性解释的“信仰”，带有神学意味。因是自从远离故国，拉赫玛尼诺夫的一生要比留在俄罗斯的人更俄罗斯。他的创作理念承继了柴可夫斯基与 19 世纪俄罗斯的文化传统，在现代主义思潮席卷世界，甚至连巴托克这样的东欧作曲家创作钢琴作品也顾及时代美学时，依旧不为所动，执意向旧时的俄罗斯回溯。其时，革命与战争在那里交替进行，彼得堡与莫斯科早就今非昔比。自我流放，却保持了故国精神版图应有的模样，这当是拉赫玛尼诺夫的不幸之幸。

据传记记载，晚年的拉氏变得富有了，在美国过起了类似俄罗斯 19 世纪贵族的生活，吃俄式餐点，还有仆人。而在故国，文艺界与音乐界的意识形态化如火如荼地进行，对旧文化的批判与清理是另一重变奏。此种荒谬让人难分辨何为异国，何为故乡，一如“雕栏玉砌犹在，只是朱颜已改”。而艺术家的全球式流放，找寻精神故乡的情况，在 20 世纪上半叶蔚为大观。美国人到欧洲去，欧洲人到美国来，尽在大西洋的季风里感受流离，决不像海明威浪漫化写“流动的圣节”那么简单。一旦美国人的“天真”遭遇欧洲的“世故”，欧洲人又失落于纽约，“一个美国人在巴黎”的新奇或“致新大陆”的交响曲都会戛然而止。文化上的水土不服甚至冲突，已是美国小说家詹姆斯、西班牙诗人洛尔加的主题。

其实，关于拉赫玛尼诺夫音乐成就的评价，在专家与乐迷两边是冰火两重天。专家认为拉氏的作品在美学上滞后而陈旧，许多作品的结构不好，乐章之间经常出现不均衡现象，在表达方式上炒 19 世纪的冷饭，甚至是一种“倒退”。此种论调在 20 世纪后半叶清理浪漫主义地盘，铲除“感伤”与“文化自恋”，推崇一种混合化的新音乐语言时甚嚣尘上。但乐迷却喜欢拉赫玛尼诺夫。他深重的感情表达，宽广而动听的旋律，如旧时明月一样让人难忘。尤其是放弃调性的现代主义音乐作品解决不了“可听性”与“可记性”两个问题时，拉氏作品有着广泛的受众。乐迷作为怀旧族群，用美国女诗人迪金森的诗句来说，就是“如果我们不可兼得，要最古老的一个”。

除了里恩的电影，近年拉赫玛尼诺夫的音乐得到世界性关注，得益于澳大利亚影片《闪亮的风采》1996 年的上映。由于得到了奥斯卡奖，此片不仅受影迷热捧，更得到乐迷厚爱。电影改编自真人真事（此人曾在悉尼奥运会上演奏），讲的是少年琴痴弹奏拉氏《第三钢琴协奏曲》时竟然疯了的故事。关于《第三钢琴协奏曲》的难度之辩，随之浮出水面。拉赫玛尼诺夫之名与高难度钢琴作品划上了等号。

平心而论，《第三钢琴协奏曲》并不好听，远不及《第二钢琴协奏曲》有可听性与内在意味，但在演奏的速度与力度要求上几近空前。贝多芬与巴托克的钢琴作品对钢琴家技术要求也十分高，但拉氏作品里却有一种内在重量。有人说弹奏此曲，耗费体力近于铲完一大卡车煤炭，或似大象驮着巨木过湍急河流。这都有些夸大。也许，此部作品是在显示“故乡”在“异国”的沉重（拉赫玛尼若夫的现代性正于此间得以表现），而难以释怀情感异形般的存在，坐实于作品复杂的技术里，让一位少年琴痴崩溃了。

自我弹奏

拉赫玛尼诺夫

西方作曲大师亲手指挥自己作品的例子并不鲜见。从巴赫、莫扎特、贝多芬一直到现代主义诞生，勋伯格、斯特拉文斯基乃至伯恩斯坦，都留有作曲家演绎自己作品的故事与传说。录音技术还没出现的时代，西方音乐的巨人们无法录制文本，让今天的我们得以感受 18 与 19 世纪音乐的体温，堪称憾事。作曲家行列中间兼有钢琴大师之誉的，除了李斯特与肖邦外，还有拉赫玛尼诺夫的名字。他不仅弹奏自己的作品，而且留有不少弹奏其他大师作品的珍贵录音。其中最重要的，就是对自己钢琴作品的演绎。

我藏有一套 RCA 公司出品的拉赫玛尼诺夫演奏录音的全集。此套唱片共有 10 张，录音跨度近 20 年。其中领衔主打的第一张唱片，是他 1929 年录制的自己《第二钢琴协奏曲》的版本。听这张唱片虽然总要受音质的干扰（杂音如同哗哗水声），钢琴与乐队在其间皆有蒙尘之感，但它别有一种味道。如同我们观看被风雨侵蚀的老建筑，会感受时间留下的沧桑之美；最为重要的是在这座建筑里，我们有幸以耳朵闻见了主人，如同一次亲证。

《第二钢琴协奏曲》作为拉赫玛尼诺夫最为人熟知的作品，来自其创作的一次转折。大约 1897 年，他的《第一交响曲》由格拉祖诺夫指挥，呈给听众时，遭遇了滑铁卢般的惨败，恶评如潮。他的作曲才能遭受质疑的同时，作为钢琴家的身份也受人诟病。比如，他曾演奏过斯克里亚宾的作品，并没有得到作曲家本人的确认，埋怨不断。作曲家与钢琴家双重身份的危机，让拉赫玛尼诺夫陷入崩溃与疯狂的边缘。有几年他不能做任何事情，私下接受一位博士的心理治疗。一番暗示，果然对他的神经衰弱症起到了效果。《第二钢琴协奏曲》就是这场治愈结出的果实。作品问世后所受到的肯定，让拉氏挽回了身份危机的局面。

此曲开头，以八个模仿教堂钟声的阴郁和弦闻名于世。我们猜度，恰是俄罗斯教堂的钟声，给予他困惑之渊上启示的光明。也许唯有宗教才能使心灵的疾病得到解脱，憋闷之物可以破茧而出。这也使拉赫玛尼诺夫意识到，他的作曲方向必须回退到旧时代，并非寻找通向现代主义之路。俄罗斯的民间旋律以及宗教，才是他这个充满抒情色彩的作曲家傍依的基石。尽管后代评论家认为拉赫玛尼诺夫在音乐美学上皈依了 19 世纪，逃避现代世界的降临，但作品的质量如何，才是唯一的试金石。他退回过去，相反使后来的作品获得了生机。由于天生对旋律的敏感，这部好听的作品迄今是全球范围演出最多的钢琴协奏曲之一。

十月革命前后，拉赫玛尼诺夫先是到了北欧，其后辗转去了美国。身在异乡，他养活自己与全家的，不再靠作曲家的大脑，而是钢琴家的手指。在美国，他成了斯坦威钢琴的推介人，时常在各种演奏会上演奏，经济状况也渐渐好转。经历过残酷与窘迫之后，他过上了俄罗斯旧式贵族老爷的生活，据说还雇了会说俄语的仆人，像是一个 19 世纪的俄罗斯人。

也许可以这么说，拉赫玛尼诺夫从根本上不喜欢苏联革命，也不喜欢 20 世纪。他曾在美国的报纸上撰文攻击苏联，而那边禁演了他的作品。双方的争执，在 20 世纪 40 年代消停下来。拉赫玛尼诺夫怀念故土，关注二战，而苏联的作曲家群体又重新接纳了他。

当然，听作曲家演奏自己的作品，会感到与演奏家完全不一样的风格。拉赫玛尼诺夫弹奏自己的《第二钢琴协奏曲》，注重乐句的准确以及节奏，但感情的投入显然不够，很少加色加味，使其成为老少皆宜的大餐。作为文本创造者，也许交由其他弹奏者二度演绎，才能赋予意想不到的缤纷色彩以及光华。他生前的挚友霍洛维茨弹奏的此曲，以及美国的钢琴家贾尼斯的版本，在我听来是两个最好的版本。拉赫玛尼诺夫 1929 年的这个版本，与他们相比是无色的，具有史料价值。但此史料非彼史料也，还是应该感恩时代忠实地记录了拉赫玛尼诺夫在镜子里映照自己的时分。这面镜子是一架钢琴。

拉赫玛尼诺夫－前奏曲五线谱

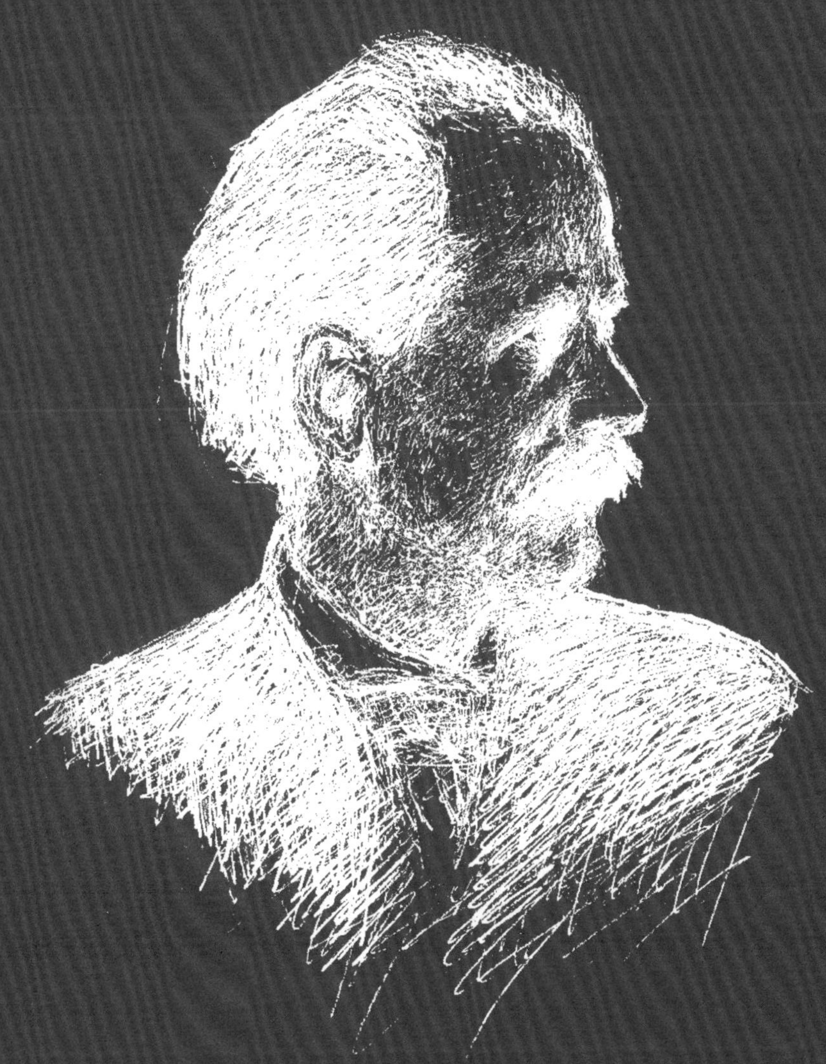

线描　马斯涅像

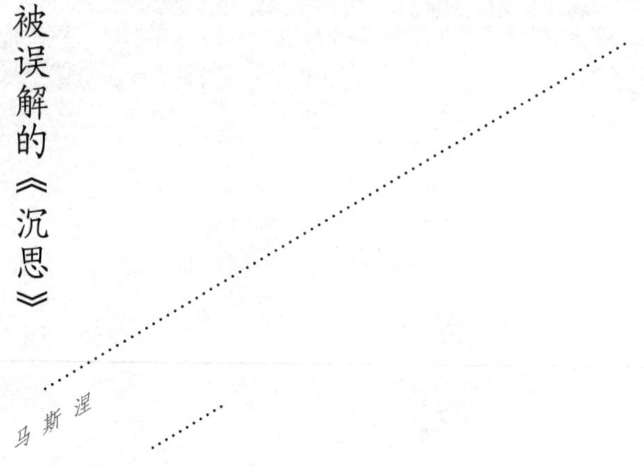

被误解的《沉思》

马斯涅

1990 年代，英国一本著名的古典音乐杂志评选有史以来最著名的 20 部小提琴曲。法国作曲家马斯涅的《沉思》进入前十。在浪漫主义时期的艺术成就遭受质疑甚至诟病的当代环境里，马斯涅没被遗忘，生前浩繁的作品如今仍有一部规模不大的曲子被今人重视，可谓幸事。作品被演奏，作曲家就不死。

马斯涅生于 1842 年，1912 年去世。他 1878 年 36 岁时当选法兰西院士，生前即名满法国乃至欧洲，堪称一生顺遂，无以复加。但这也是诅咒。他当年写下的多部歌剧，屡次引发轰动，观众如潮，歌剧院爆满，如今看来是一时奇迹。随着时代美学趣味的烟消云散，马斯涅的世界终属难得重现的逝去风景。但有《沉思》驻留不去，也算救赎。

国内 1980 年代成长起来的一代乐迷，没有听过马斯涅《沉思》的，寥寥无几。那是入门曲目，也属呈现小提琴魅力的洗练之作，其线条、揉弦与运弓的美，让人一听难忘。我是用老式录音机听一盒卡带与《沉思》相遇的。其时并不知道，这支曲子来自马斯涅当年著名的歌剧《泰伊思》，而且是幕间第一场与第二场之间的间奏曲。估计作曲家本人也没料到，这首《沉思》（又名《泰伊思冥想曲》）会是其代表作。令人仅仅取出一部大作品的片段愉悦这个世界的耳朵，像只取了鱼翅，却把整条流血的鲨鱼抛回大海一样。

歌剧《泰伊思》改编自作家法朗士的小说，表达信仰与肉欲冲突的主题。名姬泰伊思在感召下决定侍奉上帝，而感召者却无可救药地爱上了泰伊思，不可自拔。尘世之爱与天国之爱，究竟该怎样选取呢？诗人艾略特说，火焰与玫瑰从来不能合一，可见西方文化的二元冲突遍布社会、历史、文化的方方面面，包括爱情。也正是这种冲突，造就了不同主人公内心的戏剧性。《沉思》表达的是泰伊思自我挣扎与净化的过程。从欲望的骚动到皈依的安详，尽现在乐曲的三个段落里。

恐怕我们当年听《沉思》，难以想到它表达的是名姬的内心历程；而乐曲里动人与干净的线条，是泰伊思从个人幽暗之蛹里化蝶的过程。她在有罪的今生里荡涤，揉弦与运弓大幅度地展现化蛹为蝶的痛楚。浪漫主义时期的欧洲艺术多表达忏悔（缪塞即以《一个世纪儿的忏悔》著名），这种忏悔不是对中世纪的上帝，而是对相爱双方的爱与欲。也许启蒙主义之后风行法国的浪漫主义本身，是个血气不足，也注定营养不良的“世纪儿”。不过，这个忏悔的“世纪儿”没有今天认为的那么丑。

《沉思》作于 1894 年，一百年后还被当代小提琴大师演奏与录音，其中较好的版本有帕尔曼 1995 年在百代公司推出的柔版精选，穆特 2007 年在 DG 公司发行的精选集。2008 年卡拉扬百年诞辰时，DG 公司还出品了名为《金色卡拉扬》的双张碟，里面收录了《沉思》。另外，《沉思》还有长笛版与竖琴版。不过与小提琴版比起来，差点感染力，听起来没有味道。长笛演奏《沉思》，比竖琴稍好。

在过往经典被严苛对待的后现代社会，马斯涅的音乐作品普遍被认为曲风过于甜腻，另一点则是感情虚假，没有深刻的内涵。对此我不苟同。用当代的美学趣味，审视并嘲弄另一个时代，已成为互联网与资讯文化的普遍特征。当年兰波就认为雨果过时了。这是诗歌新王子与文学老国王的争论。但作为阅读者与倾听者，不选立场，将会收获更多。

20 世纪在中国乐迷心中占最大份额的无疑是浪漫主义音乐。但到了新世纪，趣味正在变化。在当下这个时间点美化或丑化浪漫主义，多来自时代的畸变心理与认识误区。听听马斯涅，总比听自行失效的流行歌曲要好上太多。浪漫主义的热情、虚幻，至情至性的自我忏悔，是值得尊重的。《沉思》就是此种浪漫与忏悔的产物。一个痴迷感情的热烈浪漫者，总比当下空洞、冷漠的拜物者要可爱吧。

线描　圣－桑像

动物狂欢，幽灵跳舞

圣－桑

听圣－桑的音乐要穿越两个误区：一是以为他作品的美学风格以《天鹅》为主，尽是抒情而优美的曲调，甜腻而感伤；二是他曾与马斯涅等人一起作为当年德彪西认定的敌对者，是个古板而守旧的角色。用今天的目光看，圣－桑是才华横溢却并没有取得与才华相匹配成就的人；为人冷漠，多有揶揄与讥讽，对同时代音乐家及从前的大师极不恭敬。但也许正是这些特征拯救了他。在我们这个解构的时代，他一百多年前就把许多音乐家的形象与旋律写进《动物狂欢节》的举动，是几近解构的先知行为。他的《骷髅之舞》也成了一种预言，因为当今世间大肆流行的视觉符号之一，就是骷髅。

可以说，圣－桑生命里一直有黑色幽默与虚无主义的因子。1875年他到俄罗斯指挥自己的作品，曾遭到穆索尔斯基的责难。穆索尔斯基认为《骷髅之舞》是“残渣碎屑”，予以正面抨击：“你，管弦乐权力的主人，圣－桑先生，你剩下的一点点创作才能，是无所不收，因此从各种三重奏、四重奏、五重奏等等中获得愉快。圣－桑先生，革新家！我脑海里的每一个思想都是拒绝他的，我以我全身上下所有的力量推开他！小品的利用者，和我们有什么关系！”

相对于穆索尔斯基的音乐理念而言，圣－桑的作品的确规模小，感情也不强大，甚至游戏时也不够真诚与投入。但把他贬成“小品利用者”般的作曲家，肯定不够客观。圣－桑一生作品丰富，写有大量室内乐、管弦乐、交响曲、歌剧，业余还写诗歌与剧本，研究自然科学，近乎百科全书般的人物。童年时，他就被当作莫扎特一样的天才看待。也正因为如此，圣－桑有天才人物共通的“恶童综合征”，不把大师当成大师，也不把自己当回事。一个生而知之的人，拿学而知之的人尽情“开涮”，把他们关进“动物园”取乐。等到动物面具脱落，剩下的就是骷髅之舞，谁人都不得逃脱。

圣－桑的代表作《动物狂欢节》共有十四个小节，分别是《引子与狮子进行曲》《母鸡与公鸡》《野驴》《乌龟》《大象》《袋鼠》《水族馆》《长耳朵角色》《布谷鸟》《鸟笼》《钢琴家》《化石》《天鹅》《终曲》。其中，《天鹅》多次被演奏家单独拿出来演奏，已成为最流行的古典小品。这支曲子徐缓而宁静，天鹅如同水上一团圣洁的白色火焰。也许圣－桑把自我的内在形象投射其间，而其他大师则列入鸟兽族裔，集体联欢，当那只天鹅正从动物园飘逸而去。

作曲家拉莫与奥芬巴赫被戏仿后，放入“母鸡与公鸡”与“乌龟”两节，“大象”里有门德尔松与柏辽兹《仲夏夜之梦》《浮士德的沉沦》的影子，而《仲夏夜之梦》，又出现在“长耳朵角色”一节中。圣－桑对门德尔松如此调侃，也许就是对有人称他是法国的门德尔松的不满。在“钢琴家”一节里，被开涮的人物是车尔尼。但妙的是在“化石”里，圣－桑也开始揶揄自己，用了《骷髅之舞》的主题，还搭上罗西尼《塞维利亚理发师》一同出场。到“终曲”部分，动物园激情喧闹，所写的动物纷纷再度登台：狮子吼叫，野驴狂奔，袋鼠蹦跳，公鸡与母鸡咯咯叫唤，人世间终于成了隐喻中的动物王国，再无神圣与严肃可言。圣－桑完成了转型——一个用音乐写动物寓言的人。此番顽童之举，就像《国王的新衣》里那个孩子，在人人瞎编国王神话时，他说国王没穿衣裳。

嘲弄，开玩笑，黑色幽默，欢呼无意义，是后现代艺术的特征。其核心意义是揭露世界的荒诞与人置身于其间的荒诞。从这个角度理解圣－桑的《动物狂欢节》《骷髅之舞》，只能感叹他在使用古典音乐语汇的世界中，已经有了后现代的直觉。不仅“他人即地狱”，“自己也是地狱”，一阵欢快的笑声慢慢变黑，变冷，讥笑让一切坍塌，再无重建的可能。圣－桑也自知这两部作品是游戏之举，怕《动物狂欢节》引发误会，惹得众人口诛笔伐。但顽童轻快的笑并不会被世界正确理解。这个世界会在揶揄声里成为“残渣碎屑”。而哭，是人们更易接受的情感表达方式。还是把人当人为好，即使人与动物的边界正变得越来越窄。

线描　萨蒂像

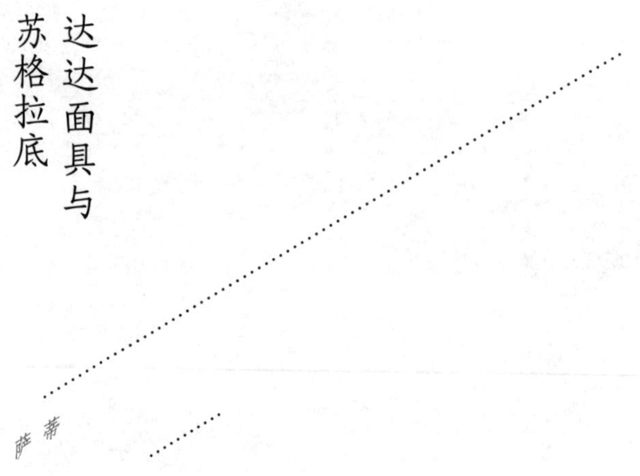

达达面具与苏格拉底

萨蒂

法国作家雷伊在《萨蒂画传》（2005 年中国人民大学出版社推出了中译本）一书中，引用了一张 1978 年由弗尼瓦尔创作的装置作品的照片，名叫《床上的萨蒂》。在作品里，几近等大还原的萨蒂头戴大礼帽与夹鼻眼镜，躺在干净的床上，床头是一堆数学字符与自己的漫画像。图注这么写道：“无法归类，难于交往，不可救药地独一无二，萨蒂的个性注定要引发法国与世界上一代又一代艺术家的无尽遐想。”

萨蒂 1866 年出生于法国诺曼底，1925 年逝世于巴黎。弗尼瓦尔的作品并没有把今天已经成为传奇的“萨蒂的屋子”真实反映出来。那是一座他人从不被允许进入的“密室”，贫穷，混乱无比。他死后，才有友人打开了门。萨蒂的床单不可能那么洁白。一个近于赤贫的单身汉的空间在弗尼瓦尔的想象里变得华丽了。

也许可以这么说，萨蒂开创了艺术家的人格画像大于对其作品认知的时代，即世界的眼睛开始关注的是这个“人”，其次才是他的“作品”。萨蒂达达风格的语言表述，小丑般的表演，直接启发了现代主义的达达以及凯奇后现代主义的达达。

他深谙“形象就是价值”这一我们今天才领会的格言，在一百年前就一副戏剧性装扮——活脱脱像卓别林电影里夏尔洛的样子，只是夏尔洛的手杖改成了雨伞。

今天人们评价萨蒂——“极简主义之父”这个称号是准确的。他与德彪西一起反对瓦格纳主导的创作方向与美学，倡导即兴与游戏，解构宏大与神圣化的古典音乐构成。他写了不少钢琴小品，时常在巴黎蒙马特高地附近的小酒馆里演奏，以此简陋地谋生。意大利出生的钢琴家奇科里尼曾推出过萨蒂的作品集（2CD），1990 年代曾是我常听的片子。奇科里尼表达出萨蒂钢琴作品的简洁与洗练，很多地方像搭积木，又有点立体主义的意思。1992 年，奇科里尼还录制了德彪西的钢琴作品集（3CD），由法国百代公司出品。他这么做有比较萨蒂与德彪西的意思。而德彪西与萨蒂的关系，是法国 19 世纪末 20 世纪初音乐界的一桩公案。

作为萨蒂的生前好友，作家科克托极力褒奖萨蒂，贬低德彪西。他说：“德彪西毫无创新，是萨蒂不断冒出新点子——他从火中取出栗子，德彪西再把它们卖给公众并从中渔利。”科克托的评价有一定道理，但并不公允。萨蒂启发过德彪西是事实，但德彪西印象主义的创作风格与理念，是与象征主义诗人与印象派画家交往与碰撞的产物，与萨蒂的交集是第二位的。德彪西的钢琴作品雅致而空灵，充满一种内在的美。萨蒂的创作有一些技术上的简单化倾向，他的编织能力远逊于德彪西。但正因如此，萨蒂的作品有原始与神秘的味道，朴素，甚至极简。两个大师是两回事，不可简单比较。如果强要区别的话——德彪西的创作严肃，而萨蒂，游戏的意味十足。

萨蒂重要的作品，当属 1920 年创作的《苏格拉底》。此曲有两个版本，一是 2 月 14 日完成的钢琴版，一是 6 月 17 日完成的管弦乐版。从对苏格拉底这个古希腊先哲人格上的理解来看，萨蒂与他真有点像：一生漫游，到处与人争辩，弟子无数，最终对世界与他人的看法是——“我不知道”。在此曲诞生之前，勋伯格推出了《月迷彼埃罗》，是十二音体系的作品，其中人声的朗诵对萨蒂启发很大。他的钢琴版《苏格拉底》充满了人声朗诵的尝试，但上演当天，听众哄堂大笑，吵闹不已，无人关注萨蒂的音乐哲思。一个观众与作者彼此分裂并对抗的时代来临了。

《苏格拉底》共有三个章节，分别是《苏格拉底素描》《伊利苏河边》《苏格拉底之死》，全曲长度半小时多一点。此曲当年不良的演出效果，是萨蒂长期以来达达主义文化态度的一种报应。当夏尔洛认真戴上苏格拉底的面具，向公众告知自己的所思所想时，没人信，也没人听了。人们已经把夏尔洛当成了笑话与小丑。小丑的泪水与目光所指，无人领会。

达达表面的胡闹里，有自由的精灵，也藏着深刻的见解——萨蒂森然的一面才是值得重视的。人格画像退场后，萨蒂以作品才可能显现真容。

萨蒂的手稿

线描　马勒像

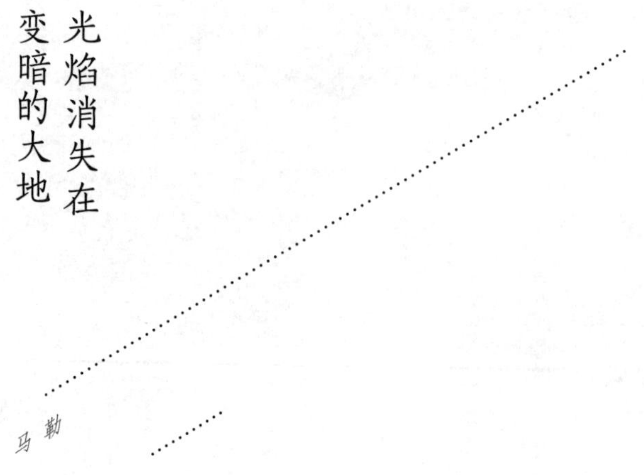

光焰消失在变暗的大地

马勒

1981 年获得诺贝尔文学奖的德语作家埃利亚斯·卡内蒂，在回忆录中甚少对马勒遗孀阿尔玛的恭敬之词。那是 1930 年代前后旅居维也纳期间，他年纪轻轻，经友人介绍经常参拜各路文艺界的大人物。而马勒 1911 年去世，活了 51 岁，其后的阿尔玛另嫁他人，却仍以马勒遗孀——音乐界一份巨大遗存的看守者自居。她靠马勒的版税过得不错，但卡内蒂发现了她的粗俗与装腔作势。当然，作者文笔苦辣，对人难有褒扬。阿尔玛的那副尊容也许是真实的。

晚年的阿尔玛写马勒，没有多少好话。夫妻一场，对两个才华横溢的人而言多是生前与死后的争执与不依不饶。肖邦与乔治·桑属前车之鉴，音乐归生命短促的作曲家所有，文字则归生者运笔。想想马勒写给她的情书，还是觉得阿尔玛的无情。她甚至认为自己的作曲才华不亚于马勒。难怪卡内蒂见她感觉不舒服，年轻人的直觉最准。

马勒 42 岁时与阿尔玛结婚，写了《第五交响曲》，被读解为献给新婚妻子的情书。在作曲风格上马勒近于晚期浪漫主义，作品里的心绪偏幽暗与哀泣，优美，肌理细腻，但力度不足，许多表达沉溺于悲伤，忘记了前行。但《第五交响曲》里却有热度，后两个乐章充满活力，是从黑暗之渊赢取了光的新生与振奋感觉。那时的阿尔玛还没对马勒生怨，不仅是他灵感的来源，还是他的保护者，保姆般的角色。两人之间的清水变浑，在于阿尔玛对马勒的幻象，比马勒对阿尔玛的幻象消失得早。马勒的暴君性格，让想创作的她倍感压抑。阿尔玛后来夸大自己作曲才华，与马勒比试的心理，即源于此。

有人认为托马斯·曼的小说《死于威尼斯》里主人公的原型是马勒，这属于乌龙式的误判。马勒恋美，但不恋童，他是个一生为母性所惑，为美人迷失的人。哀歌情怀出自对母性大地的悼亡，他的《亡儿之歌》是幻化为母亲，为自己早年不断死去的同胞而写的。尽管电影版《死于威尼斯》使用了马勒的音乐，可马勒与主人公还是太不像了。不仅外貌不是一回事儿，跟踪美童，也属于不可能的事。马勒避居乡间写作，后来去美国指挥，是为经济考虑。人文主义的消亡，对马勒意味着人与大地母体的撕裂与告别。

《大地之歌》被称作马勒第十交响曲并不恰当。自从贝多芬写成九部交响曲，“九”几乎就是大限，作曲家必须勒马的悬崖。这部作品里震撼人心的是歌唱部分，当不归入交响曲的范畴。马勒喜欢在交响曲里用人声，但人声为主的交响作品非《大地之歌》莫属。此曲作于 1908 至 1909 年间，离他辞世仅两个年头。此时与阿尔玛出现的危机已在《第九交响曲》里有所表现。马勒深感的爱的恍惚与不存，似乎大地尽头的虚无，才能够拯救自己的哀痛。他在《第九交响曲》里还是超越了内心挣扎，表达的是对一个唯情唯美时代的告别：美幻化为粉色烟雾后，慢慢到来的是死神。

如果比较《第九交响曲》与《大地之歌》，可以发现前者哀泣时低下的头颅，在后面抬了起来，并感到一种终极的存在。尘世的困扰，爱的伤害与流离，在此寻求的是神学的解决。听《大地之歌》会让人发问，这是马勒的作品吗？但，这也是马勒，阴影里的老少年，伊卡洛斯，在光焰消失在变暗的大地时困苦起飞，迎光最后舞蹈，坠入冷酷的海水。于阿尔玛所求的，听命于天空的赐予。

伯恩斯坦是马勒的重要阐释者。哥伦比亚公司 1986 年推出过他 1974 年的《大地之歌》录音，咖啡色封面，照片中的伯恩斯坦一副沉醉的表情，与作品的气息并不相符。DG 公司出品过 16 张的伯恩斯坦的马勒，包括九部交响曲，《大地之歌》，以及《吕克特的歌》。伯恩斯坦的指挥以激情见长，对马勒的解读自成一格。马勒的哀泣里，有一种母性深沉的悲情，伯恩斯坦的把握与体验极为动人。

关于马勒与阿尔玛的旧事，放到感受作品的辅助界面才合适。人生的八卦，是今生苦难与折磨人的花边。伟大的作品归属于超越，今生怨恨之上的爱意，是给予昏沉世界的一抹亮光。马勒在《大地之歌》里超越了自己，阿尔玛超越与否，并不重要。

马勒第十交响曲照相摹本

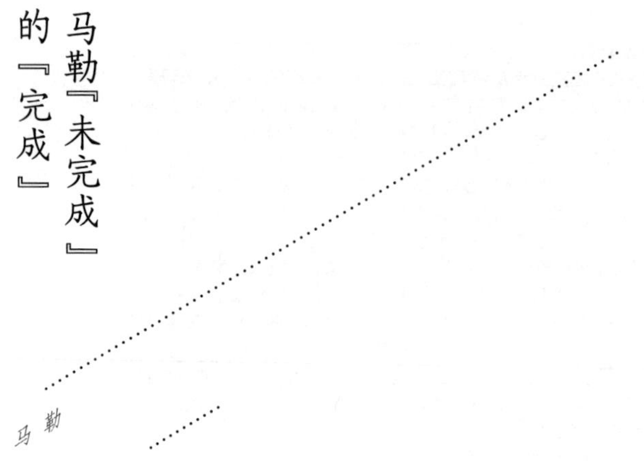

马勒『未完成』的『完成』

马勒

2015年6月，欧洲古典音乐界的一大新闻，是擅长指挥歌剧的基里尔·佩特连科取代弦乐大师西蒙·拉特爵士，成为与诸多好手竞争后获胜的“黑马”——出任柏林爱乐的音乐总监与首席指挥。自卡拉扬1989年以创纪录统治柏林爱乐40余年以来，数字“13”仿佛是一种宿命。阿巴多与拉特，都是在执掌乐团13年后走马换将，另谋出路。世界越来越快了，到处是多变与不确定的流水席。意外，正成为许多事情的常态；理性的判断与认知越来越不靠谱。

当年，拉特的上位也曾引得一片哗然。他1955年生于英国利物浦，2002年入主柏林爱乐之前的资历，仅仅是执棒于伯明翰城市交响乐团。还有他的模样，打扮，与君王般的卡拉扬、贵族风格的阿巴多相比，太过庸常，且给人些娱乐明星的感觉，尤其是其爆炸式的发型被乐迷长期诟病，骂声不已。在一堆唱衰的舆论与资讯里，我一度也觉得阿巴多之后的柏林爱乐可能没趣了，直到2009年冬天在国家大剧院听了拉特的现场之后，发现了媒体与传闻的无稽。他在那场音乐会上专注，投入，处理细节的精密，弦乐与管乐的漂亮堪称世界之首。柏林爱乐的一丝不苟与维也纳、伦敦的爱乐乐团不相上下，各有特色，但在结构与力度上显然要强于后者。毕竟德国制造，没有半点含糊。

前几天买到一套国内 2005 年引进，名叫《柏林爱乐的传奇：柏林爱乐乐团与音乐总监们的录音》的 6 张盒装唱片。2002 年原先由百代公司推出。我猜那正是拉特登临柏林爱乐的日子，他与尼基什、富特万格勒、卡拉扬、阿巴多一起出现在柏林爱乐历史名人堂里，意气风发，一副要大干一场的样子。其实 1999 年，他已经进入柏林爱乐音乐总监的候选人系列，此前与柏林爱乐合作过马勒的作品。如今到了佩特连科时代，已经物是人非，那盒里面有丝绒托底的唱片倒像是对他的告别与纪念了。

拉特在这套唱片集里录音有两张。马勒的《第十交响曲》的那张分量最重，70 多分钟的录音录自 1999 年 9 月，地点在柏林爱乐大厅。这该是柏林爱乐考察他的阶段，他却上来就录马勒，选的曲目是偏门——版本存有争议的《第十交响曲》，可见对马勒的心结之深。这张唱片后来得了留声机大奖，算是对他力排众议的奖赏。他用了库克的版本，此前柏林爱乐曾拒绝演绎这份曲谱。作曲家“未完成”的遗稿，被后人“完成”了，却一直不被学者认同，质疑无处不在。柏林爱乐拒绝库克，虽有“傲慢与偏见”之嫌，但从根上讲属于德国式的严谨。马勒《第十交响曲》的争议，估计要一百年之久。

与莫扎特的《安魂曲》、穆索尔斯基的《鲍里斯·戈多诺夫》被后人整理与完成不同，马勒临死前计划完成的《第十交响曲》草稿简单，轮廓不清晰，“完成”它近乎要用一半篇幅“续写”。库克 1960 年代最终完成的曲谱，与其他几个版本相比最被指挥们认可，但这却不能成为定论。我听过拉特的录音，觉得争议最大的应该是第五乐章。库克把这个乐章写得超长，录音接近 25 分钟，与第一乐章的时长差不多。其中第二与第四乐章是 12 分钟左右，第三乐章近乎 4 分钟。这种两头大，中间小的结构，会是学界的议题。

必须说，听这个“未完成”的“完成”版，觉得很“像”马勒，至于能否“是”，不能轻易得出结论。从配器上来看是马勒的意思，管乐、弦乐与鼓声的结合是他的标准配置。库克无疑在试图“综合”马勒此前九部交响曲的特点，唯独在第五乐章加入了自己的理解，像是在“延展马勒”，与前四个乐章不甚一致。当然，拉特这版的录音绝对上乘，十分好听。马勒欲言又止的“悲泣”，尽在死亡的底色上，既是独语，也属遗言。

如今算来，拉特在柏林爱乐留下的遗产，就是马勒的《第十交响曲》。其他的则有与维也纳管弦乐团合作的贝多芬交响曲全集，与伯明翰城市交响乐团的马勒《第五交响曲》《第八交响曲》，都算权威版本。拉特传播马勒的愿望是其人生的顶点。马勒音乐有一种“缠人”的魔力，听了后就让人再难放下，忘掉。那是拉特演绎的情感无从告解的滋味。

线描　韦伯恩像

缩微之王

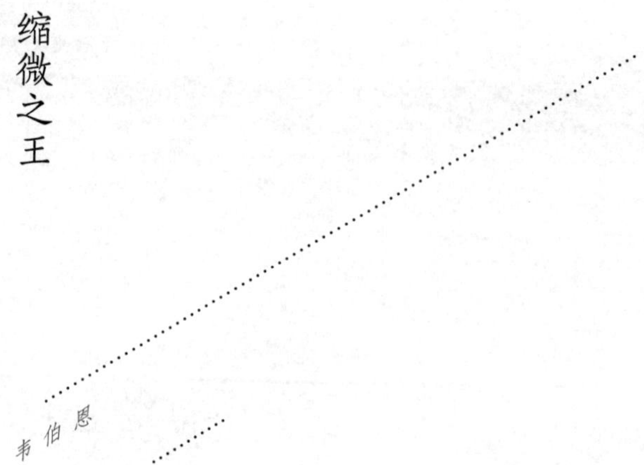

韦伯恩

这几天听柏林爱乐乐团演绎的奥地利作曲家韦伯恩的作品，还是觉得指挥卡拉扬是解读现代派音乐首屈一指的大师。这张1974年出品的碟片音质华丽，清澈，卡拉扬严谨而克制，让韦伯恩擅长缩微与提炼的作曲风格，得以完美呈现。卡拉扬去世后，其指挥成就受到谤议。但听来听去，还是卡拉扬演绎的韦伯恩最好，尽管另一位指挥家布列兹曾录有韦伯恩全集，此后还有不少其他版本问世。

韦伯恩生于1883年12月3日，2013年是他130周年诞辰。由于他一生奉行节俭的作曲哲学，所有完成的作品演绎起来四个多小时即可完毕。他接受了勋伯格的十二音体系，创作的作品多以点状为主，动机很少发展；一部交响曲，也只有十分钟左右的长度。后来的现代派作曲家（尤其是极简主义者），大多把他视为先锋作曲风格的鼻祖。

但这显然是有趣的误读。韦伯恩的作品里，有不少马勒晚期浪漫派与表现主义的影子，或者说这是他感情的底色：比如他的管弦乐《帕萨卡利亚》十分像马勒的晚期交响曲，甚至与勋伯格十二音体系之前的《升华之夜》也异曲同工。仅仅强调韦伯恩的现代性，割断其与传统与师承之间的关系，极可能把他当成空洞的形式主义者来看。他与那些追随他的人完全是两回事。

从听觉来说，韦伯恩的作品里多有拨弦与震颤，常有惊悚效果，也充满黑暗与荒诞的意味。当年，纳粹把他的音乐宣布为堕落的艺术，禁止演出，韦伯恩只得隐逸自我，以免被其袭扰。今天听他的音乐，与纳粹营造的恐怖景象十分对位；纳粹禁止他，乃因他用音乐为纳粹画了像。讽刺的是韦伯恩 1945 年 9 月死于非命，盟军误射了他。那位美国枪手因为此事悔恨终生，精神崩溃。

近二十年，我一直是韦伯恩音乐虔敬的倾听者，其人格的热爱者。他不仅是西方音乐向现代主义转折时期的重要人物，还以几近离奇的一生，留下让人唏嘘的生命画像。用里尔克的诗句来形容，他是古典音乐族裔的“最后子嗣”，“扛不动族徽”，在现代世界的流沙之国流浪。但他从不失优雅，作品尽管缩小体量，一部部却特别精致，从不失态，凌乱。他是谨慎而节俭的音乐贵族，把内在宏大的小品用低廉的价格拍卖给了野蛮者遍地的世界。

有学者写到，马勒的音乐里，音符有些廉价，无度，但是到了韦伯恩这里，音符开始变得弥足珍贵。就好像一座大殿，马勒用多根柱子支撑，但韦伯恩用的却是四根，三根，乃至一根。韦伯恩的微缩世界，声音空间使用复调音乐，卡农的运用在作品里比比皆是。这是那些放弃古典方法、也无此功力的后来现代派作曲家，与他最大的区别。韦伯恩从不丢弃古典修辞的家园，而认为得益于他的斯托克豪森与凯奇等作曲家，在此与韦伯恩并无相通之处。

从这个意义上讲，韦伯恩的真正知音不是斯托克豪森，不是凯奇，而是看起来与他相隔离的斯特拉文斯基。斯特拉文斯基盛赞韦伯恩的作曲成就，因为他从创作的本质上与古典世界紧密相连，知道那个传统不可忽略，也不可蔑视。那是祖宅，一旦全部抛弃，势必在流浪里变得荒蛮。但时至今日，与古典的相系已经不是当代作曲家关心的事了。那艘古典消失之船的船尾，伫立的就是韦伯恩。他淹没在时代的风浪里。

韦伯恩作品的好，多是给作曲家领悟的。就聆听而言，理解他有些难度。在声音的空间里，哪一条线与哪一个点必不可少，而且恰到好处，是需要太多的经验堆积后才会知道的；这种神秘只可意会，不可言传。让小景观里大有乾坤，原本是中国文化所尊奉的，韦伯恩本应在我们这里获得知音；但音乐又是抽象的，讲究内在结构，对空间的想象力是对听者最大的要求。另外，韦伯恩的音乐冷峻，缺乏温暖，作品像脱水后的产物，这是我们靠近他的难点所在。

韦伯恩一生无名，不比其老师勋伯格与学兄贝尔格，但死后的影响，却盖过了二人。虽说其声名多由误解带来；而真正获益于他的，仍在延续他的生命。

线描　贝尔格像

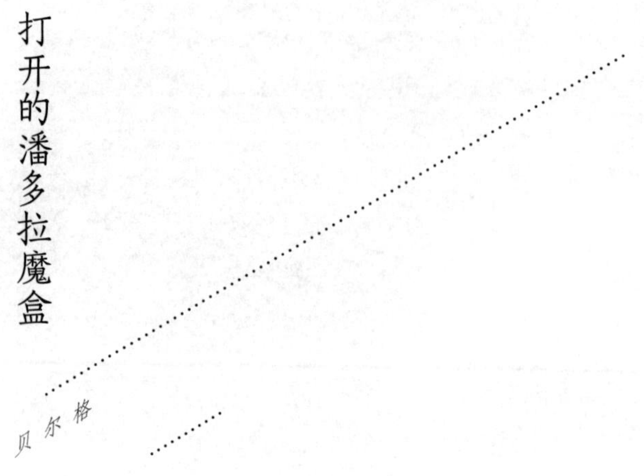

打开的潘多拉魔盒

贝尔格

2002 年 10 月，莫斯科海利根歌剧院在北京世纪剧院上演歌剧《璐璐》。据说这是亚洲首演，也是当年北京音乐节的重头戏。记得那晚名流云集，尤以电影界几位名导莅临为最。而报纸对此剧的事前介绍，用了“少儿不宜”的字样。但公允地说，这场歌剧的演唱与舞美水平都一般，没有出现组织方预料的轰动与争论。我见到几位乐评人，问他们感觉如何，都显示出难以置评的窘迫神情，一副“人在囧途”的模样。

《璐璐》由奥地利作曲家贝尔格创作，是一部无调性与十二音体系作品。作者生前并未写完，其遗孀一直拒绝将其搬上舞台。法国指挥家布列兹 1979 年完成该剧完整版首演，对遗作重新进行了配器与改造。而贝尔格 1935 年去世时留下的作品是钢琴曲谱，还没来得及写分谱。当然布列兹的“璐璐”是否是贝尔格的“璐璐”，存在争议。但根据贝尔格生前文本，指挥家时常在音乐会演出的《璐璐组曲》，却是保真的。阿巴多录制有此曲，唱片封套上是贝尔格的线描画像。

贝尔格生于 1885 年 2 月，2015 年是他诞辰 130 周年。据说他 50 岁时早逝（因被小虫叮咬后身亡），遗孀几近崩溃，时常与他的亡灵对话，以为其并未死去。贝尔格的作品也因此被她严格管控，轻易不让他人使用。

中国乐迷对贝尔格不太熟悉，听歌剧《璐璐》感到茫然在所难免。记得那晚歌剧到下半场时，周围的听众开始焦躁，曲未终人已散，还有“真恶心”的嘟哝式评价。当然，习惯听古典的乐迷一定受不了十二音体系的不和谐与不好听。另外的不适，则在于《璐璐》讲的是一个“女唐璜”的故事。剧中的“璐璐”欺骗与讹诈男人，最后被变态狂杀害。暗黑的故事，加上阴森的音乐，尽是对听众的挑战与冒犯。观看《璐璐》，成了一种对耳朵的流放与上刑。

贝尔格年轻时师从勋伯格，与韦伯恩一起，是十二音体系的忠实传播者与实践者。在写《璐璐》之前，他已写有歌剧《沃采克》。《沃采克》的故事取自天才剧作家毕希纳的作品，讲了一个放浪妻子被胆怯丈夫杀害的事情。由此看两部歌剧的异曲同工，都是对变态欲望及其惩罚的表述。前所未有的新女性形象，从此登上了歌剧舞台。她们破坏男人权力世界的同时，也葬身于这种权力。女唐璜与女萨德的混合体，打开的是潘多拉的魔盒。而这个潘多拉，来自现代世界。

可以这么说，作为现代主义音乐核心技术构成的十二音体系，也与潘多拉魔盒一样有着致命的影响力。古典音乐退场，最早并非来自斯特拉文斯基《春之祭》的上演；推出十二音体系的勋伯格，才是这场革命的始作俑者。客观地讲，贝尔格的歌剧人物多是欲望与人生都迷途并趋于毁灭的样板，适合十二音体系充满表现主义美学风格的表达。幽暗的人性迷宫，也呈现出无调性。但从听觉上讲，十二音体系作品对感官是一种折磨。

比较古典作曲家与现代作曲家之别，在于前者的旋律让人耳熟能详，后者则只以概念存在，很难被人记住什么。现代主义音乐呈现的声音审丑现象，远比视觉审丑更让人难以接受，因为耳朵是比眼睛更挑剔也更敏感的器官。大约很少有人从视觉作品的不适中感到崩溃，但音乐就不一样了。这也说明，抽象世界带来的压迫，远比具象世界厉害。

斯特拉文斯基曾回忆说，贝尔格长相俊美，举止文雅，与韦伯恩很不一样。但贝尔格当年的影响，远远大于韦伯恩。因为写歌剧，要比写别的音乐作品更易获名获利。两人一样的地方是作品都异常精致。贝尔格的创作十分慢，有时几年才写出一部作品。

《璐璐》就写了很长时间，临终也未完稿。它的文本底稿来自两部作品，一部叫《地精》，一部叫《潘多拉魔盒》。真是奇妙，他使用的十二音体系技法仿佛就是“地精”，来自“潘多拉魔盒”。斯特拉文斯基这个“新古典主义者”，后来全盘接受并使用十二音体系。二战是分水岭，此后古典被弃，音乐转向了“璐璐”的美学。

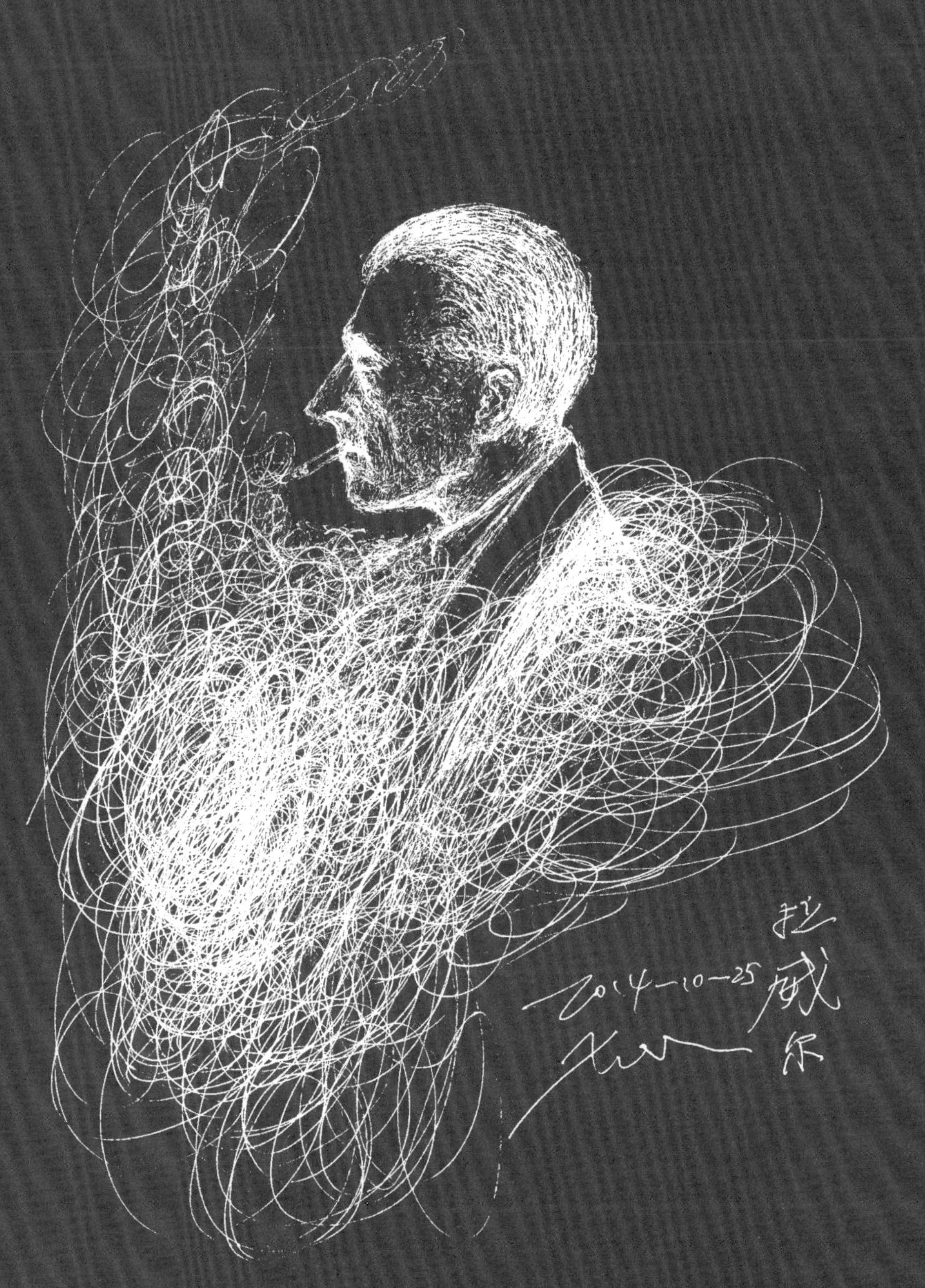

线描　拉威尔像

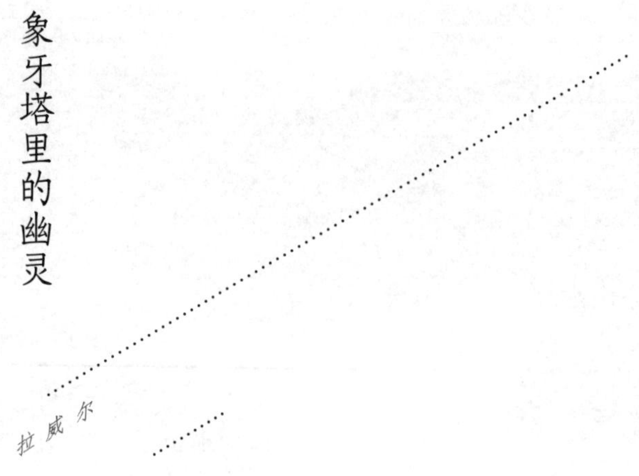

斯特拉文斯基曾开玩笑说拉威尔是“瑞士钟表匠”，喻指他的作品小而精致，里面回响时针的滴答声。但斯特拉文斯基并没有道出这些钟表是被施了魔法的钟表，充满了幽灵般的表情。拉威尔的一生，就像象征主义诗人马拉美最后未完成的作品《伊纪杜尔》里的主人公，在一颗别样的星球上饮尽自己的孤独，漠然消失于“骰子一掷听命于偶然”的命运。他的作品是唯美的极致，不染尘埃，仿佛一只只巧夺天工的象牙雕刻。

在西方音乐史上，拉威尔通常与德彪西搭在一起解读，一如布鲁克纳与马勒并置。比德彪西年轻一些的拉威尔对德彪西的音乐评价公允而诚实，但德彪西则较为刻薄，认为拉威尔模仿了自己。拉威尔写的《水的嬉戏》与《镜子》，从题目上与德彪西的《意象集》雷同，里面也确实有德彪西印象主义的成分，但不同的是，拉威尔的美学核心属于晚期哥特式浪漫主义与象征主义的混合，并不追求音乐色彩的丰富集成。他属于午夜的冥想者，而德彪西是光影魔术师。当然，拉威尔今天的名声稍弱于德彪西，在美国乐评家菲尔丁的西方前五十名作曲大师排名中，德彪西列第 22 位，拉威尔是 29 位。

但拉威尔在个性上远比德彪西谦虚，且多有严格的省察与反思。他说：“我不是大作曲家。所有大作曲家创作了大量作品，相比之下我写得很少，而且非常艰苦。”其实这是拉威尔拿自己与巴赫、莫扎特、贝多芬的创作规模比较，殊不知从肖邦以来直到德彪西，都不再写规模宏伟的大作品，而减小体量，追求新美学，才是新时代作曲家共有的趋向。古典音乐走到瓦格纳与勃拉姆斯那里，已为“大作品”画上了休止符。拉威尔此番说法表达的是他对自己的不满，完美主义这个魔鬼终生折磨着他。

拉威尔生于 1875 年，1937 年去世，是瑞士与巴斯克血统的法国作曲家。他个子不高，穿着高雅，一丝不苟，难怪与斯特拉文斯基见面后，得到了那样一个至今仍用于描述其音乐风格的说法。据美国乐评家勋伯格在《伟大作曲家的生活》（三联书店 2007 年推出中文版）一书中记载，拉威尔曾买有一座名叫“观景楼”的小别墅，专门储藏他收集的各式机械玩具。他的乐事之一就是向朋友们演示为玩具上发条，让它们活动起来。那时他成了“玩具总动员”的国王，一个微缩并有幽灵色彩的世界才是他的最爱。

我最早听到的拉威尔，是前南斯拉夫钢琴家波格雷里奇弹奏的《夜之幽灵》，DG 录制的唱片。这是一张 CD 名版，唱片封套上的波格雷里奇一派少年的傲慢神情。《夜之幽灵》的灵感，来自法语诗人贝朗特的同名诗集，全曲的三个乐章来自诗人的篇章名，分别是“水妖”“绞刑架”“幻影”。波格雷里奇的表现被乐评家誉为“最具黑夜特质的演奏：魔法无边，神出鬼没，且充满拉威尔欲表达的邪恶的暗夜咒术。”此曲写于 1908 年，遍布象征主义的特征。听拉威尔作品的同时应当伴读贝朗特的诗集，声音与文字互文互换，别有一番趣味。

拉威尔是配器大师，水准不亚于前辈柏辽兹。听听他的芭蕾音乐《达芙妮与克洛埃》，管弦乐作品《西班牙狂想曲》《波莱罗》，可以感到他匪夷所思的雕琢功力。其中《波莱罗》这些年尤为流行，成为一种美学品位的代表，在许多一线品牌的广告中使用。拉威尔作品的流行化源于他独特配器所产生的效果。

这些年拉威尔最为人津津乐道的，不是弦乐作品，而是1929至1931年间写的《左手钢琴协奏曲》。它堪称钢琴协奏曲曲式的奇观。肖邦与斯克里亚宾等作曲家为左手演奏写过作品，但都没有拉威尔的这部作品有名。这是为哲学家维特根斯坦的兄弟创作的，而后者在第一次世界大战时失去了右手。拉威尔的曲子写得异常复杂而多变，根本让人听不出是一只手的演奏。音程转换迅速，不时伴有琶音，与钢琴相随的弦乐也天衣无缝，相得益彰。

他这个象牙塔里的幽灵，在一战期间到前线开上了救护车，有了战士的救亡情怀。由此可见，现实世界的残酷会让一个梦中人迅速醒来。

拉威尔配器的穆索尔斯基－图画展览会乐谱

拉威尔 – 水的嬉戏五线谱

线描　德沃夏克像

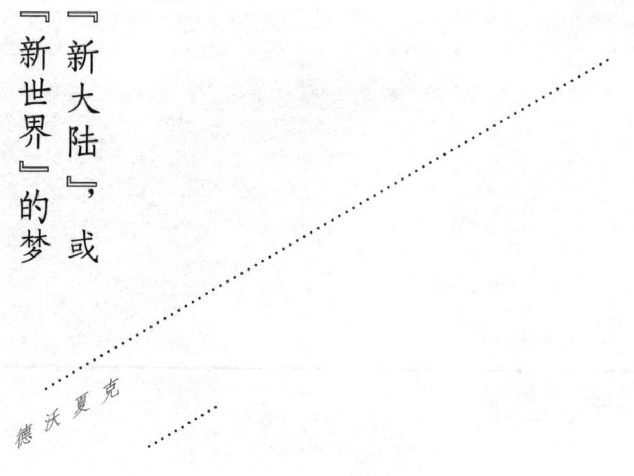

『新大陆』，或『新世界』的梦

德沃夏克

1980年以降，国内开始了留学与淘金的“美国梦”热潮。学子们远行前大多听过德沃夏克“新大陆”的交响曲，开头弦乐器、定音鼓与管乐的声音，简直就是“美国欢迎你”的音乐广告。后来书籍与影视近于失真的《曼哈顿的中国女人》与《北京人在纽约》，推波助澜，让人心生不去“新大陆”枉活一生的幻觉。但德沃夏克作品的开头是个幌子，他在其中表达的主题，原本是“思乡”。如今到美国游荡半生的学子归乡，才感到德沃夏克“新大陆”别样的意味。

其实，德沃夏克的《第九交响曲》被叫成“新大陆”，本身就是意识形态的产物。正确的译名“新世界”，这些年才在音乐界使用。之所以叫“新大陆”，在于抗美援朝时期，国内音乐界认为“新世界”这个名字长他人志气，缩小一点，为“新大陆”才合时宜。约定俗成，一个作品的别名，就此沿用至今。但不可回避的是，自19世纪末直至20世纪初，欧洲音乐人（尤其是东欧与北欧）登临美国，产生过不少看“新大陆”西洋景的感喟。柴可夫斯基，马勒，以及别的音乐家都到过美国工作或旅行。但其间，也只有德沃夏克不是匆匆过客，在那里待了三年之久，并写下一生最有名、也最重要的作品。

1893年德沃夏克首先到达纽约，不久担任国家音乐学院院长。他曾带着妻儿到捷克移民聚居的爱荷华州参观农业社区，唤起思乡之情。是年完成的《第九交响曲》里，美国音乐文化的构成——黑人灵歌，印第安民乐，无疑是作品的表层；而内里，他则在打造捷克音乐的骨骼与肌理。德沃夏克熟读朗费罗等诗人粗犷而大气的诗歌，感受黎明降临在一个新生大国的豪情与喜悦，这种感觉充盈在作品磅礴的气势里。一如其他东欧作曲家与俄罗斯作曲家，作品都有一个不凡的开头，主旋律荡气回肠；但德沃夏克在其后的三个乐章都保持着一种饱满的热情，气势逼人。那种东欧文化的“精”“气”“神”——贯穿始终。

德沃夏克在美国创作与教学的一个中心目的，是运用美国民间音乐素材，变形并升华为欧洲的交响曲式，把美国素材做成欧洲风味。《第九交响曲》里印第安人的舞蹈，于是渐变为捷克人的舞蹈；美国人的外衣里面穿了捷克民族服装，波西米亚味道弥漫。为了保持风格的一致，德沃夏克适时打断音乐的线性，去除过多的精致，而以美国式的抒情意味为调校的准绳。美国味与捷克味，于此平衡与调和。

《第九交响曲》因为易于理解，好版本无数。库布里克指挥柏林爱乐乐团的版本，由DG推出，封套是一片美洲广阔的水景。但迄今乐迷最为推崇的，是克尔提斯指挥，笛卡出品的套装，共七张唱片。此套德沃夏克九部交响曲的全集，在企鹅榜上被评为三星。这是克尔提斯1960年的录音，深得作曲家的神髓与内在精神，许多细节的解读独特而到位。由于指挥家去世得早，这套唱片作为绝响，是领略德沃夏克交响世界的不二选择。

德沃夏克创作《第九交响曲》，距今一百多年了。这期间世界沧海桑田，美国也沧海桑田，人的变异更是一言难尽。美国不再是惠特曼与朗费罗诗歌下的大陆，也远非德沃夏克那个“新世界”给人的感觉。经历过两次世界大战，思想与艺术现代与后现代的洗礼，美国文化的味道已经变得更加复杂，再难凭一腔浪漫与激情简单描述。德沃夏克的“新世界”阳光、开朗、自信，但走到里面，则是今日美国诡异与阴森的迷宫，一如林奇的电影。科恩兄弟的《老无所依》堪作当下美国的写照。冷漠的杀手为金钱游荡，手提一个枪管装置。

不得不说的是，德沃夏克所在的那个时代，有美好与抒情的可能。那时感情的力量没有变异，感受的构造也没有破碎，作品里有一个生机勃勃的“人”。“人”，作为主体既没有消隐，也不曾遭遇当下才有的质疑与解构。作品的开头打开了美国之门，微风徐徐，远方的景象影影绰绰。但其后的美国不再自然了，今日的世界也是如此。去美国闯荡的国人，觉出了不适；原来这番音乐，是德沃夏克近百年前的梦。

线描　威尔第像

威尔第诞辰200周年

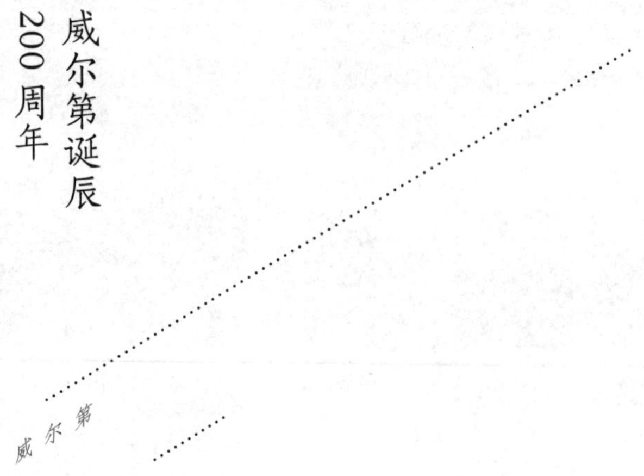

2001年10月北京国际音乐节上，我在保利剧院见识了波兰华沙国家歌剧院版的威尔第歌剧《纳布科》。据说这是《纳布科》首登中国舞台，时值威尔第逝世100周年，媒体誉为乐坛盛事。当时，人们津津乐道的却不是威尔第歌剧，也非华沙国家歌剧院的演出水准，剧中将要出现的五匹战马一时抢尽了话题风头，议论纷纷。因为活马要站在舞台上充当角色，歌剧的宣传方不停爆料马匹喂养与运输等系列新闻，让观众担心五匹马在舞台上尥蹶子或出恭了怎么办。我的座位在剧院前排，未见战马有何异常，只觉得怪怪的，尤其是目睹战马“抢戏”，因不适强烈灯光而嘴角流动白沫的时候。听众们的嘀咕声里夹杂了不少惊讶。

当然，歌剧属于大制作，大投入，输出卖点，剧院爆满了才可能收回成本，也无可厚非。但以真马做噱头，在当时国内外的《纳布科》演出中已是风尚，还是给人一点马戏团与歌剧混合的感觉。不过，歌剧里那首被誉为意大利“第二国歌”，由剧中被囚犹太人合唱的《飞吧，我的思想，展开金色的翅膀》还是激荡人心，极具感染力。

《纳布科》的主题是反抗暴政。威尔第1841年写成它时，还是个年轻人，可谓才华盖天，能力超强。歌剧这种音乐与戏剧结合的形式，要求作曲家的综合能力，既要故事讲得跌宕起伏，有趣，好看，还要顾及剧中各色人物展现不同的唱功。不是天才，断难写出此类曲式的佳作，而日后得以流传的更是凤毛麟角。威尔第之前，有许多意大利作曲大师一生写有几十部歌剧，但至今还能上演的少之又少，可见创作歌剧是件高耗能高投入而又极易被遗忘的悲怆事业。威尔第无疑是幸运者，他不仅是世界上被演出剧目最多的歌剧大师之一，而且近年来舞台技术发生革命性变化时，屡有作品被重新包装，推出后引起轰动。我当年看《纳布科》，一个强烈的感受就是威尔第的作品十分现代，与当下没有隔离。他的叙述线条干净，故事与人物设计既不拖沓也不臃肿；作品里有一种清新有力的东西，主题的份量又很重。

就趣味而言，听古典音乐的乐迷一般爱听键盘音乐，室内乐，协奏曲与交响乐。喜听歌剧并能品出味道，甚至听懂原版歌词的，少之又少。另外，歌剧难脱戏剧的外壳，须向戏剧性屈服，看剧与听音乐难以结合时会有眼睛与耳朵的打架现象。就歌剧的发展史而言，到了瓦格纳时有了终结之虞，几近告别：他的歌剧充满象征与寓言，不再塑造具体的人物，神界与人界的争执，听来听去像一部部交响乐的图像再现。唯有威尔第出现，复活了歌剧的生机。他写的是真正的歌剧，其间充满音乐与戏剧性的高度结合。与瓦格纳相比，他的宏大与深邃更接地气，不仅对众生的苦难与矛盾充满认识，而且善于把个体遭遇上升为人类的普遍经验。威尔第为莎士比亚戏剧所写的歌剧几乎部部是精品。他对人与环境之间复杂关系的剖析，在音乐里细腻体现；戏剧性能入能出，绝不伤害人物的鲜活感与客观性。看威尔第充满古典精神的歌剧，感觉不到火气与邪气；他从感性经验里的提炼功夫以及形式上的得体剪裁，是当下仍能吸引观众的重要原因。

说到我最喜欢的威尔第的作品，不是大名鼎鼎的歌剧《纳布科》《弄臣》《茶花女》《游吟诗人》《奥赛罗》《阿依达》，而是其声乐作品《安魂曲》。有学者说，他的《安魂曲》不过是披着宗教外衣的歌剧。此言不虚。只是言者忽略了威尔第在作品里一贯体现的悲天悯人的宗教感情的强度与广度；也可以说，他的歌剧也是披着歌剧外衣的宗教作品，二者之间不能轻易分开。

《安魂曲》完成于1874年，为纪念好友曼佐尼的辞世而作。曼佐尼是知名小说家，其《约婚夫妇》国内早有译本，是世界级名著。我喜欢的版本是卡拉扬1972年率柏林爱乐乐团所录制的，属于DG公司的“画廊”系列，双张，接近90分钟的长度。当然，业界最推崇的，是泰拉克公司推出的萧的版本。此版音质惊人，获奖甚多。也许是先入为主，我听卡拉扬版在前，后来听萧版的时候已难以感受到前者带来的强烈撞击。

《安魂曲》共七个乐章，感情丰沛，层层递进，戏剧味十足，其悲悯与伤痛的情感上天入地。听者可以从中体验威尔第奉献给友人的“安魂”内涵，其间多有上帝的震怒，基督的拯救，个体的死亡等主题。在今天我们的生死爱欲变得几近嘻哈的时代，感知一下“安魂”这个信仰时代的大题目，当是幸事。在此，就以“安魂”之名，纪念写有《安魂曲》的歌剧大师威尔第200年诞辰吧。他的所有歌剧，都没有脱离“安魂”的影子与宗教的底蕴。《纳布科》如此，其他的更是。

线描　西贝柳斯像

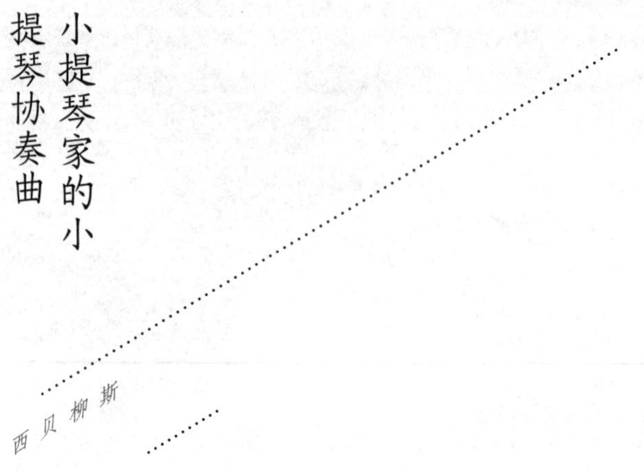

小提琴家的小提琴协奏曲

西贝柳斯

1957 年以 92 岁高龄去世的芬兰作曲家西贝柳斯，2015 年是其 150 周年诞辰。作为与挪威作曲家格里格齐名的北欧大师，他的创作生涯其实在 60 岁之后就逐渐停止；人生最后 30 多年虽有大作品构思，却从未完成。此前他已经写了七部交响曲，尤其是第七交响曲，以结构的创新赢得专家好评。如果一个人从 60 岁开始就是晚年的话，老去的西贝柳斯是在没有作品的境况下旁观西方作曲界风起云涌变化的。此前他创造芬兰音乐民族史诗的宏愿，与晚期浪漫主义以及古典主义的作曲风格完成了结合。尽管学界不把他看作一流大师，但在祖国，他的意义与作用相当于芬兰史诗《卡莱瓦拉》的作者。

除了交响曲，西贝柳斯有名的作品还有交响诗系列。1899 年写出的《芬兰颂》，是针对沙俄的爱国主义作品。关于他的成就，英国牛津大学教授威斯特勒普与哈里森合编的《科林斯音乐百科词典》如是评价："他的交响曲和交响诗很难说有什么革新，但有一种紧张、果断、独特的性格。"也许可以这么认为，西贝柳斯的作品里有芬兰人英雄主义的特质，北欧风光催育的豪情。他与格里格一样都直接继承了欧洲的晚期浪漫主义，有意回避现代主义的影响。

西贝柳斯从小独自练习小提琴，少年时正式拜师，二十几岁时曾想进维也纳爱乐乐团。此事未得下文，却成就了一位伟大的作曲家。1903 年，年近四十的西贝柳斯开始写一生唯一的一首协奏曲：d 小调小提琴协奏曲。由于本身就是优秀的小提琴家，对这一乐器的了解与认识堪称一流，他在曲子里安排小提琴与乐队之间既矛盾又合一关系的时候自然驾轻就熟。

在贝多芬、门德尔松等大师擅长的小提琴协奏曲的领域里要赢得一席之地，会面临许多挑战。其中最主要的是作品要有独特性，即一个创造者如何道出自己内心的“唯一者及其所有物”。据传记记载，此时的西贝柳斯正陷入酗酒的泥潭，财务上入不敷出。曲子的第一稿于 1904 年上演，遭遇惨败。不久，他开始第二稿的创作，推倒第一稿过分强调小提琴难度的部分，以交响乐的严谨结构考虑各个主题的发展与转折，增加节奏感与密度。自以为是的东西去掉了，浓缩后的结构才得以成立。1905 年终稿完成以后，在柏林演出，不再铩羽而归，而是喝采声不停。

关于此曲，美国乐评家推崇林昭亮在 CBS、海菲兹在 RCA 录制的版本。林昭亮的录音是 1987 年，好于海菲兹在 1950 年代的录音。我个人常听的版本是 CBS 在 1988 年出品的斯特恩的录音，费城交响乐团协奏，指挥是奥曼迪。斯特恩的演绎在技术上偶有瑕疵，但其力度与热情，十分契合西贝柳斯的北欧味道。同技巧大师海菲兹相比，斯特恩有一种诚恳与朴实。他的运弓极有刻画能力，而西贝柳斯的作品本身便具有强烈的画面感。

相对于西欧丰富的历史与文化构成，北欧诸国力有不逮。地理位置的尴尬，让北欧作曲家在民族文化特质上做足了功课，却依旧摆脱不了西欧的强大影响。格里格被称为“北欧肖邦”，德彪西对其作品多有不恭之词。19 世纪的俄罗斯作曲家也面临此种窘境，为对抗西欧，成立了强力集团。文化上的有意抵制，其实是一种不自信。西贝柳斯的创作虽不被认为一流，但其气质与性格却是北欧的，芬兰的，比其他作曲家的姿态自然。

年轻时，西贝柳斯一头长发，老年时以雕像般的光头示人，严肃的表情令人敬畏。对一个作曲家而言，一生写七部交响曲已经够规模了，因为 20 世纪不再是古典交响乐的黄金时代。西贝柳斯晚年的漫长沉默，满布忧患的面容，让人联想到他所感悟的古典音乐的命运。

如今我们这个讲究消费与旅行的时代，若到芬兰的赫尔辛基去，参观的著名景点当是既有一座西贝柳斯雕像，也可表现其音乐抽象构造的公园——西贝柳斯公园。芬兰把西贝柳斯当成文化图腾，具有世界性影响的大人物。此类级别的人物在北欧太少了，在芬兰更是屈指可数。但人们挤在西贝柳斯公园游逛，拍照片，发微信，却鲜有谁好好听他的音乐了。

线描　艾夫斯像

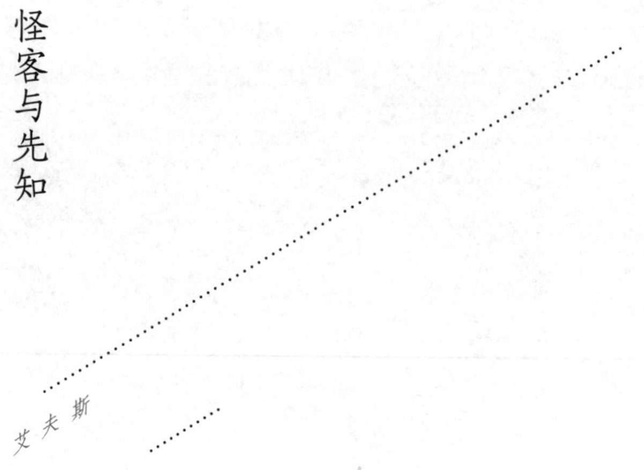

怪客与先知

艾夫斯

欧洲古典音乐界历来轻视美国作曲家，艾夫斯迄今在欧洲与世界范围内未能爆得大名，便是例子。格什温带美国味的《蓝色狂想曲》，欧洲人当作异域声音来听；科普兰的作品则是美国味与欧洲味的调和，尚可接受。但承认美国人艾夫斯是先于欧洲古典音乐发展的先知，评论界绝对不同意，要不就装糊涂，不把其成就记入音乐史。似乎美国人仅配享受流行与民间音乐，欧洲文化永远是其上家。

19 世纪的欧洲诗歌与文学界，仅仅亲昵诗人爱伦·坡、小说家霍桑，而无视其他美国大师。坡与霍桑的作品与欧洲阴郁的晚期浪漫主义相交集，哥特化，欧洲人有感觉，波德莱尔就热衷坡这个近亲。艾夫斯作为生于康涅狄格州的美国佬，在对现代主义作曲方法的探讨上，都领先欧洲十几年，甚至更久。他是多调性、无调性与新音节创作的祖师爷，比勋伯格、韦伯恩、斯特拉文斯基等领风气之先者更早形成了自己的风格。

有人认为艾夫斯名声不济源于性格，所谓性格决定命运，而风格即人。他是作曲家里的怪客，很多先锋作品写出后，搁了几十年才被乐队上演，为世界所知。而先锋性次于他的欧洲作曲家的名声，早就如日中天，比如韦伯恩。自外于音乐界的艾夫斯平时是位商人，或其他角色，创作音乐有点玩票的意思。他几乎不听同辈美国人的作品，对写出的作品采取有一搭无一搭的态度。这一点有点像美国诗人史蒂文斯。史蒂文斯是大老板，腰缠万贯，但留下名声的是诗歌。他写的那只以多种方式观察的黑鸟，一直眨动着眼睛。

国内的乐迷恐怕很难领会许多美国作曲家作品的妙处。格什温的唱片我早就买了好几张，他的美国情调淹没了德奥系统作曲家那种关于结构与力度等方面的技术考虑，很难让人沉浸进去。究其深处原因，在于美国作曲家没有欧洲作曲家的神学与哲学基础，抽象程度不够。但艾夫斯基本是个例外。他是爱默生超验主义的狂热信徒，有的作品直接献给爱默生。爱默生是个虔诚教徒与作家，爱屋及乌，我由对爱默生的喜爱才开始关注艾夫斯。

他的作品多写所在的新英格兰地区的风景，一些作品至今仍在世界各地上演。就他的交响曲来讲，当然不可与欧洲诸大师比技术了。值得一提的是他的北美特色。必须说，艾夫斯的创作时常有逸笔草草之处，有时自我痴迷与迷失，不顾形式的精美与完整性。他很难像贝多芬那样创作出滴水不漏、无懈可击、局部与整体都让人叹为观止的作品。他对素材的提炼不够是主要原因。而提炼与提炼后的深思熟虑，才显现一个作曲家精神能量与形式上的真本事。

艾夫斯 1954 年去世，晚年得到了作曲界的承认。他的作品刊行，让评论家惊奇于一个先锋音乐家的存在。而此前艾夫斯多是自费出版，乐谱赠送友人后不再管销路。他是一位超酷的先知，一生扮演商人、作曲家、球员、教员多重角色，不一而足。多面，多元，艾夫斯的面具数量恐怕是作曲家里的翘楚。

十几年前，我听过他的《黑暗中的中央公园》与《康科德奏鸣曲》，觉得新奇而独特，与欧洲音乐大相径庭。他还创作了多部交响曲，伯恩斯坦、祖宾·梅塔、小泽征尔皆有知名录音。如今，他被看作美国第一位真正与欧洲水准比肩的现代主义作曲家，为此还设有艾夫斯奖，奖励世界范围有开创性的年轻作曲家。

艾夫斯之后，闻名世界的美国作曲家（如克拉姆、卡特与格拉斯），都在技术上寻找欧洲大师的支撑，不再有艾夫斯一直坚持的个性与精神了。到了全球化的当下，一切都在跨界与混合，认他乡为故乡。这股潮流还在涌动，剪贴与混搭已是时尚，所谓“天下文章一大抄”。美国创作者的面目、风格，再没有艾夫斯那么清晰与明确了。资讯的发达，让艺术的样式变得粗糙与浅显。用福克纳一部作品的名字表达，就是“喧哗与骚动”。至于谁在喧哗，谁在骚动，已不再重要。作品的流行与快速传播是一种强制力，甚至是病毒。听者的耳朵在疲沓里也不怎么要求精密与敏感了。

线描　理查·施特劳斯像

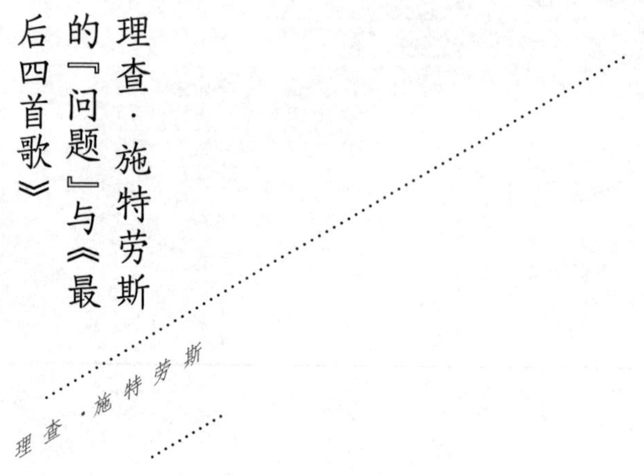

理查·施特劳斯的『问题』与《最后四首歌》

理查·施特劳斯

20世纪下半叶开始，追究思想家与音乐家在“第三帝国”时期的表现，成为德国知识界的一大命题。指挥家富特万格勒与卡拉扬遭到清算，作曲家理查·施特劳斯也不能幸免。由此看德意志民族“凡事认真”的态度，有时过了事实的界限。关于政治、思想与音乐的争执，这些年一直不能轻易地休止。

也就是说，任何思想家与音乐家为自己所做的辩解，很难得到追究者以及大众的原谅。我读到前些年出版的《卡拉扬访谈录》，知道他在“第三帝国”时期并没有太多他人所认定的罪行。但在污秽之河里怎么清洗自己，对于不愿饶恕者是无用的。“第三帝国”的“罪”，必须由这些文化界叫得响的大人物们承担。

这些天，重新寻访晚期浪漫派的音乐，我把理查·施特劳斯《最后四首歌》听了很多遍。版本之一是斯瓦兹柯普夫1965年由百代录制，英国《企鹅唱片指南》与日本《唱片艺术》共同推荐的名盘（评论家与乐迷视为此曲的不二之选）；另一个则是卡莎1953年的迪卡录音，也属热议的版本。相比较还是斯瓦兹柯普夫好，沉稳、耐听，她像一个哀悼者在天边外歌唱，深刻、有贵族气派；而卡莎的声音大气，急切，充满临终告别时的焦虑感。

“四首歌”是理查 1948 年写就的封笔之作，在阐释上争议多多，不止在内涵上，连歌唱的顺序上也是各有说法。斯瓦兹柯普夫的演唱以《春天》《九月》《睡眠》与《薄暮》为序，理查本人认定这一排列方法(尽管他写作完成的序列分别是《薄暮》《春天》《睡眠》《九月》）。但卡莎与多个其他版本都有别样排序，演绎五花八门，大相径庭。

理查为即来的死亡原本是画一个音乐句号，可别人并不这么看待这个圆圈。他与海德格尔一样，有纳粹时期与当权者合作的相同历史问题。政治与音乐纠缠，人们听“四首歌”很难不用有色耳朵。今天评判浪漫派音乐，尤其是晚期浪漫派作品，遭遇的最大挑战是旧日的“唯美”有没有不被质疑、也不贬值的生命力；在“不唯美”的当今时代处境里，“唯美”有无独立存在的价值，而非浪漫派作品常有的苍白与空洞。

十年前，我对晚期浪漫派的精致音乐织体有过疑问，理由不仅是美学上的新旧争执（“美”已退场，“一种可怕的美”诞生），还在于它与红尘滚滚的现世有疏离与隔膜感，倾听会让人陷入对乌有世界的冥想，加深对周遭真切人生的陌生感。一度我对马拉美、瓦雷里讲究微妙音调与色彩的法语诗歌也是打了问号，是不是他们在那个时期都太高蹈与自筑象牙塔了，痴迷拍打云朵的空幻双翼，陷太深了，失去在此地行路的能力，像后花园里的老张生镜里看花，双眼朦胧。

这样的问题，对理查同样存在：在发生“一战”与“二战”

这样的世界性巨变，欧洲文化遇到前所未有的危机时，他还是不改文化姿态，对哗变的环境视而不见。也许，与纳粹的关系也基于此理，理查绝不换装换戏，应和大潮。其实与纳粹之间的暧昧，是个不易说清的问题。

每个艺术家与政治之间的关系，并非黑与白的简单判断，也不能以太短的时间观察他们的选择。理查、海德格尔、庞德，都被政治算计、涂污，庞德更是被定罪以昭示世界，羞辱至极。可后人握住艺术家的政治标签，极易忽略他们的真正角色，其音乐、哲学与诗歌意欲何为。也就是说，来自政治与历史的判断，不可能是给艺术家的最终句号，只是破折号、引号，甚至只是逗号、问号与省略号。

今天，值得思量的是为何理查顽固，在音乐上持向后看齐的态度，而不是前行，与现代派合拍。当年巴赫可也是个不与新方法协调的守旧者。理查写有大量歌剧，从《埃莱克特拉》《玫瑰骑士》《阿里阿德涅在纳克索斯》《埃及的海伦》《达夫尼》这些名字，不难看出他对自古希腊延伸过来的文化传统的坚守：他既中意“玫瑰”，又充当“骑士”，“玫瑰”与“骑士”相加，恰是他美学与政治的符号与画像。难怪他会与茨威格、霍夫曼斯塔尔等人合作，让音乐与文学，甚至与哲学相混杂。但他临终所执仍是浪漫派，《最后四首歌》揭示的主题就是浪漫之爱的死亡。理查用黑塞与艾兴多夫的诗歌作歌词，尽现浪漫派主题，即使爱死亡了，也要与美同行。

“四首歌”中的前两首，今天听来较为平淡，不够深厚，到了后两首，涉及死亡的主题时，就变得情真意切，感慨万千。此番告别，不是理查的个人之别，可说是向浪漫主义作别，向欧洲文化作别。理查一生在几近失真的环境里创造浪漫

（他有不少作品因此有单薄与自我隔离之嫌），完成的是《死于威尼斯》里那个老贵族的情怀与姿势。新世界的浪潮正迫使一切变形。

有趣的是，加拿大钢琴家格伦·古尔德生前大肆责难乐界大师，却对理查赞美有加。格伦·古尔德认为，晚期浪漫派的作品别有洞天，技术高超、复杂。这让人匪夷所思，因为他追剿的作曲家除莫扎特以外，还有贝多芬、舒伯特、肖邦、舒曼、李斯特等人，一个也不能少。对当代作曲家巴托克、斯特拉文斯基，他评价也不高。格伦·古尔德这么干，有他的理由。相对于荒谬的无调性的当代世界，古典大师的表达的确是老眼昏花，落伍了。可让人客观地为大师画个句号，也不是件容易的事。

时间的账单，对艺术家而言不好清算；一个时代评论另一个时代，往往充满了傲慢与偏见。谁可指望在巴别塔的废墟里轻易言说正确呢。关于理查的句号好画，那个圈却并不好画圆。

但我们作为后辈来者，唯一能够做的，是把有政治问题的理查·施特劳斯与他的作品区分开来。因为艺术从本质上大于政治，一如灵魂，大于我们寄存于世界的肉身。在理查诞辰150年的时日，但愿那件有问题的政治袍衣，在他的坟冢之上烧掉；我们听他的《最后四首歌》时摆脱意识形态上面的争执，“让恺撒的归恺撒，尘土的归尘土”。这是一种公平。

必须承认，美，高于政治与时代。用陀思妥耶夫斯基的话来讲，“美”就是表达上帝存在的终极力量。里尔克说，美不过是我们今生恐怖的开端。这个开端，也意味着最后。在我看来，对于理查最好采取中国式的三七开态度：百分之三十的他，留在“第三帝国”让人诟病的档案里；百分之七十的他归属世界之上那个更大的世界。而《最后四首歌》作为他挣脱了政治与历史的桎梏之后朝向终极的作品，我们倾听时不得不唏嘘晚期浪漫派那极端的优美，却又不得不说艺术家在今生世界里的迷失。可迷失，又能怎么办呢？如果说终极的美在作品里拯救了理查，也感动了我们，那就承认所谓每个人的今生，都不可避免与时代发生“误会”吧。

线描　布索尼像

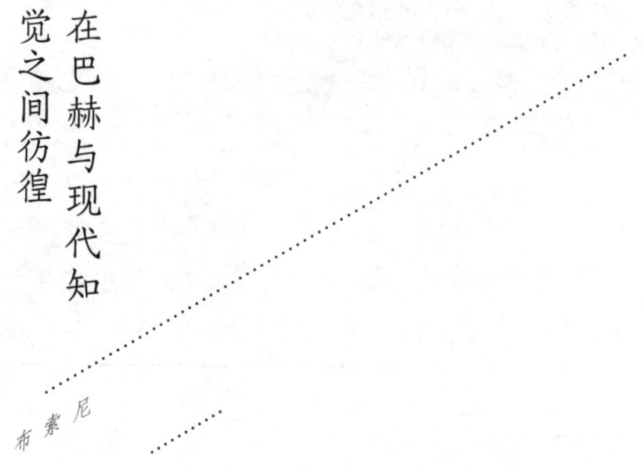

在巴赫与现代知觉之间彷徨

布索尼

索尼公司1999年出品过一张美国钢琴家佩拉西亚的CD，24比特技术录音，音符质地透明，有发烧片的感觉。唱片的曲目有门德尔松的《无词歌》，李斯特改编的舒伯特以及布索尼改编的巴赫。此片是近年来我听钢琴作品的首选，尤其喜欢开始四节改编后的巴赫，佩拉亚的演绎有一种奇特魅力。

布索尼的大名此前早有耳闻，但其作品却鲜有大师级别的演奏录音。作为20世纪初“新古典主义”的鼓吹者，他作曲家的名声一直没有建立起来，远逊于德彪西、斯特拉文斯基、勋伯格；甚至还不及魏尔与欣德米特。但就音乐素养来讲，他不弱于上述任何一位大师：童年的钢琴演奏水平几近莫扎特，成年后有大量曲目问世，除钢琴作品外，还写有若干部歌剧，出版了有影响力的音乐论著。一个如此全面而又才华非凡的人，到后来却被忽略与遗忘，英国乐评家对此写道：“对于广大的听众来说，他的音乐个性不够强烈，不足以获得人们持久的热爱。”

用奥地利小说家穆齐尔一部未完成的长篇小说的名字——“没有个性的人”，可以隐约概括乐评家及乐迷对他的看法。

但此番见解，不能轻易解读布索尼，因为他的作品吨位太大，其内涵的丰富性远远超过一般的理解。就我听这张佩拉亚的唱片而言，布索尼的巴赫有震撼感觉；作品的庄严与肃穆，在极为严谨的表达里充满了抵达另外一个空间的寓意——巴赫通过尘世的熬炼与净化，在星空之间找到了与神性同在的梦境。布索尼去掉了巴赫作品的深重感，以超越与轻盈的感觉来表达其神学信条。

1924 年早逝的布索尼（生于 1866 年），被很多人说成是意大利作曲家，钢琴家。但美国乐评家勋伯格却把他归入德国，因其人生的大半在德国度过。他写道："布索尼是最伟大、也是最富有独创性的钢琴家之一。作为一名知识分子和作曲家，他的音乐在当时鲜为人知，在我们今天也同样如此。他是过渡时期的著名人物之一，拥有不安分的头脑，他在音乐理论方面的贡献超过了他的音乐作品。"

布索尼的内心矛盾，在于痴迷从巴赫到贝多芬，再到李斯特的古典遗产，难以割舍，难以告别。即使在音乐理论上跨入了现代——比如他提出了"电子音乐"的概念，但在创作中还是巴赫，又巴赫。有人说，他的另一个矛盾是身份上的分裂。意大利与德意志的混合血缘（父亲是意大利人，母亲是德意血统各半），让他的感性与理性发生冲突。他写的钢琴曲十分德国，写的歌剧又充满意大利味道。就像肖邦既法国又波兰一样，他对于现代主义作曲方法的态度，是以雅致回避野蛮，以看家者与留守者的态度整理家谱，朝逝去的故国回流。

相对于时代美学的巨变，布索尼不是一个无知觉的人，但其态度却是有意贻误，渴望折衷与融合。叶芝所说的这种"可怕的美"，不和谐与腔调的野化，是布索尼不愿应和的风暴。当"野蛮人"敲碎了"月亮"，人的意义开始变异与瓦解，所有的价值开始重估：作为一个作曲家，是到未知之国去，还是守定青山，原地向更深处开掘呢？从今天来看，守定家园与出门远行是一回事，没有守旧与先锋的真正区别。唯一可察的是作品的优劣。

“新古典主义”后来成了斯特拉文斯基的创作信条与标签，而最早提出这一说法的布索尼鲜有人知了。20 世纪各种主义波澜壮阔，每一面游行的旗帜都在混乱里换了名字。比如，绘画上的立体主义之父应是法国画家勃拉克，但人们最终看见的是它被毕加索收入囊中。毕加索的明星魅力，大于勃拉克这个几乎不问世事、避居画室的人。与此同理，布索尼不爱折腾，性情温和，热心书斋与教学，没有花边与八卦，也不激进，而名声是靠意外之举、闹场或丑闻支撑的。布索尼却是个地地道道的老实人。

时代风暴过后，往往在原地诚实劳作的人，会有真正的收获。布索尼是一个有水准的作曲大师，不比那些名声显赫者差，甚至还要更好。他写了一系列的巴赫作品改编曲，首首都是精品。此时需要乐迷抛开新旧美学的标签，从自己的内在感受里重新认识与感知布索尼。

线描　欣德米特像

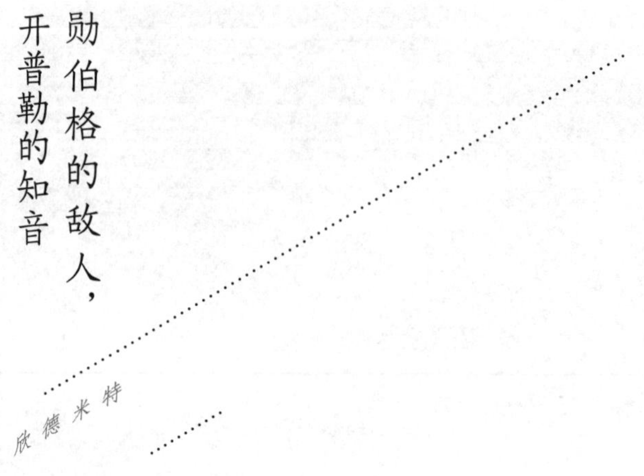

勋伯格的敌人，开普勒的知音

欣德米特

美国作家詹姆斯《天体的音乐——音乐、科学和宇宙自然秩序》一书中，有一张爱因斯坦与勋伯格1934年4月拍摄于纽约卡内基大厅的照片。照片里二人都打蝴蝶结，爱因斯坦黑色，勋伯格白色，像听一场音乐会前的合影。让爱因斯坦这个喜穿邋遢服装，不拘小节的老头一本正经，是一桩难事。可见当时美国音乐界与科学界已经把勋伯格与爱因斯坦相提并论：二者都是“相对论”的发明者，一个是物理学家，一个是音乐泛调性的革命者。穿着的相似性，仿佛彼此心照不宣地同意了这种论断。

当然，两位不同领域的大师并不是一回事。从对世界的影响来看，爱因斯坦明显正面一些，相对论是今天光纤乃至手机使用的理论基础，也是原子弹制造的依据；勋伯格的泛调性即十二音体系，却在占据教学与创作的统治地位以后，让严肃音乐趋于末路。在有人问及勋伯格与爱因斯坦的关系时，他说：“在这两个努力的领域里可能有一种关系，但我不知道它是什么。”

1895年生于德国的欣德米特，比奥地利出生的勋伯格小了21岁，算晚一辈的作曲家。从一生的经历来看，两人有些相似：年轻时创作风格激进，中年后都到了美国，成了美国公民（勋伯格1951年病逝美国，晚年回乡的欣德米特死于德国）。但就美学指向上探究，二者是不折不扣的敌人。勋伯格泛调性的音乐放弃了主调性保持的和谐，取消了中心指向；欣德米特则是“新古典主义”的代表，维护巴赫开创的巴洛克音乐传统，追求技术的精湛与结构的缜密。

其实，年轻时的欣德米特并非循规蹈矩的作曲者。虽然他没有使用十二音体系，但有十几年都迷恋创作听起来不怎么让人舒服的音乐。他借此反对浪漫主义，被当时的大作曲家看作是一个“问题少年”。从天资上看，欣德米特才华横溢，不仅烂熟传统经典，还是精通小提琴、中提琴、钢琴的演奏家。他后来的转向，朝着勋伯格的十二音体系瞪眼，也许是一种内心的顿悟。这种现象在欧洲艺术家群落比比皆是。人们以为他们要走向现代主义的荒蛮，乃至后现代的虚无，恰恰在几近四分五裂时分，浪子却回家，值守故国与故园，甚至比当年他们反抗的父辈还要保守。意大利画家契里科就是例子，他的绘画从超现实主义改成了中世纪的风格，让追随者跌破眼镜，挠头不已。

为了印证自己，欣德米特找到的知音是开普勒。他以这位伟大的天文学家的生平为凭，创作出名叫《世界的和谐》的歌剧。他设想开普勒所解释的太阳系有八个角色，每个人物代表不同的行星。人物有固定的音调，音调之间的音程表达彼此间的距离，在不停的变化中，行星之间产生不同浮沉与戏剧性。开普勒以太阳为中心的秩序观与中心论，恰如主调性音乐的存在。欣德米特以此对抗爱因斯坦的相对论，勋伯格的泛音体系。他预感到，现代物理学与天文学以及非主调音乐的恐怖指向，是随机论与偶然论，最后造成一种命定的碎裂与解体。近些年闻名世界的希腊作曲家塞那基斯，正是用计算机的随机序列写作，斯托克豪森也如此。一种取消情感与心灵的冷冰冰的音乐，成了世界的主流。

在作家詹姆斯看来，欣德米特对抗勋伯格的悲怆努力是徒劳的。任何复古之举都不能成功，地心说、日心说都是过时的见解。他说：“尽管欣德米特在第二次世界大战之前的几年里在声望上遮蔽了勋伯格的光辉，但到了 1963 年他死的时候，他的影响已经几乎下降到了零，而十二音体系却在当代音乐会音乐中取得了全面胜利。”詹姆斯的见解，姑妄听之。在与勋伯格同名的美国乐评家看来，结论恰恰相反。勋伯格说：“欣德米特的创作是绝对专业的，与他同时代的所有大音乐家相比，他或许是最完美的作曲家。”

在技术至上的当下，科技的强力人所共知。但音乐的创作方法有先进与落后的绝对划分吗？当年巴赫是用过时的作曲手段写作的，他不懂相对论与十二音体系。在艺术上只有好与坏之别，而心灵是创造之源。人的终极困惑，单单凭借技术肯定解决不了。

线描　布里顿像

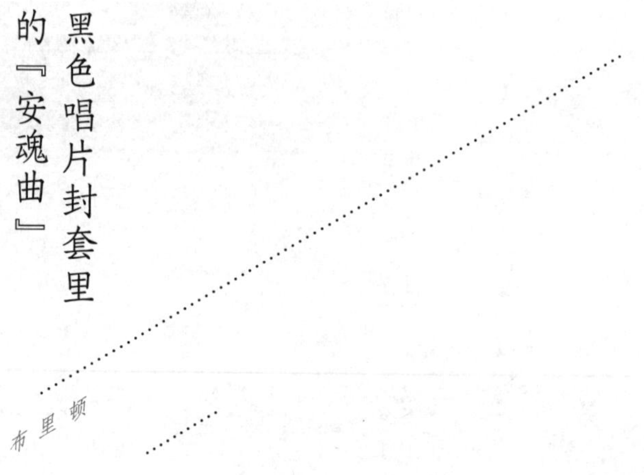

黑色唱片封套里的『安魂曲』

布里顿

“TAS唱片发烧榜”最初选定的二百多张唱片里，英国作曲家布里顿有三张归入古典音乐栏目，足见美国人对他的好感与关注，也显示其作品宜在音效上大做文章。他亲自指挥的《宝塔王子》上榜，录制时的大音场与温暖感，让这部并不重要的芭蕾音乐作品成了HiFi迷们的至爱。但布里顿对美国并无好感，揶揄其没有高端文化。当然，对于他这个一生将圣经主题与现代感受相结合，把文学名著改写成歌剧的人，好莱坞、唐老鸭、百老汇音乐剧在其看来还是太稚嫩了。

布里顿最有名的《战争安魂曲》其实有两部，一部是1940年所写，作品编号是20；另一部写成并首演于1962年，作品编号为60。我们今天所言并让布里顿不朽的，是后者。作品1961年动笔，为纪念英国考文垂在1940年遭遇德国轰炸而作。当年的考文垂受到毁灭性破坏，布里顿意欲写出一部独唱、合唱、童声与弦乐混合的大型作品，届时在该城的圣米迦勒教堂演出。离战争的起始已有20年时间，内心的规模却由大江大河变成了汪洋，布里顿从宗教维度谴责战争，交响的构架加入安魂曲的内涵，作品是对战争逝者亡魂的大弥撒。

DECCA（笛卡）公司为《战争安魂曲》做了黑色封套，布里顿的名下是作品的名字，设计的风格极简，却充满力度。英国企鹅榜单把这套唱片评作三星带花，全球的乐迷们趋之若鹜，认定这是人声与乐队的巅峰录音。我当年托朋友买到，视作现代音乐的压轴作品，尽管初听时被音效震撼，并不怎么适应现代主义修辞。这是一种全新的表达，与莫扎特、勃拉姆斯、弗雷与威尔第的“四大安魂”不是一回事。撕裂、破碎、黑暗、哀悼这些词语契合作品的表达。古典曲式“安魂”的深重与安静，让位于类似毕加索“格尔尼卡”式恐怖与锥心的表达。

除了《战争安魂曲》与一系列歌剧外，布里顿为媒体所乐道的，是他与歌唱家皮尔斯之间的关系。据说 1976 年布里顿辞世于皮尔斯的怀抱里，两人还以自己的名字创办了音乐学校。皮尔斯是伟大的男高音歌唱家，英国人，一生除了主唱布里顿的歌剧外，也唱宗教曲目，尤以舒伯特的艺术歌曲为世人闻知。他不属于一下子征服乐迷的歌手，而是内在控制、稳健、让人回味的表达者。我听过他的《冬之旅》，是其中年之后的嗓音，别有一种穿越人生之路的苦楚与沧桑，用平淡的表达道出。这是回望青春岁月的“冬之旅”，有一种“澄明”感。与他相比，许多歌手的舒伯特都过于悲情。舒伯特的作品里有泉水般明亮的东西，情绪的无助与灰暗，并没把音符抛入晦涩之境。

布里顿最后一部歌剧《死于威尼斯》，写于 1973 年，可谓为皮尔斯订制。剧中的主人公艾森巴赫适合皮尔斯演绎，尽管此时他已经六十多岁了。托马斯・曼原著小说里的艾森巴赫是个追逐美童，缅怀人文主义遗产的老人，最终死在美与梦的消失之中。与小说相比，皮尔斯的形象要绅士许多，而非曼所写的自惭形秽，为见美童塔奇奥而化妆的困顿角色。在扮相上皮尔斯加了胡子，坐在海滨的椅子上，手捧书卷。与电影版《死于威尼斯》相较，布里顿的歌剧是另一种味道，属于英国文化的产物。

皮尔斯晚于布里顿十年去世。两个合作者的故事终结，如今留下的是嚼舌者的八卦与附会者的解读。艺术大师的私生活成了话题，他们的艺术被无情遮蔽了。在战事不断的世界上，布里顿的《战争安魂曲》其实一直在鸣响，丧钟为每个人而鸣，无谁能置身其外。当世界里的各种冲突不可避免，布里顿的解决之道是以古老宗教里的教化应对。但善于移动祸水的政客们，听从艺术家的告诫吗？暴力与火光勾勒一座座城市的风景，如今的问题不是玩火自焚的问题，而是一个个与汝偕亡者的出没，无辜者却成了祭品。

布里顿之前，英国虽有骄傲的文学，但音乐与德奥相比不可同日而语。布里顿，让英国人有了与德奥大师比肩的人物；而皮尔斯擅长的，正是德奥音乐作品。英国人布里顿改编了德国人的小说，反战，是英德艺术家的共同主题。

线描　梅西安像

光影震颤里的鸟鸣

梅西安

法国作曲家梅西安是泛神主义者，兰波通感学说在音乐领域的践行者。他的作品有现代主义的外形，内核却充溢着天主教信仰的激情。与巴赫一样，梅西安一直作为巴黎圣三一教堂的管风琴师为教众服务；其他时间则在音乐学院从事教学工作，旅行与作曲。他闻名于世的“鸟鸣学家”的称号，是一种隐喻或象征。用海德格尔的见解来说，鸟鸣，即生物在大地上存在的证据，“语言是存在的家园”。梅西安借鸟的鸣叫以及在音乐创作里的运用，表达的是对神恩的见解。没有什么比鸟鸣这种大地上的声音存在，更让人意识到造物主的意味了。

他的学生布列兹，从另一个指向上为恩师的成就定位。他确信梅西安是欧洲音乐史上伟大的节奏理论家。梅西安同意布列兹的这一判断。关于节奏，梅西安在论著《我的音乐语言技法》中有系统阐述。他说，“我完全忽视拍子，甚至是忽视速度。我不喜欢军队音乐，也憎恶爵士乐，因为它们都要强调节奏。我的音乐依靠不对称的节拍，就像在大自然中一样。自然界的潺潺流水是无节律的，树枝的摇曳是不匀称的，天空中云彩的漂移也是无规则的。”回归自然与本真，所谓“师法自然”，去除人为的逻辑与规则，是梅西安的寻求。

东方音乐与西方完全不同的节奏理念，中世纪的单纯圣咏，被借鉴过来，与四处寻找并记录下的鸟鸣素材相结合，基本上形成了梅西安标志性的音乐世界。但他从三者中提炼的宗教内核，并不被同行认可，其神学情怀被斯特拉文斯基等人嗤之以鼻。但这也是斯特拉文斯基的软肋，他临死前写的正是自我安魂的宗教作品。也许梅西安的鸟鸣创作法风头太劲，也有噱头，让其他大师不悦。其实，斯特拉文斯基与梅西安都属于欧洲古典音乐表面上的异教徒，骨子里从未彻底反叛。语法与修辞的革新只是穿着与打扮上的另类。两人的区别在于一个忠实于天主教，一个被东正教熏陶。

梅西安生于1908年，1992年去世。他年轻时一副明星派头，花衬衣总喜欢翻在西服领子外面，老年时则是严肃的样子，像彩衣鸟褪去了色彩。最著名的照片是他戴贝雷帽，手持一只夹子在树林里采集鸟鸣的样子，生物学家般十足的自得与喜悦。因为鸟的歌唱是他作品的源头，形式上的主要构成、曲式、衔接都服务于此。他是鸟类百科全书般的声音传诵人，前无古人，后无来者。

许多纯粹的宗教作品，比如他1980年代推出的歌剧《阿西西的圣方济各》，并未获得全球性成功（体量过于巨大，难以在天主教之外的受众里得到正常的反响）。但体量小一些的交响曲《图伦加利拉》与管弦乐曲《星空下的峡谷》等，受到欢迎，上演伊始就轰动异常。一部部作品里鸟鸣的史诗篇章，不同节拍的声音，有机组合在一起，是他为大自然在现代美学背景下写就的赞美诗。

梅西安生于阿尔卑斯山下的阿维尼翁，童年傍着山川、树木与鸟鸣长大。成年后的历练，只是为了复原童年的所感所知。那是在当下世界“失乐园”后的“复乐园”。听他的鸟鸣之歌，会让人想起法国哲学家巴什拉在《梦想的诗学》对今天我们已经失落的“家”的描述。巴什拉写的是他小镇上童年的“家”，与梅西安在鸟鸣中呈现的“家”是一回事。

这也正是梅西安音乐的意义，给予我们几乎要失去的“古老感觉”与“存在家园”的哲学意义与神学意义。他的作品就是声音“诗学的返回”。自然界这个母体的温暖与神秘内涵，已被工业时代、后工业时代抛到了遗忘的山谷。存在的凭证，也在加速度的失落里无谁寻求。鸟的鸣叫，是生物在光影里的自我确认与对同伴的寻求，尽管它多是孤独的见证，兀自的哀鸣。

听梅西安首先要适应现代音乐的修辞。他的作品不是古典的明亮抒情与上升，要有一个适应过程。这是另一种好听——就像从苦涩里寻找到甜味。梅西安一生都在苦涩里寻找甜。天主教“含泪微笑”的信条即是如此。他战争期间被俘入战俘营，也正是从那里，记忆里童年的鸟鸣声唤醒了魂灵。苦难与受辱作为创作之源，让他在别处寻找道路。

线描　伯恩斯坦像

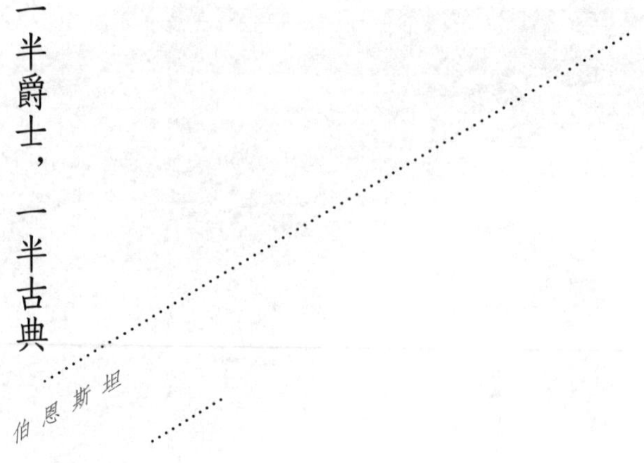

最早听到的美国指挥家伯恩斯坦的唱片，是他1989在DG出品的莫扎特《安魂曲》，那时离他去世的1990年仅一年光景。唱片封套上有他亡妻的形象，可见他通过此曲为亡妻安魂的意思。一个七十岁的老人（他1918年出生）从指挥的作品里感悟今生景象，其实是在为自己做一番总结。其后听了DG公司为纪念1898年至1998年百年历程而推出的“古典色彩”——伯恩斯坦16张CD之多的套装马勒。其中的曲目包括9部交响曲与声乐作品，录制的年代跨度是1975年到他辞世之前。

从纯粹的审美以及技术要求来看，伯恩斯坦录制的唱片都热情有余，细节上不够精致。他生命里有种美国人大大咧咧的味道，但尽管如此，伯恩斯坦还是受到全球乐迷的热爱。人们痴迷他情感的率真与内心的宏大气魄。唱片里时常出现火光电石，瞬间的明亮与灼烧给耳朵被电击般的感动。他以强力激活了当代人渐趋麻木的感情世界，照亮遮蔽与沉睡的群山——仿佛在说，我们遗忘了大地深处熔岩流的原本存在。

通常伯恩斯坦为人熟知的，是1957年创作的爵士与古典相结合的歌剧《西区故事》。他作为作曲家的名声也由此建立。其中的主题曲《今夜》，朗朗上口，追逐感与舞蹈感俱佳，十分好听，也好记。可见一个棒的旋律是作品生命力的基础。几年前，美国百老汇的专业团队在北京展览馆剧场上演了这部歌剧。一切都见高水准，但有点过于程式化，没有伯恩斯坦作品要求的爆发力，演员的歌唱与舞蹈都有些拘谨。

在热衷录制发烧碟的前些年，曾有一张名叫《伦敦大提琴之声》的唱片风靡全球。此碟的录制共用了 40 把大提琴，乐手分别来自伦敦爱乐、皇家爱乐、BBC 交响与爱乐四个乐团，西蒙指挥。伯恩斯坦的《今夜》是唱片的压轴，不到三分钟的演奏让旋律如大河流淌，音效异常火爆。这首曲子的内核是一种欧洲浪漫主义的表达方式，其追逐感又有些爵士味。这也可以看出伯恩斯坦内在的音乐构成还是以欧洲古典为主。

除了《西区故事》以外，伯恩斯坦还写有与其类似的其他歌剧，但都没《西区故事》有名，被市场热捧。1956 年他把伏尔泰的《老实人》改编成音乐作品，远不及《西区故事》的影响力。但从中可以看出伯恩斯坦的人文素养。《老实人》是独特的小说，写作方法不是传统文学样式，极难归类。他从一部小说找到编织音乐的冲动。

伯恩斯坦创作有三部交响曲，但评价不高，认为他观念先行，抱负太大，超过了交响乐承载的形式。从三部交响曲的名称《耶利米》《焦虑的年代》《犹太祷文》，就可以知道他作为一个犹太后裔在思想上与神学上的挣扎。但要想在古典曲式上写技术上过关的曲子，仅仅有意念是远远不够的。加拿大钢琴家格伦·古尔德放弃演出后曾热衷于作曲，写赋格，但从专业作曲水平来看并不成功。会弹奏赋格，不代表能写赋格。其中的核心问题是，作曲不仅仅要技术与理性，情感与内心同样重要。伯恩斯坦能写爵士与古典巧妙结合的歌剧，但在交响曲上力有不逮。创作交响曲太难了，没有内心的高山大海，没有力度与结构能力，没有妙思，写出来也只是平凡之作。

但有一部宗教合唱作品让伯恩斯坦获得了空前成功，如今仍被广泛地演奏。它就是为英国一座名叫奇切斯特的小镇写作的《奇切斯特诗篇》。当地有座11世纪建成的教堂，教堂的牧师委托伯恩斯坦作曲，供唱诗班使用。他根据《圣经》里的“诗篇”来创作，用带爵士色彩与打击乐的混合模式，完成一种新型的“赞美诗”。

可见不用过于抽象的音乐形式，以熟悉的爵士乐与古典结合，才是伯恩斯坦的强项。按照新美学创作宗教作品，是二十世纪的一种时髦。斯特拉文斯基曾写有《诗篇交响曲》。但就老乐迷既定的口味而言，爵士味的宗教作品还是难以接受。尽管内在的静默与虔诚被改写了，但过于冷森或过于热烈的宗教作品让人难以下咽。来自格里高利方式的吟诵传统在乐迷的耳朵里扎下了根，就排斥其他表达的存在。爵士色彩的宗教作品，还是太美国味了。

线描　利盖蒂像

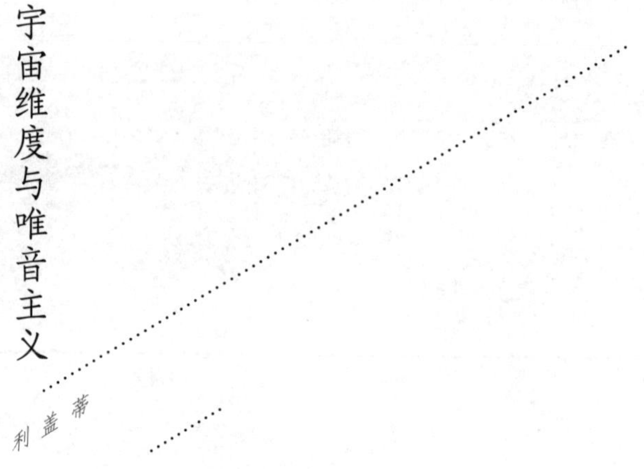

宇宙维度与唯音主义

利盖蒂

美国电影大师库布里克的作品《2001：太空漫游》，让1956年从匈牙利抵达西方的作曲家利盖蒂的名字开始为世界所知。他的管弦乐曲《大气》，在影片里被库布里克用来与施特劳斯的乐曲并置：一个是宇宙空间里黑暗的嘘嘘声，一个是华丽而温暖的音乐构成。当地球向宇宙滑去时，利盖蒂的音乐类似天文学的那个黑洞；而施特劳斯的乐曲响起，冰冷的地球慢慢复苏、明亮，仿佛失忆后记忆得以恢复。

库布里克这种并置，不知是否在比较现代世界与古典世界在当代人心中的真正意味是什么。当我们不再以牛顿力学来解释物理与太空，而是在爱因斯坦与玻尔的学说里审视人与世界时，利盖蒂的音乐与施特劳斯的音乐就是爱因斯坦与牛顿的区别。现代主义的核心指向乃宇宙之维，不再以大地上那只落向牛顿的光亮苹果为描述对象。那是一个无光、无情、冷漠的太空世界，声音构成是物理的，也是相对的，即所谓不带感情的唯音主义。

利盖蒂1923年生，2006年去世，是自巴托克之后匈牙利最有名的作曲家。两人都是流亡者，巴托克去了美国，利盖蒂主要在德国居住。我最初从库布里克这部电影里听到利盖蒂的作品时，感到了黑暗与死亡的主题，仿佛是大地上的亡灵在宇宙里天葬。后来查资料，得知他 1961 年写的《大气》果真是纪念一位亡友。乐曲里的滑弦，灰与黑的音块，冷森与绝望，微型的复调弥漫其间。有人说长期听《大气》会让人疯掉，那种嘘嘘声像黑纤维一样缠人，解构我们对世界的既有理解。

也许以画面的视觉主导、听觉为辅，才可以接受《大气》。现代主义音乐的特征，是不再以调性主导的声音作为审美对象，探索声音构造的多种可能性。古典主义的调性是一种确定性，现代主义的无调性则是不确定性，二者间的张力之下，绷紧了当下这个我们深感矛盾与悖论的世界。乐评家通常对利盖蒂作品的评价是“别出心裁”与“令人神往”，其实在承认他唯音主义的作品难以评价。

从相对论问世起，世界进入了宇宙神秘主义或者说空间神秘主义的时代。西方古典音乐是大气层内的声音构成，而利盖蒂现代主义的《大气》，则属于“大气层外的声音”，充满“非人”与“骇人”的听觉效果。从勋伯格创立十二音体系开始，古典主义就开始被质疑，到二十世纪下半叶，作曲家们创作时“不再古典”已成为惯性。利盖蒂的音乐在其他先锋作曲家里还算可以入耳的。但听觉作为比视觉更娇贵的感官，接受与喜爱的范围十分有限。构造的和谐，是接受的根本，也就是说，声音的不确定性必须涵盖在确定性里面。

现代主义的一大贡献是打开了事物的边界，释放了“自由”。与此相关的问题，是人究竟是“大地的生物”还是“宇宙间的生物”的讨论。这个困境对认识音乐尤为关键。出生于匈牙利的美国乐评家朗格写道：“现代音乐的问题不是一个采用不和谐音、古怪的旋律或奇特的音响的问题，而是一个哲学问题，是一个新的人生观的问题。”

朗格所谓的人生观，即在说古典主义音乐属于西方人文主义的产物，而现代主义则是人文主义的破产与终结。古典音乐象征茨威格言说的“昨日的世界”，而现代世界则是贝克特所谓的“看不清道不明”，福柯预言的“人的死亡”。我听利盖蒂以及其他现代主义作品，总能觉出一个魔影——他们表达了一种四分五裂的可能，十分新颖，独一无二，但没有营养，没有安慰，更无希望。重要的是，我们在此失落了古典音乐的建筑形式，那座无可替代的教堂构造。它原本矗立在大地的中心，无可替代。

现代主义到了美国作曲家格拉斯那里开始重拾巴赫的“序列主义”。尽管巴赫被简化了，但可以听下去，而不是折磨与上刑。听音乐，不再是“锯耳鼓”或“揪耳朵”的实验。我听利盖蒂感不到亲切，甚至觉得冷酷与陌生。

库布里克的那艘漫游太空的船，最终一无所获，间接承认了人只可能是大气层下的生物。而现代主义音乐的出路，就在于对“人”如何确认。它，是撬动一切的支点。

线描　斯托克豪森像

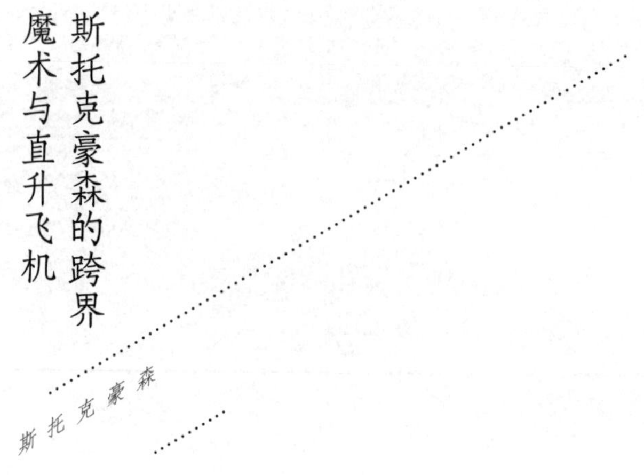

斯托克豪森的跨界魔术与直升飞机

斯托克豪森

最近看到一段美国音乐家伯恩斯坦的访谈。他说："尽管十二音体系或达达主义都很了不起，只是不能以牺牲调性为代价，它是音乐的根基。"这段话的意思并无指责勋伯格的意思，却暗示调性解体后音乐创作的全球达达主义的状况。不得不说，调性堪称音乐作品的脊椎，取消调性的后果，就是声音形体的软瘫与失形，点线面的粉碎，像国王没了脖子，美人失去了线条。现代音乐之所以不被人普遍接受，在于听觉上的困难，声响一如踩到了鸡脖子上。但德国先锋派作曲家斯托克豪森不从管这一套，一路走到黑场。2007 年他的辞世，并未阻止先锋们的前赴后继，各种魔术不停上演。

2013 年 10 月的巴黎白夜艺术节上，演出了斯托克豪森的《直升飞机四重奏》。其时四架直升飞机腾空，外加四名摄影师、四名录音师、四名演奏者，成就了一个声音与视觉混合的跨界大魔术，近乎不能定性的装置或行为艺术作品，达达，前卫，酷。这部作品的其他版本多为四个乐手在直升飞机前面演奏，直升飞机只是提示的背景。让实物飞起来，如此兴师动众，恐怕是斯托克豪森生前一直渴望的景象。据说这部作品来自他的一个梦，梦里见到了四架透明的直升飞机，每一架里坐着一名四重奏成员。

就个性而言，斯托克豪森近乎20世纪的瓦格纳。他最重要的作品是系列巨型歌剧《光》（《直升飞机四重奏》，就来自《光》的《星期三》里的第三幕），共七部，以周一到周日为题目。为了让歌剧上演，他要求建造新的场馆，就像瓦格纳当年建造拜罗伊特的剧院一样。但他的提议不被接受，到去世前歌剧也没有完整上演。晚年的斯托克豪森热衷神秘主义，为一圈忠实粉丝簇拥，有点像二战前诗人格奥尔格小组的意思。他是一位未曾登基的国王，充满瓦格纳的雄心与才华，却时运不济。因为世界变了，再也没有了瓦格纳的英雄主义与巨人做派。瓦格纳在其时代，可以求助于无所不能的国王，但20世纪的国王没了，音乐家在世界里的位置与作用是螺旋式的下降与跌落，再无“直升”这等好事。

到了21世纪，斯托克豪森开始陷入妄想与疯狂。美国“9.11”事件发生后，他赞扬撞机是“最伟大的艺术创造”。舆论为此哗然，他不得不出面道歉。先锋派走到这一步，道出的是达达的绝境，撞向世贸大楼飞机的火光，让他想到自己作品上的壮志未酬与无能为力。而调性解体后先锋作曲家的困境，与斯托克豪森都差不多。听众不买单，音乐厅不接受，在新世界里没有话语权，最后只得以耸动的言行表达自我。

也许可以这么说，西方古典音乐的构造已是完美的抽象（相比于此，中国古代的音乐并没有成功抽象，多为意境表达），十二音体系放弃调性的所谓“二度抽象”，并不是明智之举，已被证明为歧路与失败。跨界、搞魔术、玩理念，只是新式的达达，话题游戏而已。伯恩斯坦为此所说的“根基”不可动摇，是切到了病根。他本人借助美国的爵士与古典混合，获得了成功。而十二音体系与先锋理念下的任何一部作品，近百年都难成经典，不管其概念吹得多么天花乱坠。我们听音乐，不是为感受鸡飞狗跳，目睹皇帝新装出行。无调性的音乐既难听，又难解，为何我们要虐心虐耳，在直升飞机的轰鸣里听四重奏呢？

这些年我买了许多现代音乐与先锋派作品的唱片，怕有所遗漏，不能全方位了解当代世界的音乐风貌。曾听过大盒系列装的德国当代音乐，斯托克豪森与亨策在其间是主角。但听过后不能置评，心得寥寥。韦伯恩、斯特拉文斯基之后先锋派的作品收成里，东欧作曲家要比西欧好，德国的音乐水平其实一直在下降，毋庸讳言。调性作品在德国的音乐史中已成就了完美，巴赫、贝多芬、勃拉姆斯筑成的世界，斯托克豪森难以更改，也不能撼动。所谓撼山易，撼“3B”难。在当今世界上，他们的音乐才是基础构成。后现代这一套，解构不了伟大与崇高。那是我们告别不了也绕不开的“根基”，除非我们感官变成了不食人间烟火的机器。

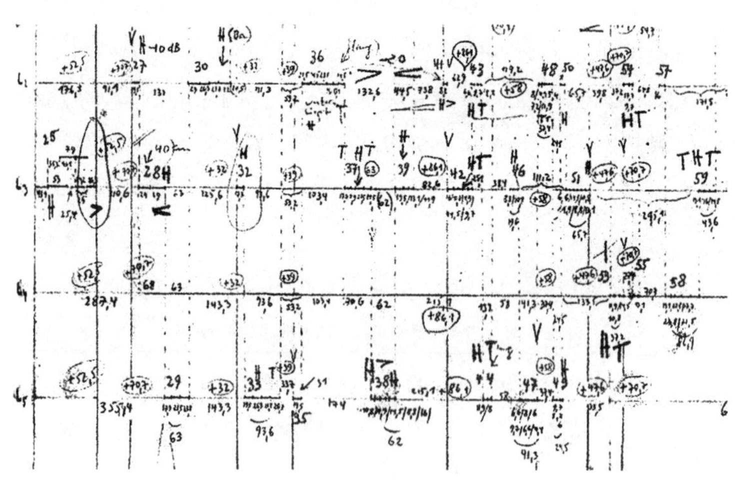

斯托克豪森手迹

线描　潘德雷茨基像

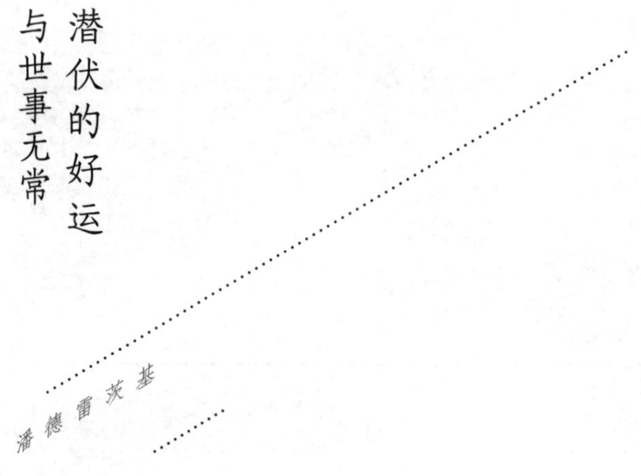

潜伏的好运与世事无常

潘德雷茨基

作为北京国际音乐节的常客，波兰作曲大师潘德雷茨基在2007年写了委约作品《第八交响曲》，又名“无常之歌”。他亲自指挥乐队演绎，也时常出现在其他大师曲目的音乐会上。白胡子，红通通的脸，微胖的身躯，是他的外在标志，表情则有东欧人严肃而温和的特征。乐迷可以轻易见到他正襟危坐在北京的观众席间，可见他太喜欢音乐厅了。无论指挥自己的作品，还是品鉴他人的表达，乐队、听众、指挥之间的互动完成了音乐之“在”的三位一体。而现场感的鲜活可以激发他。

与1996年英年早逝的另一位波兰文化名人——电影大师基耶斯洛夫斯基不同，潘德雷茨基被人称作专制时代的“特洛伊木马”，一个成功的潜伏者。说来不过是阴差阳错，他当年写的《8分37秒》在题目改成《广岛受难者的挽歌》后，受到官方肯定与支持，认为是声讨西方阵营的力作，尤其契合当时的意识形态。作品的推出，让作曲家在东西方都获得首肯，可见命运的骰子一掷尽是偶然。波兰居于东西方的中间地带，对于地域两端压力的敏感是他人不可想象的。基耶斯洛夫斯基1981年拍过一部电影名叫《机遇之歌》。“无常”，“机遇”，国家、种族与个人命运的黑色幽默，是卡夫卡、哈谢克与昆德拉等东欧作家最喜欢表达的内容。荒谬感有时来自地缘政治。

但不得罪自己的祖国，又让西方人喜欢，功成名就，财运滚滚，有时得罪的是自己人，为时贤看不惯。为推广自己的音乐失却了意识形态立场，让一些报刊子虚乌有地指责潘德雷茨基活得太好。但潘德雷茨基近于逆来顺受的脾气，不过是表面现象。他关注的是从现象世界里“超越”的部分，即抽象成音乐的构成。必须从其作品而非银行账户、住房与座驾去解读他。潘德雷茨基内心或灵魂的界面，指向的是宗教与受难。

作为20世纪宗教音乐作品扛鼎之作的《圣路加受难曲》，于1966年首演，为祝贺德国蒙斯特教堂落成700年而作。在“受难曲”这种曲式的要求下，如何写出带有现代感知的新意，又不失轮廓的伟大与庄严，是巨大挑战。巴赫的宗教作品作为难以逾越的标杆立在那里，一般作曲家都望而却步，不敢触及这一对整个世界与人类发言的题材。潘德雷茨基的高明之处，是在这部作品里表达了阿伦特所说的“庸众的恶”：作为庸众的他们，出卖了人类的拯救者。他用不同的音块与织体，表现庸众的躁狂与污秽的声音，道听途说以及以讹传讹的存在，人性普遍的恶毒、阴森与黑暗。

关于群众的崛起，19世纪俄罗斯的作曲家穆索尔斯基最先在歌剧里予以表现。到20世纪，肖斯塔科维奇的许多作品也时常以戏谑与滑稽模仿的方式加以传达。潘德雷茨基的语汇、配器与前者相比更现代，也更国际化，人声部分并不使用波兰语而采用拉丁文，弦乐的构成重新配组，管乐用萨克斯，钢琴与管风琴对比着击打与轰鸣。一团团庸众的喧嚣声，接近卡夫卡所写的耗子民族的叽叽喳喳，无意义的舌头在空洞的口腔里打转。潘德雷茨基在作品里展现自己的精神能量与超常的能力，让人叹为观止。

也许，世界这几十年的艺术成就多由东欧人取得，得益于他们深谙存在的尴尬又不得不如此的绝望。原地徘徊的无意义，即卡夫卡所说的“踌躇”。这种国家与种族的状态如今是每个个体的体验，可见科技昌明与技术进步并不能改变存在的窘境，甚至让人性变得更为变态与残忍。

波兰这个国家宗教气氛浓厚，因为太多的苦难于此发生。潘德雷茨基是当年教宗保罗二世的朋友。保罗二世从波兰出发，成为教宗，写了许多动人的诗歌。对于灾难深重之地，唯一的回报就是大艺术作品的问世。潘德雷茨基今生的运气如何，于国家及个人都是一时的得失与外在的命运，作品质量才是他与时间对话的资本。文章千古事，世间多无常，潘德雷茨基的意义在于宗教几近式微与弱化的时代，依旧为世界带来了这种大作品的崭新式样。

第二辑
万花筒里的声音

线描　兰多夫斯卡像

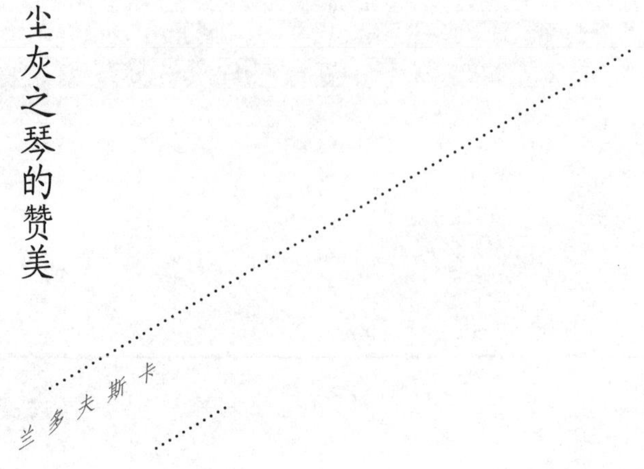

尘灰之琴的赞美

兰多夫斯卡

说及兰多夫斯卡，有人会想到罗丹在生命最后几年热衷雕塑的“手”系列作品——其中一个是五指蜷曲向中心，十分像她弹奏时的手型。1879 年生于波兰华沙的兰多夫斯卡，1900 年代初与 1930 年代在巴黎从事音乐活动。而罗丹一直对创造的核心——人的双手，产生神学冥思。雕塑家的手，弹奏者的手，与神的造物之手——怎样契合为一呢？大限将至的罗丹，一定感慨着命运之手的降临。其实，观看兰多夫斯卡存世的几张演奏的黑白照片，可以发现她的手指更多立体张开，几近渴望抓地的鸟爪形。但这是一个命定流亡，离故地与故国越来越远的人。

与众多东欧音乐家一样，兰多夫斯卡一生在西欧与美国之间漂泊，躲避战乱，于 1959 年客死美国。神奇的是，她在年轻时就发现了在 19 世纪被逐渐淘汰的巴洛克时期乐器——羽管键琴的美。羽管键琴是以羽管做锤，击打琴弦，而且琴键不在一排的乐器；体积比现代钢琴要小，声音也不明亮。当年她买了一台旧羽管键琴，请人修理后就开始摸索着弹奏。此后，她一生的命运竟与这种乐器相系相连，成了 20 世纪古乐器复活运动的代表性人物。偶然一遇却成就了必然的终生追随，就像卡萨尔斯少年时在一家旧店淘到巴赫《无伴奏大提琴曲》原稿，一生致力于此曲的复活一样。

这里面的神秘，不可轻易言说。兰多夫斯卡作为引领者并未带活古乐器的制造业，而是让一种古色古香的声音重回世间。北美洲的图雷克与格伦·古尔德都是步兰多夫斯卡的后尘，也开始弹奏羽管键琴，并有精美的录音存世。但兰多夫斯卡弹琴的黄金年代，却与立体录音失之交臂。我最常听的兰多夫斯卡的作品大多录制于20世纪三十年代，效果比拉赫玛尼诺夫的历史录音还差上很多。混杂的背景里，羽管键琴的声音像从尘灰之琴里发出，近乎难辨认的字迹。好在她弹奏的多是巴赫，表现结构的和谐与均衡，并非追求奇妙音效的作品。有时听久了，也会慢慢习惯，觉得她是在古老的时间镜子里默默念诵先王的赞美诗。

百代公司1999年再版了兰多夫斯卡1933——1936年在巴黎录制的巴赫《哥德堡变奏曲》《意大利协奏曲》与赋格，列入大师的“参考”系列。以出版历史录音为主的皮亚尔公司，推出了她1928——1950年间若干录音片段，名为《兰多夫斯卡弹奏巴赫》，作品有《英国组曲》《法国组曲》《平均律》等，多是剪辑师剪裁的结果，把能听清楚的部分留了下来。我从这两张唱片里，感受的是种观看刮花的老照片的意味；有时，像在一阵雨声里听一个女巫在远处的小屋里弹琴。有乐迷说历史录音有沉香之美，越听不清，越可靠近一种古旧的氛围，甚至干扰的杂音也呈现历史的真实。因为兰多夫斯卡所在的那个时代，技术不发达，恰好避免了当今录音消过毒般的工业味，那才算是真正的“高保真”。对这种见解，我并不认同，因为听兰多夫斯卡时还是被杂音折磨坏了。

对于历史录音这种声音文物如何处理，是修旧如旧，还是去杂存清，一直争执不断。拉赫玛尼诺夫的录音修过了，有声音扁、平、尖的问题，但可听性强了不少。我个人偏好高端录音，尽管有人说这是制作出来的东西。从技术上讲，兰多夫斯卡之后的演奏家，都要比前辈好。从前视为高不可攀的作品，都在年轻一代的手指下轻松弹过，速度与指法上的花样前辈们只能望琴兴叹，所谓后生可畏。

但问题在于，音乐是技术问题吗？听很多年轻人弹琴，惊叹他们技术的娴熟，却觉不出体验与感觉的存在。那是一双双受过强力训练过的机械手，音乐在响，却是他们不过心也不过脑的存在。弹奏者成了让人赞叹的技工，拿奖牌的运动员。一种古老人文主义熏陶下的感觉正在消失，有质地的音乐也越来越少。而历史录音的意义也正在这里：他们的弹奏充满了温度，有一种古老的“信望爱”在音符里面，有巴赫的心与魂。兰多夫斯卡起句时的从容与自信，一贯到底的飞舞线条，那种内心赞美的虔敬与情感是强大的存在。但今天人与作品的空心化却成了普遍特征。

线描　科尔托像

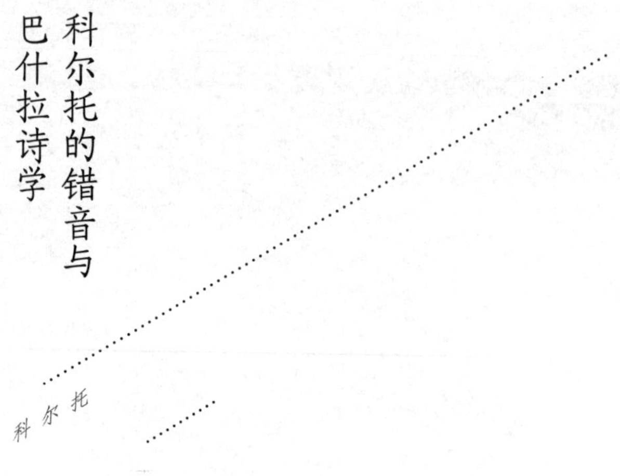

科尔托的错音与巴什拉诗学

科尔托

法国钢琴家阿尔弗雷德·科尔托长期为人诟病的，是他演绎作品里的错音。在重视理性与逻辑的当今时代，尤其不可饶恕。他的学生李帕第、哈斯姬尔的弹奏都没有这种毛病，尤其是李帕第，演绎的肖邦既保留了师尊的诗意，又精致而准确。傅聪是科尔托的崇拜者，却从不这么看。他拿科尔托与公认的肖邦权威鲁宾斯坦比较，认为鲁宾斯坦的肖邦虽然尊贵，但科尔托才是真正的诗人。肖邦诗性的一面，唯有科尔托表现得最为淋漓尽致。至于错音，不过是技术问题。当然，傅聪演绎时的错音与科尔托一样多。但愿他为科尔托的辩护是美学之争，而不是自我掩护与借口。

相较于新世纪的国际与国产钢琴明星，我一直觉得科尔托的录音遗产弥足珍贵，已属于绝响。学者说他是法国个人感觉至上演绎风格的最后传人，以直觉作为弹奏的核心，技术只是精神运行下的产物，而非主体。他的作品有新一代明星所没有的质感，即情感与想象的强大存在。情感具有着色功能，可以让作品流光溢彩；想象，则让音乐的点线面拥有内在空间与立体纵深。1985 年人民音乐出版社出版的科尔托著作《钢琴技术的合理原则》除了对钢琴技术的练习做了细致阐释外，其余都在强调“个人风格”的重要性——即诗意的心理因素（包括趣味、想象力、理解力与感情色调）是第一位的，生理因素——手指与肌肉的运动是第二位的。主观决定物质，看来科尔托已经比傅聪更早解释自己的世界了。

我们今天说起科尔托，会以“法国味道”与“浪漫”加以简单概括，而忽略他的坚守有一种对诗学的尊重。这种诗学近似于海德格尔的“人诗意地栖居在大地之上”（当然，今日世界充满对这句话的反讽，人在古老大地上的存在感与诗意已被人工智能、技术理性与消费生活弄得七零八落）。情感与想象才是阐释所诞生的诗意的源头，尽管现代艺术已经表现出诗意在大地上的逃亡与分裂。也许正因为如此，科尔托预感到了他所坚守的那一套受到了威胁，在二战时主动与纳粹合作，为同道中人卡萨尔斯不齿，最终彼此诀别。海德格尔与科尔托都一致成了纳粹的座上宾，纳粹倒台，他们自然成了历史的笑柄。可见所谓“诗意”究竟为何，是个事关政治、历史、社会方方面面的大问题，很难轻易判断。如果狄奥尼索斯的酒含了毒，世界在诡谲里发生不可测的异变，呈现荒谬与狗血的逆转剧情。

法国有个哲学家巴什拉，著有《梦想的诗学》《空间的诗学》《火的精神分析》等著作，是海德格尔“栖居”学说的呼应者。他认为居室、谷仓乃至鸟兽的空间皆有神性与诗学的意味，“筑居”“诗”与“思”自成一体。如果说科尔托的弹奏是“筑居”的话，那么他极力传达的“诗意”其实充满巴什拉的意思：情感与想象打开筑居者的翅膀，从而与高天乃至星空相系。当然这已是“昨日的世界”了。全球化与流动性已让今日世界变作流窜者的客栈，无谁还在筑神意之居，追求诗意。当技术至上的演奏风潮占领世界，而弹奏错音、遭谴的科尔托倒像是失了宫殿的李尔王，穿行于风雨之中，成了堂吉诃德。他的浪漫“蓝花”落入尘界，到了纳粹的袖标上。

但科尔托的作品是无罪无毒的。他的情感厚度，充满主观冥想的渴望，尽在对肖邦的阐释里。年轻时他结识罗曼·罗兰的第一任妻子，以光的速度与其结婚，尽是冲动与直觉型人格的写照。其实肖邦也是冲动的，尽管作品的节奏并不快。在情感与想象主持大脑的浪漫时代，理性与计算又是何物呢？狄奥尼索斯的酒杯里落满了天空的云彩，夜晚的星星；对爱的非理性拓展是创造的奥秘，也是演绎的奥秘。理性从来就是创造的杀手，当理性全盘控制一切时，人就是一台标了价码的机器。从这个角度理解科尔托的错音也许找到了门径，那是非理性与理性对话留下的缺口：人有体温，有直觉与错觉，自然会犯错，而一个个被他人放大的错误里站着人惆怅的影子。人，有时是世间所有错误的总和，艺术与诗却会从错误的巢穴与灰烬里飞出。

线描　贾尼斯像

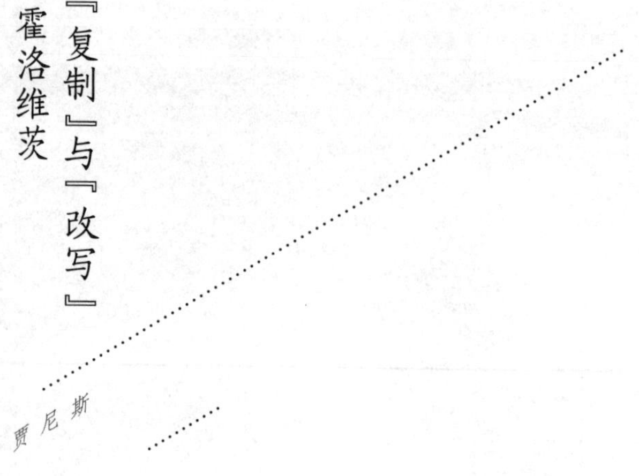

霍洛维茨『复制』与『改写』

贾尼斯

1944年，美国少年拜伦·贾尼斯有幸与匹兹堡交响乐团配合，演奏拉赫玛尼诺夫的《第二钢琴协奏曲》。正是这次机会，改变了他的一生。霍洛维茨作为美国享有盛誉的钢琴大师，碰巧来到音乐会上，对贾尼斯的演奏发生了兴趣。他到后台不仅对贾尼斯给予正面评价，还表示他可以以后到纽约跟自己学琴。这是霍洛维茨第一次高调收徒。其后四年，贾尼斯像孩子一样出现在霍洛维茨的家里，并时常跟着他旅行。运气好的话，他还会见到托斯卡尼尼。这个向来以严厉著称的大指挥家，是霍洛维茨的岳父。

与音乐界的大人物相遇，对于一个少年而言是难得的人生经验。这次音乐会的另一个传奇，是匹兹堡交响乐团的指挥马泽尔，那年比贾尼斯还要小一岁，从此开始成名。马泽尔其后在音乐界的影响毋庸多言。他来过中国，是美国指挥界的代表人物。

霍洛维茨为何收贾尼斯为徒呢？据贾尼斯说，霍洛维茨从他身上一定看见了自己少年时的影子；另外，贾尼斯是美籍俄罗斯后裔，所谓老乡见老乡。早年，霍洛维茨从俄罗斯逃到西方，对贾尼斯的喜爱，有一种难以言说的意味。在给贾尼斯的钢琴课上，霍洛维茨从其弹奏中梳理自己对音乐新的理解，师徒二人还能彼此激发。当然受益最大的，无疑是贾尼斯。霍洛维茨告诉他，要把每次练习当成在音乐厅里，努力送远声音，把有限的琴房看成一个大空间才对。还有一点，霍洛维茨强调对音乐作品的个人理解，反对贾尼斯简单地模仿他的演奏风格。但这对一个少年而言太难了。贾尼斯不可能不受他特殊弹琴方式的影响。“复制”霍洛维茨，是无可避免的事情。

四年之后，贾尼斯在纽约卡内基音乐厅举办了音乐会，作为学成之后的汇报演出。此后贾尼斯喜欢法国钢琴演奏家科尔托的演奏方式，渴望“改写”霍洛维茨对他的影响。曲目也慢慢转向波兰作曲家肖邦。由于他的祖上既是俄罗斯人，又有波兰血统，弹起肖邦来自有心得。他拍摄了一部《肖邦：与贾尼斯同行》的片子，在业界颇有影响。

科尔托是演奏肖邦的大师，但技术时常被人诟病。可贾尼斯认为他的演奏简直是肖邦的再生。那种琴声里内在的浪漫与纯洁，让贾尼斯痴迷不已。从霍洛维茨转向学习科尔托，属于他有意的自我超越：作为霍洛维茨的“弟子”，他当年登上了卡内基音乐厅；而弹奏肖邦，是后半生的努力寻求与突破。

美国水星唱片公司录有一版贾尼斯弹奏的拉赫玛尼诺夫《第二钢琴协奏曲》。这张唱片可以说是此曲CD的不二之选。首先在音效上，这张唱片曾列入古典发烧唱片榜的前列；其次则是贾尼斯在其间的表现异常精彩。尤其乐曲开头八个和弦，格局宏大，钢琴与乐队之间的配合水乳交融，此起彼伏。我个人酷爱这张唱片。与鲁宾斯坦、格里莫、阿格里奇等十几位世界级钢琴家的演奏相比，贾尼斯的演绎不遑多让。乐曲里，俄罗斯大地古老的悲伤浸透每个音符。一个美国的年轻人以此曲向他祖先的国度致敬。

也正因为如此，当时的苏联邀请贾尼斯前去演奏。不过，苏联人一直把美国当成古典音乐的沙漠。当年克莱本在莫斯科赢得柴可夫斯基大赛时，苏联人坚称属于意外。贾尼斯在苏联的演出异常成功，受到听众热烈欢迎，赢得了“美国的里赫特”的声誉，可谓至高赞美。

中年过后，贾尼斯身患重病，几乎不能演奏。得病后，他一直与病魔斗争，并成为了治疗此种病症的全国基金发言人。1972年他身体恢复，重新登台演出。

我认为，在大师的影响下成长，对演奏家而言并非易事。自我的成长与寻找，可以在某座航标灯的指引下暂时安全行驶，但表达需要个人特征，若一个神话可以“复制”，它必定是廉价的。贾尼斯为此想摆脱霍洛维茨，可那四年的烙印太深重了。最终他的演奏风格，成了霍洛维茨与科尔托的二合一。画家达利说过，模仿是必须的，通过模仿，你才能成为大师。是吗?

线描　图雷克像

内在的低语不息

图雷克

1999年，DG公司出品了一套美国钢琴家图雷克的巴赫《哥德堡变奏曲》，唱片封套用的是图雷克1998年拍摄的一张照片。照片里这位80多岁的老太太面带微笑，一幅慈祥的“祖母”模样。图雷克生于1914年，成名后多在英国居住。也许，在她看来欧洲才是其表达古典音乐的最佳地域。她17岁时就面对公众演奏巴赫的键盘音乐，23岁那年，曾经连续举办音乐会，演奏曲目囊括了所有的巴赫键盘音乐。有人称她是20世纪巴赫的“女祭司”。也的确如此，她不仅是钢琴演奏家，还是巴赫学者。我曾经看到过两张她关于巴赫的影碟。一张是她的巴赫演奏会，演出的氛围真像是巴赫所在的17、18世纪的味道；另一张则是她一边解读巴赫，一边演绎巴赫，许多解读极其深刻而到位。在我看来，20世纪演绎《哥德堡变奏曲》居功至伟的有两个人物，一个是格伦·古尔德，另一个就是图雷克。

长期以来，每天倾听巴赫几乎成为我的个人爱好。由于交响曲体积过于巨大，需要积攒内心的情绪才能听得下去；弦乐的线性更适于表达浪漫情怀，而点状陈述的钢琴，则让我的听觉才容易为音乐所导引。当然，听巴赫的音乐不需要任何心理与情绪的准备。图雷克的巴赫，琴色温暖而自足，听进去时，可以感受在看似微观的世界里完成了一座精神上宏伟而复杂的建筑；听不进去时，也可以感到大自然物质世界的存在。“有心”或者“无心”，倾听巴赫都不会有压迫之感。他的音乐只是让人释然而已。当然，格伦·古尔德的版本与图雷克的相比各有千秋。我觉得格伦·古尔德是一种美学上的贡献，他强调结构，改变了从前许多演奏巴赫的方式。而图雷克的贡献，是神学与诗学意义上的。格伦·古尔德的两版《哥德堡变奏曲》，一个极快，一个极慢，充满了他追求极端的个性。图雷克的演奏，在很多专家看来“慢”；慢，来自她十分强调巴赫每个音符衔接点的清晰性。她的巴赫是从内心流淌出来的，自然、庄严。听她的弹奏，有时会忘记手指的存在。

巴赫的音乐，特点之一是在极其简单的音乐主题上追求前奏与变奏，如同寻找一段旋律的前世与今生一样。外表看来没有很强的戏剧性变化，但仔细琢磨，则内有乾坤与锦绣文章。我们从中能感到巴赫是一个自足者，他的宗教作品虽然感情强烈，有点主观，但他的键盘作品却超越了人世间的悲欢，用歌德的话说像是“永恒在其内部低语”，十分客观。这种自足，其实来自于感恩，以及个人相对于无限的不可僭越。图雷克的琴声，适时出现神学意义上的自足与感恩，于是充满一种抚慰人心的温暖感；而这种温暖感，相对于我们所在的后现代社会太珍贵了。巴赫高超的对位技巧，使作品既有数字的缜密，又有几何的内在空间。但最奇妙的是，在音符的数学与几何学背后，他却赋予音乐以一种洋溢光热的事物。这是其他作曲大师很少具备的。巴赫之后，也有不少技巧大师，对位能力非凡，但无谁具有巴赫在对位里呈现出的那种情感的热量。关于《哥德堡变奏曲》，图雷克说：“我从不把这部作品当成一种炫技，它是我生命的体验。”

这套唱片被评为企鹅榜唱片，是全世界乐迷的珍藏之物，也算是 2003 年将近 90 岁辞世的图雷克留给世界的一份巴赫的礼物。2014 年是图雷克诞辰 100 周年。在她之后，我也听过其他女钢琴家弹奏的巴赫，但听来听去，没有谁感情的温暖可与图雷克同日而语。听巴赫的音乐，时常让我想到英国诗人布莱克。他算是一位神学诗人，最著名的诗句“一粒沙中看世界 / 一朵花里见天堂”众人皆知。巴赫的确看到了“沙”的世界，也嗅到了“花”的天堂。他的对位从某种意义上来讲，就是世界与天堂之间的关系。图雷克的弹奏，精准表达了这种对位。我们的世界或许是“沙”，但也是“花”。音乐同样如此，闻不见“花”的耳朵，会被“沙”遮蔽；可好在图雷克的琴声不息，让我们慢慢懂得“沙”与“花”对立中的统一。

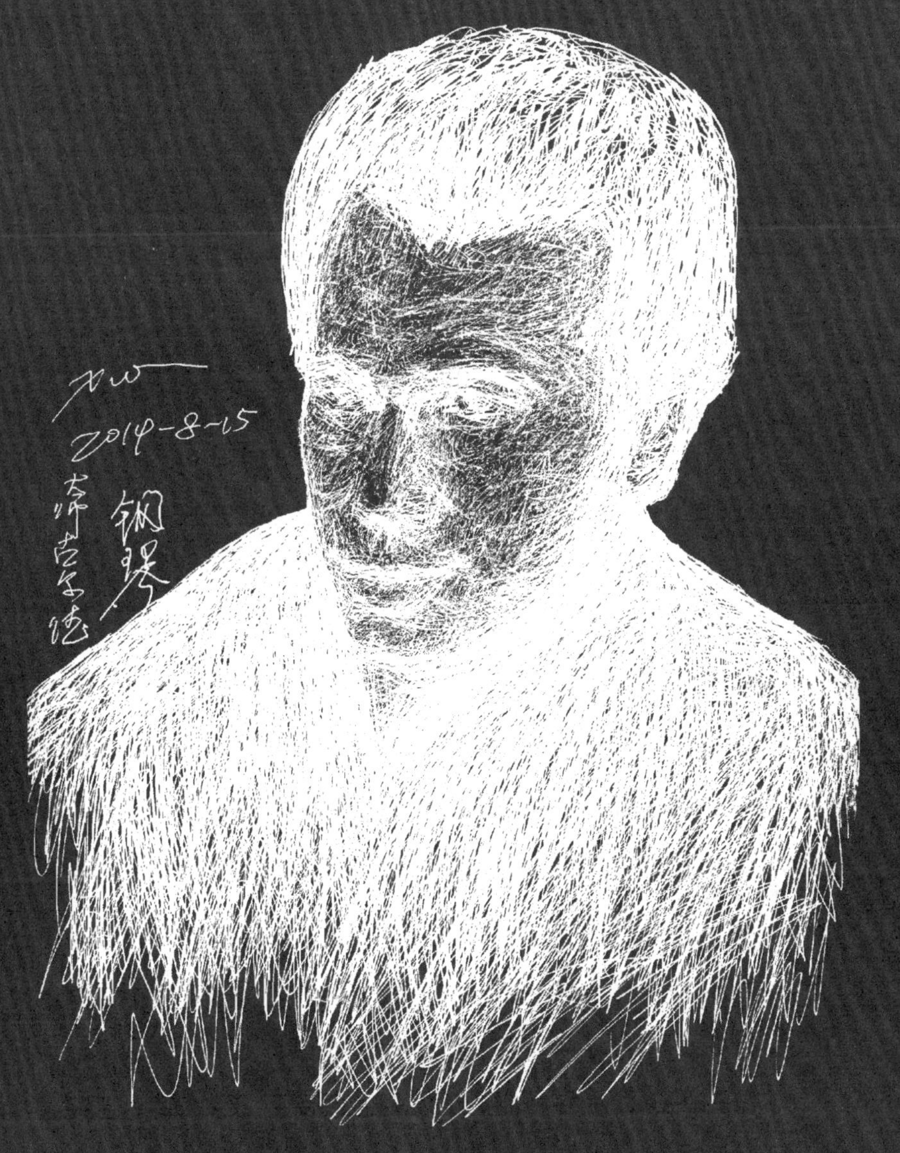

线描　古尔德像

重温『格伦·古尔德神话』

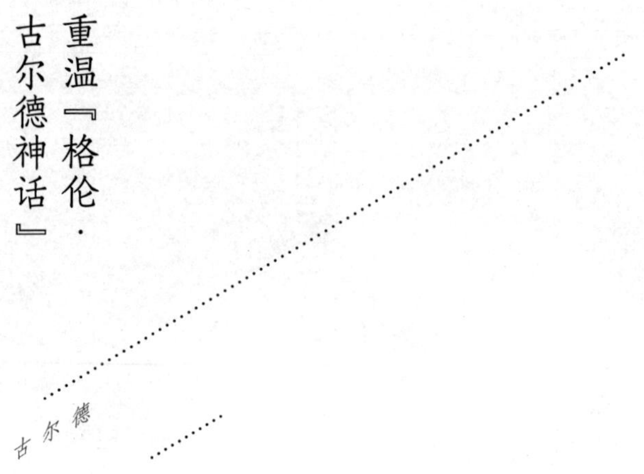

2012年是加拿大钢琴家格伦·古尔德去世30周年，音乐界有一系列纪念活动。笔者也曾撰文，谈他的弹奏与生命自由之间的关系。但“格伦·古尔德崇拜”是近半个世纪的神奇现象（无论乐迷，还是在音乐专业圈内），至今仍热度不减。今天重温这个神话，清点他的遗产，也许到了较为恰当的时候。

1998年，上海出版社推出过杨燕迪先生编著的《孤独与超越：钢琴怪杰格伦·古尔德》一书，是格伦·古尔德之名在国内第一次全面传播的开始。其后关于格伦·古尔德的译著出版，但影响力不可与前者同日而语。在书中，读者见识了“格伦·古尔德神话”的全球存在。此前的1997年，由中国民族摄影艺术出版社发行，冯川编译的《世界钢琴大师自述》，以及2001年上海百家出版社推出的美国杜巴尔撰写的《键盘上的反思：世界著名钢琴家谈艺录》两部著作，让国内乐迷先后感受到了格伦·古尔德的魔力。书里面，钢琴大师似乎有种约定，除了谈自己的艺术外，大多要兴奋之至地说说格伦·古尔德，仿佛都见证了钢琴王子诞生的传奇。

但格伦·古尔德三十几岁时就厌恶在音乐会上演出（这

种选择，今天看来仍属“另类”行为）。一个功成名就的青年演奏家，放弃名利双收的前程，让乐迷匪夷所思，也叫媒体大跌眼镜。为什么这样呢？首先，在于他的天生敏感，不愿被演出商控制，过满世界游走的动荡生活。其次是他从不听从金钱召唤，总感到另一种使命的存在。他说，弹奏者与听众之间的交流从来就没有可能。为此，他在后来制作的与钢琴家鲁宾斯坦、小提琴家梅纽因的对话里，不解地问他们，为什么需要现场，渴望听众的激发呢？当然，鲁宾斯坦与梅纽因的回应，与格伦·古尔德的感受完全是两回事。这些老演奏家渴求与观众互动，而格伦·古尔德根本就不相信这种互动，进而诋毁这种互动。

从本质上讲，格伦·古尔德是个独语者。他无论年轻时在加拿大、美国演奏，还是在苏联演奏，都有无数个知音。但他从不认可似是而非的知音的存在，预言演奏会这种形式不久会消亡。他藏身江湖之外，度过了后半生，为的是不被世界“控制”，而自己要做“控制”一切的高人。

“格伦·古尔德神话”的建立，大多来自媒体。古尔德了解这是个八卦世界，人们关注的不是他弹了什么，而是他穿了什么，用了什么。作为对八卦的刺激与反动，他深知媒体对大众的催眠作用，于是戴手套，使用父亲给他做的低矮琴凳，控告他人对肩膀的伤害，尽力使用现代媒体的传播作用。他还知道攻击大师的效力，拿莫扎特开刀，说他“死的不是太早而是太晚”，一时成为回响在乐迷与音乐头顶的闷雷。他太知道那只大闹天宫的猴子的意义了。但攻击莫扎特享乐主义的同时，他又演绎他的作品，折磨并弄乱那些他身后盲从者的心思。

不举办音乐会，有一阵子格伦·古尔德痴迷作曲。但作曲与演绎既定经典文本是两个界面的事情。他录制过自己的作品，但这些作品相对于巴赫等大师还是乐思有问题，无论力度还是结构，都有乏力之虞。一个经典文本的演绎者，和作曲大师之间的差距，相信格伦·古尔德所感受到的一般乐迷难以想象。能够演奏巴赫，与成为巴赫，有若干光年的距离。蔑视莫扎特，但拥有写出莫扎特灿烂乐章的才能，也太没可能了。

时代的迷乱过后，今天依旧震撼听众的还是演绎过巴赫的格伦·古尔德。他的作曲才能存留问号，对大师的评价也不够公允。但作为一个巴赫的传播者，他的确改变了先前的演绎方式。巴赫作品中的线条，任何一个点和整体之间的关系，被他看似奇特的表达展现出来。此前，对巴赫键盘音乐的演绎多是飘忽的，格伦·古尔德以反叛与先锋的方式，把旧时的巴赫表现为结构的巴赫；把不清晰的巴赫，表现为清晰的巴赫。也就是说，他把古典的巴赫改变为理解中的诗学巴赫，从而接近了神学的巴赫——由美学转化为诗学，再抵达神学的巴赫。格伦·古尔德毕生的意义就在于成为此间传递的链条，这才是“格伦·古尔德神话”存在的基础，其余的烟雾，会随着时间逐渐散尽。

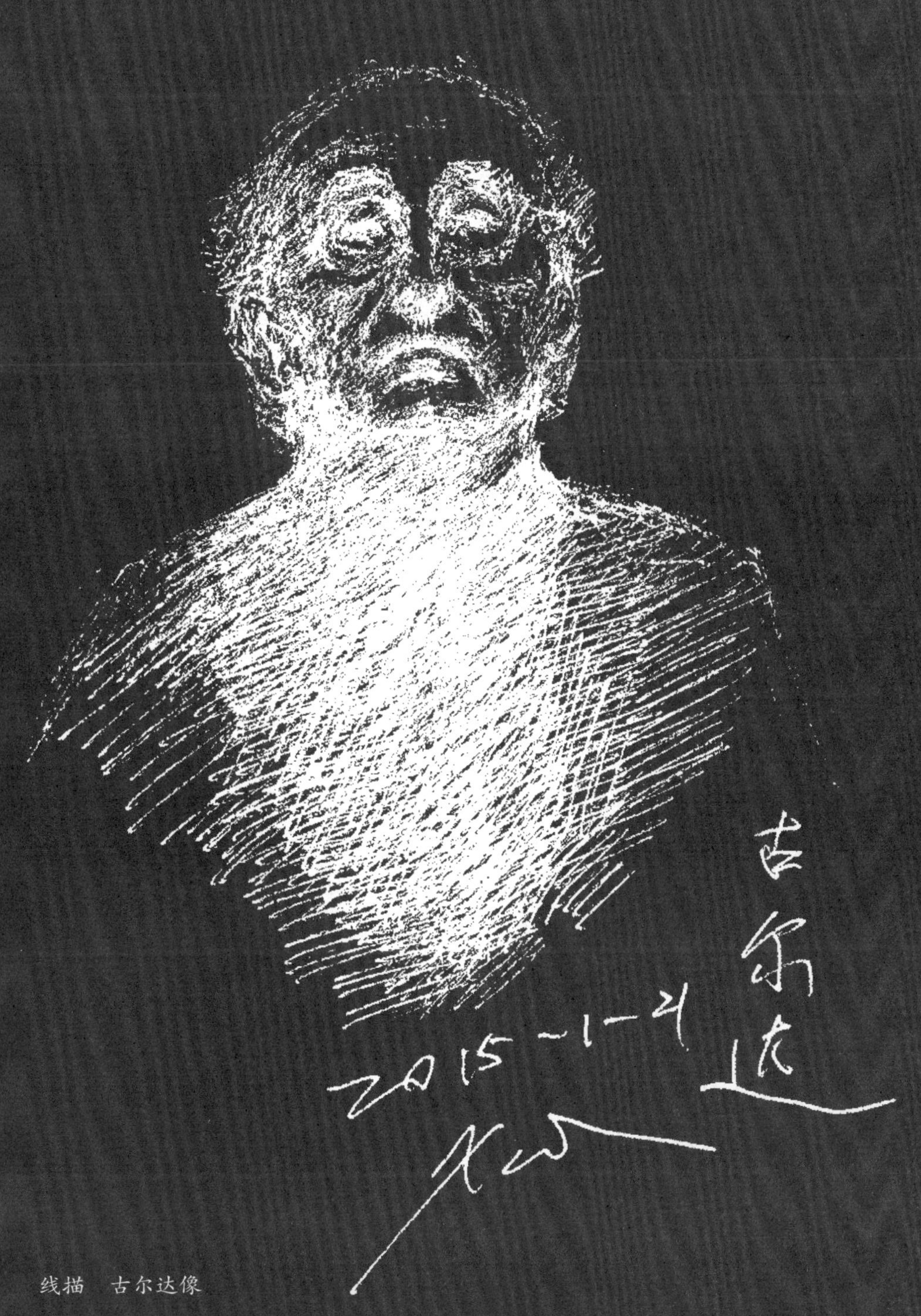

线描　古尔达像

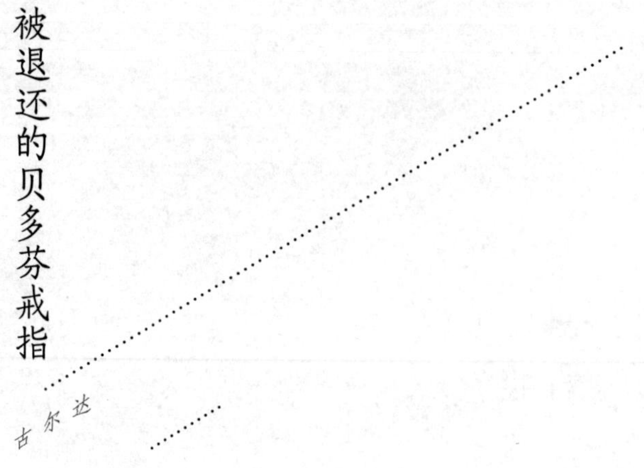

被退还的贝多芬戒指

古尔达

与加拿大钢琴家格伦·古尔德在汉语译名上仅有一字之差的奥地利钢琴家古尔达，生前并未获得那种全球崇拜的“格伦·古尔德效应”。但有趣的是，两个名字接近的钢琴大师，都有反潮流的叛逆特征，引发古典乐坛的争论。古尔达生于1930年，2000年去世，比1980年代50岁时即英年早逝的格伦·古尔德，多活了近20年。

仔细想来，格伦·古尔德当年带来的震撼，更多是针对巴赫的革命性演绎方式，以及不再登台演出后撰写的大量抨击贝多芬、莫扎特等大师的文字。而古尔达的不轨，则是他对美国爵士乐与摇滚乐的推崇。中年时期，古尔达就说，古典音乐是一百甚至几百年前的遗产，与我们所处的世界很难产生真正的对位。他认为美国的爵士乐以及披头士的摇滚乐，才是对当下存在充满活力的音乐反映。为此，他曾经创立“欧洲爵士交响乐团”，试图把爵士乐与古典音乐结合在一起。当然此举影响深远，1960年代之后与他一样用爵士风格演绎欧洲古典钢琴的人大有人在。人们发现，巴赫的音乐尤其适合用爵士演奏，甚至有了“爵士巴赫”“摇滚巴赫”这样的名词。1968年，古尔达又在奥地利创立“即兴创作音乐学校”，倡导音乐创作与表达的即兴特点，反对屈服于古典世界的规则。但可惜的是，古尔达在“爵士与古典”与“古典与即兴”两方面的努力，都没有得到听众与专家的认可。他为人津津乐道的仍旧是弹奏的巴赫、莫扎特与贝多芬。那些挑衅之举愈加让人觉得，古典音乐完美的世界是难以被撼动与破坏的。

古尔达弹奏的贝多芬奏鸣曲，历来为乐迷高度热爱。比如，他弹奏的《月光》，是我个人听来的最好的贝多芬作品版本。非凡的气势，纤尘不染的音色，以及独有的节奏感，呈现了一个古尔达式的声音世界。他净化贝多芬的愤怒，却又呈现出巨人般的情感，弹奏时的内心规模，已不再把这个作品当作奏鸣曲来理解。甚至可以将他的演绎，看作在演奏一部协奏曲或交响乐。当然，贝多芬的许多作品主题动机都非常强大，绝对可以拓展成一个巨大的音乐世界。听古尔达的贝多芬，能够感受到一种深刻的精神魅力。但他对此不以为然，甚至声称，他对贝多芬的世界并非感到那么亲切，而真正让他亲切的，是奥地利的作曲家海顿和莫扎特。他对德国作曲家有趣味上的某种不适。

但 20 世纪所发生的一切，多是悖论。古尔达号称不喜欢贝多芬，名誉却建立在贝多芬上。1967 年，他录制贝多芬奏鸣曲全集，好评如潮。为表彰他的成就，维也纳音乐学院向他颁发贝多芬戒指，但最终遭到退还。他说，不能接受这份不对头的荣誉；而那时，正是他与爵士乐及摇滚乐亲昵的内心动荡时期。

巴赫的《平均律》是钢琴家们的“旧约”，而贝多芬的奏鸣曲，被称为“新约”。古尔达在“新约”上已经建立了自己的名声，弹奏《平均律》这部“旧约”，成为他 1970 年代努力的方向。此时已经年过四十的古尔达，呈现出对古典的回归姿态。他 1972 年录制《平均律》，在这个众多大师竞争的曲目上赢得了自己的一席之地。

此套录音，1995 年、2005 年都被重新做过。国内的辽宁文化艺术音像出版社引进并推出了大陆地区版。两张唱片时长 2 小时 4 分 12 秒。我时常把这套唱片拿来与格伦·古尔德的进行比较。格伦·古尔德的《平均律》线条刚硬有力，节奏流畅，结构清晰，而古尔达的演奏，充满灵性，甚至有一种东方的神韵。尤其是开始的一些章节，听来好像有中国画的某种味道。古尔达的《平均律》与格伦·古尔德并驾齐驱，演绎里充满水中倒影与云雾，而格伦·古尔德的表达，则有种版画的感觉。他以独特的演奏方法，反对旧有规则与方法所形成的专制。

古尔达一生特立独行，演奏时不穿传统的燕尾服，戴一顶小圆帽，言谈接近一位摇滚青年。天性渴望自由，打破戒律，让大师们谋求离家出走，但最终还是回归并认祖归宗了。古尔达在自由与戒律的悖论里最终达到某种统一，尽管他自己并不这么认为。

线描　吉列尔斯像

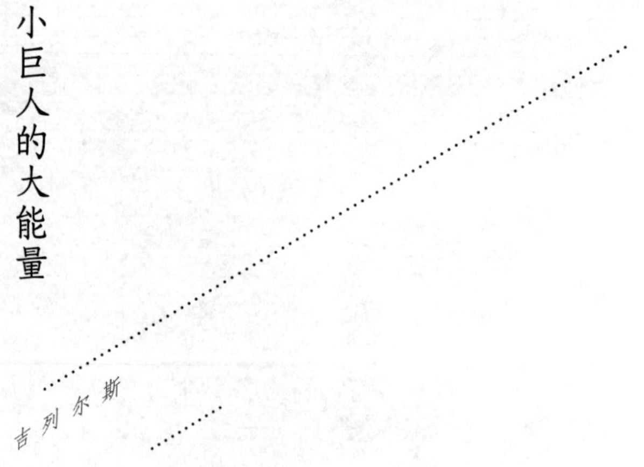

苏联钢琴大师吉列尔斯辞世已经近30年了。坊间传说，他是在嫉妒与怨恨里死去的。作为教育家涅高茨的门生，他与里赫特并称为苏联钢琴家的双雄。吉列尔斯生于乌克兰，与有德国血统的里赫特一样，一生前与后的命运迥异。前半生是里赫特命运不济，不能出国演出，而吉列尔斯声震欧美，极力向外推荐里赫特的钢琴艺术。后来，里赫特的名声如日中天，吉列尔斯却不愉快起来。因为涅高茨评价两位弟子时，说里赫特的水平比吉列尔斯高。这样使得吉列尔斯几近周瑜。在既生瑜何生亮的情势下，晚年的吉列尔斯与涅高茨翻脸，也疏远了里赫特。在与导师及兄弟全方位告别后，吉列尔斯孤独地远去。

但就个人的兴趣而言，我喜欢吉列尔斯胜过里赫特。吉列尔斯的钢琴表达干净，精致，音符有一种透明的光泽，不像里赫特弹琴时有某种随意的特点。从最开始听他弹奏的贝多芬(这张著名的唱片封套是融化的冰山，DG公司出品)，我就佩服他的演奏既保持了力度，又把琴声处理得那么优雅。吉列尔斯个子不高，有人说他是“小巨人”，几乎就是贝多芬的显灵。他弹奏的贝多芬，风头与可听性之所以盖过了肯普夫等一帮大师，在于净化了作品里的怒火，吹尽烟雾，取出纯金。

当然，我还喜欢吉列尔斯弹奏的莫扎特。说来特别，一个弹奏贝多芬出名的钢琴家，同时擅长演绎莫扎特，当是钢琴界少有的现象。贝多芬的作品多是高山大海，起伏大，而莫扎特浑然天成，旋律几乎不费力地一个柔软转身就光华丛生，惊艳无比。一个用力量，一个是天意，但在力量和天意上吉列尔斯都能如鱼得水，可见他既是贝多芬，也是莫扎特。

每年春天，我总会有几天反复听吉列尔斯弹奏的莫扎特。唱片选的是DG公司1974年在汉堡录制的《第27钢琴协奏曲》。此片是录音名版，1986年出品，封面是一把银色小剪刀与莫扎特的黑色侧面像，列入“画廊”系列。乐队由维也纳爱乐乐团担纲，大师卡尔·伯姆指挥。以前我听这部作品时，总觉得前奏特别长，有点臃肿，但今年觉得这个前奏妙趣横生，时常在脑海里回旋。作为钢琴登场前的序曲，这个序曲必须做足功课，暖热场子，才在千呼万唤里，让钢琴的美人从深闺中出来。

莫扎特是位有耐心的魔术师。他前奏的旋律线繁复而盘旋，像是春风，钢琴出场则是一棵花树，不同枝条上的花苞开始开花，也不断地坠落，大珠小珠落玉盘。这部钢琴协奏曲的演奏，就我听过的版本而言，没有任何一个钢琴家处理得比吉列尔斯得更好。他的琴声充满弹性，每个音符是随磁铁起舞的铁砂，有序粘连，却听从彼此不同的重量。吉列尔斯的钢琴几近于悬浮在春风飘荡的半空中。

这张唱片的动人之处是另外一支曲子。此曲系莫扎特为两部钢琴与乐队写的作品，编号为365号。吉列尔斯与女儿在唱片里一起联奏，殊为难得。他的女儿叫伊莲娜，父女两人像是一对抛球戏耍者，充满了游戏的快乐，又不失莫扎特作品的那种严谨。听吉列尔斯父女俩人弹莫扎特，会想起作曲家童年在家里与家人经常玩的四手联弹。游戏感，其实也是音乐的魅力之一。

无论他人怎么评论吉列尔斯，他一直位居我心目中钢琴大师的前列。能把乐曲的气势演奏到极致的大师大有人在，但与此同时又把每个音符弹得优雅而高贵的并不多。里赫特弹琴时的含糊处，正是吉列尔斯追求明晰的地方。两人各有千秋，演绎风格与方式迥异。不知道涅高茨为何力捧里赫特，冷落吉列尔斯。也许是一种老眼昏花的表现吧：吉列尔斯在欧美的既有名声，也许让老师觉得里赫特被低估了。

同行相轻，同行相误，甚至同行相害，是音乐界的常态。此前最著名的例子是巴赫与亨德尔。亨德尔名声大，挣钱多，巴赫在苦苦挣扎中徒生羡慕，而亨德尔并没施以援手。莫扎特与萨利埃里的故事是真是假不重要，但天才被弃，是普遍事实。吉列尔斯也许是晚年多疑，但这人性的误区无损于他的伟大。

线描　里赫特像

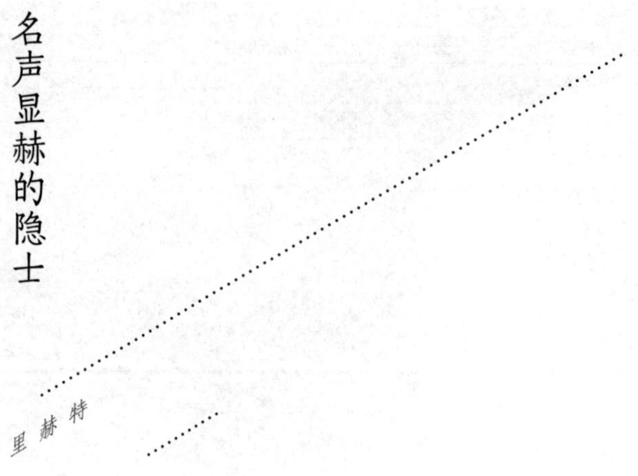

名声显赫的隐士

里赫特

俄罗斯作家格日迈洛1997年出版的《罗斯特罗波维奇访谈录》（东方出版社2004年推出了中文译本）一书，这样描写里赫特的钢琴演奏：“他的飓风般的演奏速度，时常会打破对一个人的极限可能性的所有设想。他的气质仿佛充载了天界的超能量，令他拥有一个奔赴战场的军人的形象与派头。”“我们还了解另外一个里赫特——雕像般静立的、孤僻的、几乎冷漠的、对于外行听众有些难以接近的里赫特。”两段话，准确道出了里赫特弹琴时感情洋溢，却又如山顶孤鹰般拥有超然一面的个性。热与冷的两极，让他在音乐光焰里燃烧，烧尽之后，便像希腊神话中的伊卡洛斯一样坠入现实冰冷的海水。

里赫特的一生可用“离奇”二字概括。他1915年生于乌克兰，父亲是德国人，一个管风琴家。最初简单的音乐启蒙来自父亲，直到二十几岁，他才到莫斯科接受高等教育。据说，父亲是与人决斗后逃到乌克兰的，对他的教育并不正规。里赫特与吉列尔斯同受师门于一代大师涅高茨，曾深受作曲家普罗科菲耶夫的赏识。普氏经常把自己新写的钢琴作品交给里赫特，欣赏他演奏时独特的爆发力与充满内在呼吸的断句。但好景不长，里赫特毕业后并没有吉列尔斯幸运（尽管他的演奏1949

年曾获斯大林奖，但不能得到西方承认，名声不扎实）。当局因为他有德国血统，一直不放他出国。而多次在西方演出并大获成功的吉列尔斯，在接受采访时不断向媒体说，在苏联境内还有一位比他好十倍的钢琴家，名叫里赫特。1960 年，45 岁的里赫特终于获准到西方演出，轰动异常。尤其是美国乐界，比欧洲反响更甚。他的音乐会在纽约卡内基音乐厅场场爆满。

里赫特与中国缘分也不一般。他 1957 年来中国办演奏会，据说那是苏联政府第一次让他出国演出。里赫特的大名从此为中国乐迷熟知，也成了美谈。在《傅雷家书》里，傅雷对他多有评论，只是对他有些微词，说他“神秘主义”。

也许里赫特在老一代乐迷中的名声与心结，国内谈论他的资讯不少。1990 年代初期刚有进口镭射唱片时，我就买了四张一套的盒装里赫特，1992 年法国百代出品，德国的压片。里面的曲目是贝多芬、舒伯特、舒曼、普罗科菲耶夫、贝尔格的作品。刚听时，会觉得他的演奏是鸟瞰与飞翔式的，个人气质强烈，激情与静默时常对比。他的速度异常，表面听来似乎并不用心，其实整体与细节交代得十分清晰。他是技巧的魔术师。美国乐迷一直喜欢霍洛维茨那种非常自我的二次创造文本的演奏家，接受情感规模大而又变化多端的里赫特，基于此理。他是把作曲家的作品变成自己作品的人，有一种难以表述的魅力。

里赫特的演奏曲目极其广泛，录音很多，收集起来方便。但他时常语出惊人，说他最喜欢的作曲家是不写钢琴作品的瓦格纳，让人云里雾里。他也许借此躲避让他比较作曲家哪部钢琴作品最伟大这些老套提问，堵住记者们的嘴。有人说他的舒曼最好，也有其他各种判断。从我的聆听经验讲，他的舒伯特与普罗科菲耶夫是极品。里赫特擅长流动性强，弹性好，有爆炸力的作品。一旦他赋予作品灵气与生命力，会让人销魂。我听过一版他现场录音的舒伯特 960，可用“仰观宇宙之大，俯察品类之盛”这句话形容。钢琴变得很大，像游魂在夜空里飘荡。

钢琴界的一流大师通常对里赫特评价很高。霍洛维茨、格伦·古尔德、米凯兰基里都佩服他的琴艺。要让米凯兰基里这位恃才傲物的世外高人说他人好话太难了，他知道里赫特与自己是一个级别。

里赫特与拉赫玛尼诺夫一样，有双大手。晚年，他真的有点像米凯兰基里，远避辉煌的演奏厅，在小型、冷僻的厅堂里演奏，几近隐士。他开一盏小灯，如同一位东正教修士一般弹奏钢琴经文，不要仪式，也无需轰动。这恐怕是他最理想的境界：从华丽回归朴素，那时他最真实。

1997 年里赫特辞世，2015 年是他的百年诞辰。世间沧海桑田，他算是钢琴大师里迄今为止最著名的隐士。

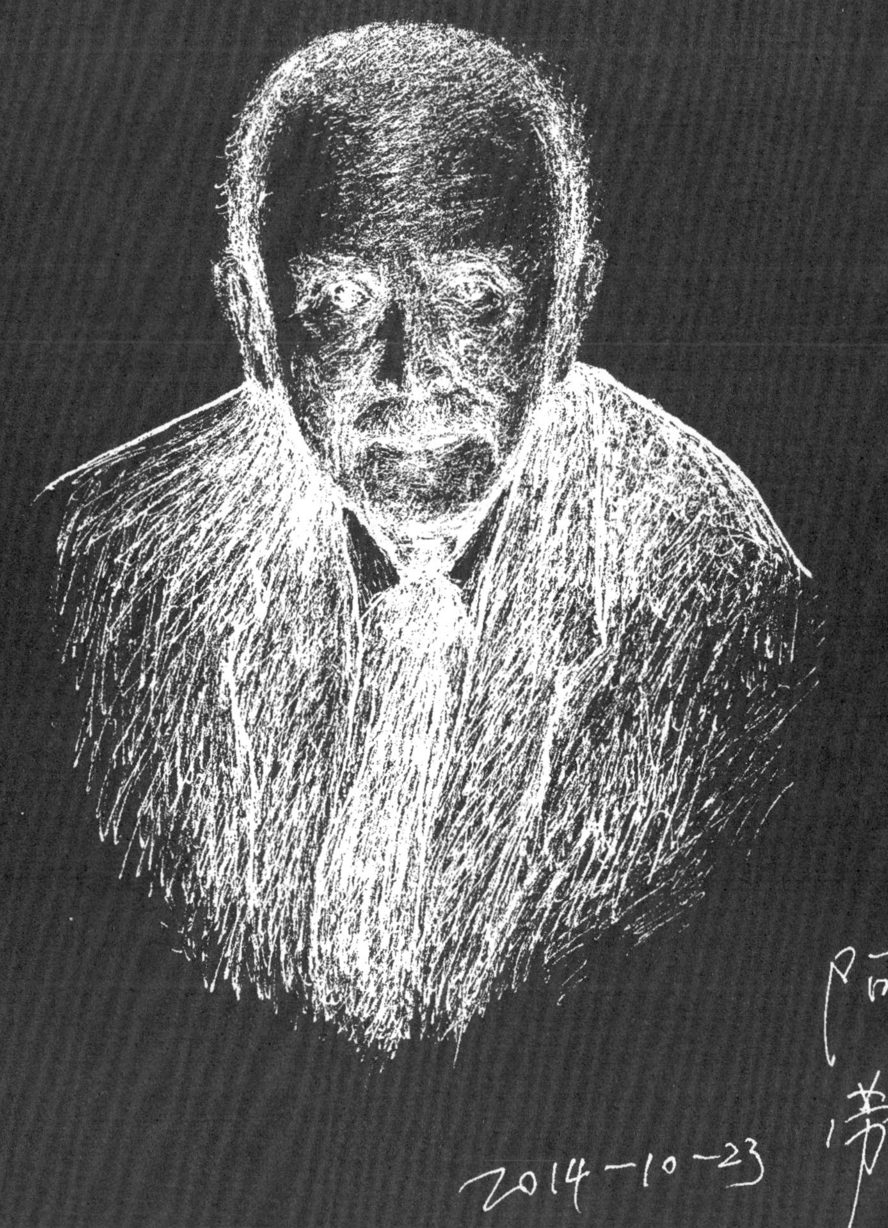

线描　阿劳像

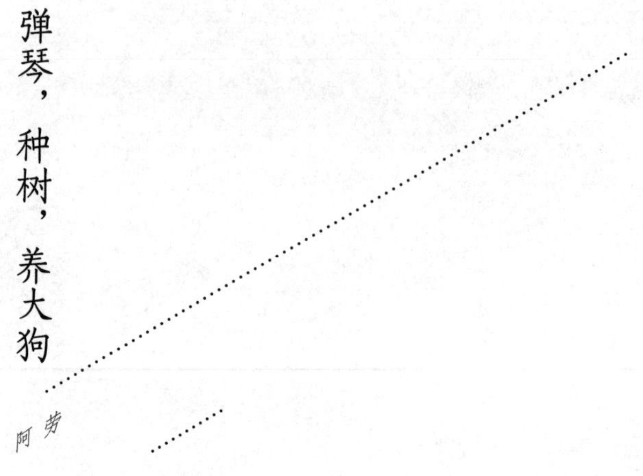

弹琴，种树，养大狗

阿劳

出生于智利的钢琴大师阿劳，尽管一生绝大多数时间在欧美度过，但一生未改国籍。他 1903 年出生，1991 年去世，半个多世纪的演绎生涯里，是世界范围内弹奏曲目最多，录制唱片也最多的钢琴家之一。阿劳强调演奏的精神性，每场音乐会结束时几乎从不加演小品，以防止破坏曲目的整体性，简单娱乐听众。音乐评论家杜巴尔对阿劳这样评价："他认为艺术是神圣，神秘而灵性的东西。艺术不是单纯的娱乐或者心理治疗，而是严肃的生活方式。"

阿劳的母亲是一位钢琴教师，童年时他便耳濡目染，认定钢琴是自己未来的唯一事业。1911 年年仅 8 岁的他到德国柏林学习，师从一代名家克劳泽。克劳泽是李斯特的学生，教阿劳不收费，将其当作自己的孩子加以栽培。阿劳 17 岁时，克劳泽去世，此后他再也没有师从过其他大师。1927 年，阿劳在日内瓦钢琴比赛中获奖；而 20 世纪 30 年代在柏林连续 12 场演奏巴赫全部的键盘乐曲，开始让他名声大噪。此后阿劳演奏了莫扎特全部独奏作品，贝多芬的全部奏鸣曲。这是盛举，在钢琴界恐怕难有第二人选有如此作为。把德奥系统核心作曲家的键盘作品全来一遍，而且水平甚高，令人震惊。第二次世界大战后，阿劳在美国定居，是各大音乐节的常客与压轴级别的大师。

乐评家说阿劳的手掌大，触键有力，沉重，是名符其实的“铁指侠”。他的手指，手臂，甚至与后背构成了一种力学传动结构。巴杜尔幽默地认为他是“弓箭手”，弓，箭，靶，三点连为一体。我曾看过阿劳的多部弹琴影像，被他的专注与自我沉迷感动。那种来自精神深处的严肃，使琴声充满魅惑，耳朵不自觉被他带入一种深邃的净化之境；也可以说被其征服，听他引领，直至抵达自我的精神故乡。

起先听阿劳，是拿他弹奏的肖邦与鲁宾斯坦的经典演绎做一番比较。当然，鲁宾斯坦的肖邦广泛受人称道，但我也由此发现了阿劳弹琴的魅力。他的结构好，琴声中总有一个“重力之芯”，仿佛作品的钟摆稳居在每个乐章中。听他弹贝多芬这种感觉更为强烈。每一部贝氏作品，都是不可轻松诵读的。那是作曲家以燃烧自我的方式留下的遗产，不可以任何轻佻与油滑的腔调处理。

这是恩师克劳泽以及早年在欧洲生活经验双重影响的结果。阿劳身上的人文主义气息浓郁，不仅喜欢法国作家普鲁斯特与德国作家黑塞，还对英国画家透纳等人情有独钟。那是现代主义降临世界之前与 19 世纪文化传统相关的一批大师。但阿劳对后现代降临的当今世界也没什么怨言。他擅于内心调和，在经历了青春时代内心的大苦闷之后，不再恐惧于无常的时代与外部环境的变化。

今天，业界对阿劳钢琴成就的最高评价，还是他录制的贝多芬钢琴奏鸣曲。阿劳不仅在各种音乐会上弹奏这些曲目，而且像个学者对谱子进行了全面修订。他的琴声有力而粗重，颗粒圆润，接近贝多芬的气质。阿劳本人说："作为一个诠释者，一定要与他诠释的作品血脉相连。"他做到了这一点，在飞利浦公司录制的不少贝氏作品，已是乐迷心中的经典。20 世纪 80 年代开始，阿劳迎来事业最后的黄金期。有人说，那是钢琴的阿劳时代。

阿劳对自己要求严格，每天练琴以保持状态。他学习瑜伽，把养生与练琴相结合，总结出一套方法公布于世人。除此之外，他酷爱种树，尤其喜欢与垂柳近似的垂枝类树木，几近成癖。他还养狗，而且是长相凶恶的大狗。据记者描述，阿劳每次搬家都浩浩荡荡，一群大狗幽灵般如影相随。

作为一个谈话高手，阿劳接受世界多位乐评家的提问，回答时妙语连珠，尽现人文修养。国内曾出版《阿劳谈艺录》一书，里面充满睿智和风采。阿劳是琴痴，热爱演出，这种一生从不更改也从不停歇的爱（与弹奏肖邦的鲁宾斯坦一样），印证了人与琴的不可分割，也契合了这句话的意思：若怀有真爱，便会永无止息。

线描　席夫像

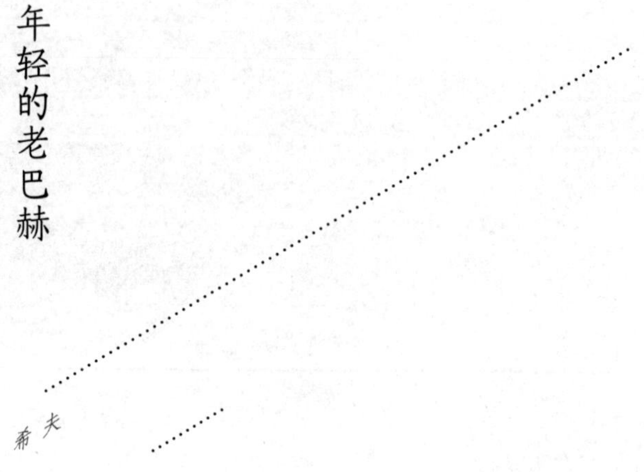

年轻的老巴赫

希夫

匈牙利钢琴家希夫弹奏的巴赫《平均律》（英国迪卡公司于1984年出品，其后多次再版），音符一派光明，珠圆玉润。他的演绎有一种干净的美，深受日本乐评家的推崇，对其热爱程度远胜于对格伦·古尔德与图雷克等大师。其实，希夫版《平均律》最重要的特点，是左右手的平衡，他近乎天生的对位感极其出色。巴赫的键盘作品追求均衡，左手与右手是两个音乐构成，要彼此关照，像两座正在构筑的玲珑塔，影子相互说明，有时还需要叠印在一起。稍有不慎，两个音乐构成就缠结到一起，比例失当，扭曲并打架。如果这样的话，巴赫表面结构谨严而内在大气的《平均律》，就失落了“平”与“均”。测试一位钢琴家的功力，大多以《平均律》为依凭，而想在这部键盘音乐的“旧约”演绎上留下自己的名字，是件难事。希夫被认为是格伦·古尔德之后最权威的此曲阐释者。

我一直把希夫的弹奏看作青春版的《平均律》。“老巴赫”在他的手指下成了“年轻巴赫”。当年巴赫为八度音程建立律制，是当作教科书写这部作品的。希夫把一部表面并不活泼的曲子弹得既温暖，又诚挚，春风拂面，坦坦荡荡，有一种少年魔术师的英气，流畅，却绝不含糊。但更多乐迷被格伦·古尔德线条凌厉、大颗粒音符以及密度十足的《平均律》迷住了。有人会觉得希夫的演绎不够味，太中规中矩。

公平地说，格伦·古尔德的弹奏是一种另类的奇与美，他在 CBS 录制的《平均律》曾长时间让我抵制其他版本的诱惑。格伦·古尔德的魅力正在于此，他的速度与质量使巴赫的音乐既像人类声音最初也是最后的表达，听久了会上瘾，迷惑于塞壬般的吸引力。他的演绎现代感十足，故意去掉音符的光泽，也尽力压低感情在其间的振幅，全部交给智性统辖，是一种物化的声音存在。希夫显然没有格伦·古尔德的美学造诣，但其演绎对于理解巴赫却有教科书般的示范效果。也就是说，希夫的演绎是可以借鉴与学习的，具有人性；格伦·古尔德却独一无二，像世外高人，充满魔性，只能远远欣赏，难以研习。

希夫生于 1950 年代的布达佩斯，后来到英国发展，是 1980 年代去世的格伦·古尔德的隔代人。1960 年代格伦·古尔德的琴声风靡全球时，希夫还是一个练琴的孩子。与格伦·古尔德清俊、沉思的面貌不同，希夫最初在唱片封套上亮相的，是脸庞圆滚滚、神情专注的邻家大男孩模样。他的干净与清澈，投射在眼睛的明亮里，而格伦·古尔德有双鹰一般的眼睛。也许格伦·古尔德属于群山之巅，像神祇一样离群索居；希夫属于大地与人性的范畴。两位大师的演绎趣味由此可见一斑。

在希夫的弹奏里，第一节的音符像太阳从大地上朴素而又灵动地升起，充满温暖与光亮，没有杂质，自然而悦耳。第二节则是一组光线挽着手指跳舞，不停地变换角度与位置。希夫把巴赫的抽象作品还原成大自然的万千风情，让人感到在上帝的光照下，万物都在荣耀上帝——这是巴赫创作的基本信条。除此之外，希夫还传达出格伦·古尔德极力回避的感官愉悦，即巴赫作品被时人与今人时常讨论的“欢乐”问题。

关于感官愉悦，格伦·古尔德曾经著文抨击莫扎特，说他的享乐主义降低了音乐品质。但巴赫的音乐里也有感官的东西，虽与莫扎特不一样。巴赫是一种信仰的迷醉，自信的欢欣。格伦·古尔德弹奏巴赫过滤掉的这一层，恰是希夫要给感知巴赫者的糖衣。希夫的演绎，其实是对格伦·古尔德的巴赫做人性上的必要修补。那是朴素而谦恭的巴赫：今生多苦，但也有快乐相随，苦乐参半，才是活着的真实处境。在被抛中，人才可能找到走向上帝的路径。美好在地上的每一粒尘土里，生命正是从“一”到“无限”的回归。其间，并没有衰老还是年轻的外在意味。

1980年代起，希夫开始活跃于欧洲乐坛，充当一些重要音乐节的主角，深受乐迷欢迎。除了巴赫，他还录制了其他作曲大师的作品。但在广大乐迷心里，《平均律》是他事业的基石。这部作品太重要了，其他的成就难以比肩。希夫也将因此被乐迷记住。可见与巴赫同在，也就与不朽成了近邻，不会湮灭。

线描　布兰德尔像

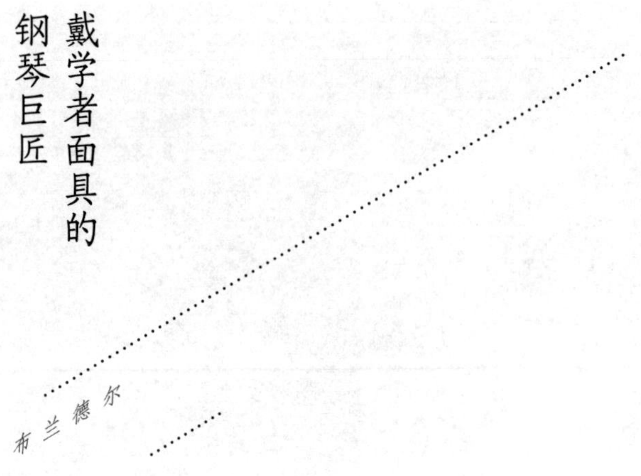

戴学者面具的钢琴巨匠

布兰德尔

前几年听从纽约回国的朋友聊美国的古典音乐生活，说到奥地利钢琴家布兰德尔在美国演奏莫扎特和贝多芬的“轰动效应”与“征服力”。当今世界，与布兰德尔有同等声望与实力的在世钢琴家，恐怕只剩佩拉亚与波里尼了。但坊间传说布兰德尔老了，关节出现问题，不能再登台演出。而美国的爱乐圈对他还寄予“重温天音”的期望。他先前在欧美的演出，都被媒体渲染，乐评家纷纷评论。可见“虚无”味道甚浓的“后现代社会”，人们还是要崇拜大师，感受“意义”不可消失的存在。

1931 年，布兰德尔出生在捷克，早年生活在南斯拉夫，12 岁随家庭移居奥地利，后来到维也纳，开始全面与音乐相关的生活。他属于自学成才的演奏家，受过的科班训练有限（曾跟随几位钢琴大师学习过），却在中年时成了闻名天下的钢琴巨匠。有点奇怪的是，他极少弹奏肖邦与拉赫玛尼诺夫的作品，主打曲目大多来自海顿、莫扎特、贝多芬与舒伯特的传统作品。布兰德尔弹奏的李斯特也颇得业界好评。飞利浦公司推出过他弹奏的李斯特，上过古典唱片榜单。

中国的许多乐迷，一开始一定会被布兰德尔“学者”的样子弄糊涂。唱片封套上的他，戴副宽边眼镜，眼珠在镜片后瞪着，像一位爱找学生麻烦的学究，一点没有钢琴家的飘逸模样。他的表情木讷，喜欢写书并录制解析音乐的影碟，对大师作品发表见解，提供与流行看法截然不同的所读。有人说他的演奏风格也是“解析式”的，缺乏流动性，味道不足。

但这是表象。真正的布兰德尔，还是充满了梦幻与激情，琴声时常弥漫青春的味道。由飞利浦公司于 1971 年在萨尔茨堡录制，编号为 960 的舒伯《钢琴奏鸣曲》，以及与克利夫兰四重奏团合作的《鳟鱼五重奏》，是真正的舒伯特，沉静、忧郁、浪漫。前一部作品（任何一位钢琴大师必弹的曲目，名版众多，而布兰德尔版堪与里赫特的完美演绎相媲美），我听了至少百遍以上。960 共四个乐章，第一乐章的弹奏，占据近 15 分钟的时长。乐章的起始乐句不停变奏，变奏后，又返回起点，重获开始。在极为干净的声音起伏里，隐约勾勒出一个春夜的梦幻少年，在绝对寂静中反复寻找一个只属于他自己的秘密。我感动于布兰德尔的巧妙触键，几乎像柔风一样，仿佛琴键在自行运动：钢琴家退隐到钢琴后面，钢琴在无人之境里独自絮语——这才是演奏的最高境界。

2008 年 12 月 14 日与 12 月 18 日，布兰德尔在汉诺威与维也纳举行了告别音乐会。音乐会上的曲目，依旧是他热爱的莫扎特、贝多芬。笛卡公司推出双张 CD，纪念他在告别音乐会的演出，作为给乐迷的最后礼物。从唱片封套上看，那个当年“学者”模样的布兰德尔，变成了一位白发苍苍、表情慈祥的老人。他的眼中有一种充满感恩的温暖。如是告别，完美谢幕，以免其后屈从于商业魔术，在速度与技法出现问题时依旧登场，以盛名欺人。这是一种认真与负责。

古典音乐市场的份额越来越小的今天，为商业跑场，糊弄听众的事情，如今比比皆是。最有名的，算是几年前去世的男高音歌唱家帕瓦罗蒂。他在一些商演中“假唱”，放录音，知道内情的听众不依不饶，要求退钱，闹得满城风雨。由是去看、去听布兰德尔，他对音乐的真诚，到了“痴”的地步。每推出一部作品，他不仅高强度练习，而且研究、解析，对作品的细节把握，几近学者般的追求。也许有人对这种演奏风格不以为然，认定即兴与随意能加强演奏的可听性。但我还是热爱布兰德尔有点“轴”的琴声与琴艺。不妥协、认真的布兰德尔，给予乐迷对音乐原始文本的忠诚。这是对传统的尊重以及无微不至的体贴，百分百的还原。在今天人们的感觉多被误导的时候，还原真实，当是一种有态度的坚守。

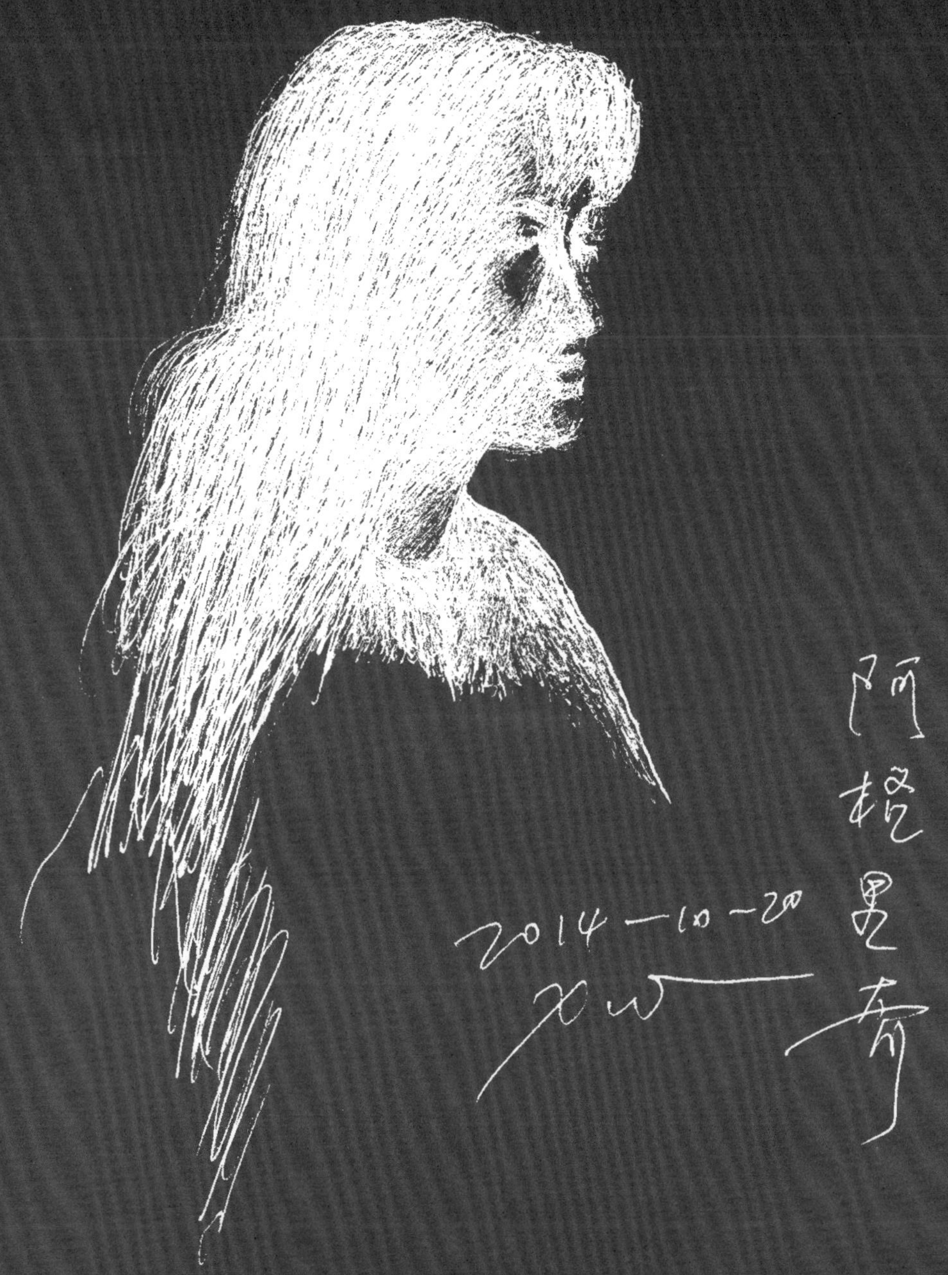

线描　阿格里奇像

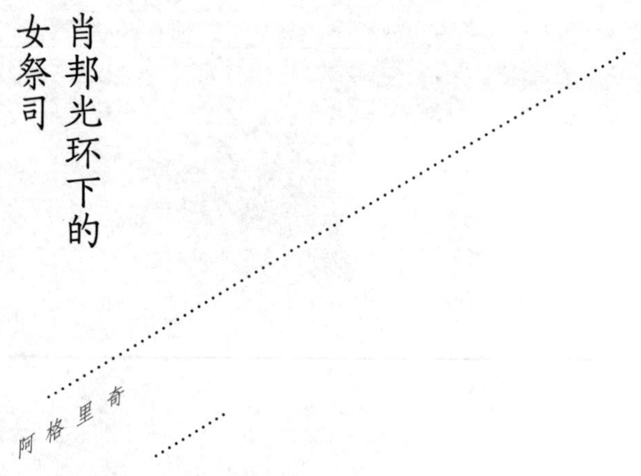

肖邦光环下的女祭司

阿格里奇

1941年生于阿根廷的女钢琴家阿格里奇，于1965年夺得肖邦国际钢琴比赛金奖后演奏之路坦荡，1990年代达到高峰，一度曾被誉为在世女钢琴家里最具影响力的大师，钢琴女皇。与肖邦钢琴比赛相关的另一桩事，是来自前南斯拉夫的少年波格雷里奇1980年参加该奖竞逐，意外落第，而当时身为评委的阿格里奇抗议，成为那年钢琴界的一大逸闻。她素来性格奔放，态度鲜明，有“女武神”之称。好在波格雷里奇因争议而声誉鹊起，阿格里奇的抗议则添柴加火，让他迅速走红乐坛。与此奖再次相系的，是中国选手李云迪2000年得奖，阿格里奇还是评委之一。那年她快六十岁了，一生尽是与此奖的纠缠。近些年李云迪也成了评委之后，肖邦光环下的阿格里奇如今登台时已是满头白雪，但发丝还像年轻时那么长，让人难忘。

德国DG公司2010年推出过一张名叫《阿格里奇弹奏肖邦》的唱片，纪念肖邦诞辰200周年。唱片收录了阿格里奇1959年与1967年从未公开发行过的录音。封套上的照片，是她年轻时的美人照，手搭在钢琴上，若有所思。但诚实地说，这张唱片所谓1959年的录音，只有八分多钟，当年作为十八岁的年轻人弹得不够好，音符干涩，也不流畅，绝没有1965年得奖后演奏的珠圆玉润，绝色华美。1967年的录音，才与她的名声与地位真正相符。那是自我顺畅呼吸的钢琴，尽管她的表现极少肖邦的敏感与高贵，却技术超好，自成一格，有说服力。由此看1959年在柏林的录音，也许是为了对比，即一个歌唱者变声前后不同的味道。但我觉得前者破坏了唱片风格的统一。

阿格里奇曾师从奥地利钢琴家古尔达。两人有一张著名合影，合影里的古尔达夹着烟卷，侧身指导她。古尔达的一生充满“达达”色彩，琴艺超凡脱俗，却漫不经心，并不把弹奏古典作品当作严肃的事情，情怀多变。估计阿格里奇也继承了老师的“达达”，多有怪癖。比如，她在演出前有拿镊子拔头发的习惯，一旦某次演出找不到那根镊子，会取消音乐会。但她与古尔达相像的一个地方，是钢琴技术上的出类拔萃与无懈可击。也许，对不同作品的理解，每个演奏者可以各执一词，技术成了比拼的唯一平台与标准。阿格里奇的速度与准确性，足以让很多男性大师汗颜。她是太快了，尽管有时会伤及作品的内在结构与精神上的深刻性。但不管怎样，阿格里奇的影响力巨大，票房号召力惊人。她的演奏风格属于新美学：音符流畅，呼吸自然，无所畏惧，靓丽与华丽让人叹为观止。

与很多钢琴大师不同的是，阿格里奇的一生与中国多有交集。她的第一任丈夫是华裔；与擅弹肖邦的傅聪，也是好友。在感情上她敢恨敢爱，敢于告别，也敢于相遇，人生在大开大合中起伏，最终仍忠实于自己的感觉，唱片录音里也充满了这种特征。她与多个音乐家的合作，多被媒体津津乐道，曾推出了“阿格里奇与朋友”的唱片系列，市场大卖。对她而言，音乐是一切交集的基础，老师古尔达对古典心猿意马的特点，不可学习，更不可继承。古典作为自我唯一宽广的跑马场，在其间可以尽情驰骋，占有异常广泛的曲目。她喜欢攻克技术难度极高的作品，留下大量知名录音。对阿格里奇而言，肖邦是起点，险峻的作品则是中年后对表达的寻求。

进入 21 世纪，技术好的钢琴家比比皆是，速度与准确性都比老一辈大师强。但作为二度创造者，如何传达作曲家的情感与深处的世界，成了问题。弹得再好，不走心，也不过脑，会打动人吗？技术，在此也是悖论。据说阿格里奇盛赞中国年轻弹奏者的技术，而日裔钢琴家内田光子，对好技术不以为然。艺术上呈一时之盛的事，太多了。但阿格里奇的技术里有强烈的感情，这是她真正的魅力。感情的漠然与贫血已属于我们这个时代的病症，感情的力量，在一代代演奏家的手指间递减。听听科尔托，再听听傅聪，最后听听阿格里奇，肖邦的情感光芒变弱了。

线描　皮雷斯像

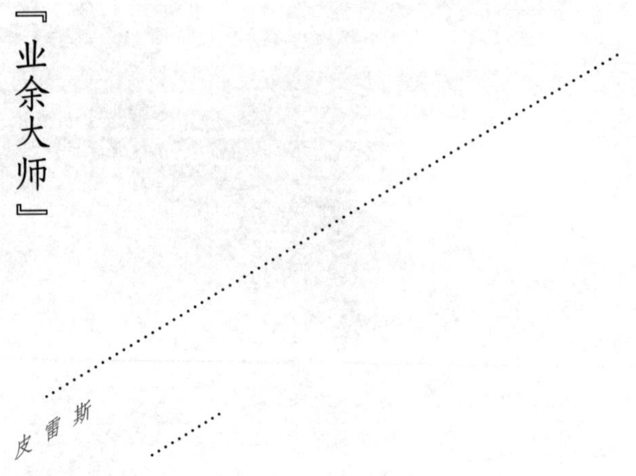

1944年生于葡萄牙的女钢琴家皮雷斯，1990年代为德国DG公司录制了大量唱片，今天听来仍是光彩照人，深具说服力。她1991年发行的莫扎特钢琴奏鸣曲（作品编号分别是279、280、311、576），呈现一个金色、温暖的音乐世界，与其弹奏肖邦《夜曲》音符散发出的银光，恰成有趣对照。金光里顽皮的莫扎特与时常忧郁的肖邦，一个是日光神，一个是月下幽灵。皮雷斯演绎的两位作曲家让声音有了不同的金银质感，足见其深厚的技术功底与读解力。

但坊间传说皮雷斯弹钢琴只是业余为之，她的主要精力是打理一家荒僻的农场，以种菜为赏心乐事。当然一个声名显赫的钢琴大师，加些生活的八卦与花边，更容易让乐迷津津乐道（比如法裔女钢琴家格里莫，便以养狼这个跟弹琴八竿子打不着的癖好声名远播）。此类说法姑妄听之，因为皮雷斯从小就是钢琴神童，年轻时得过里斯本钢琴比赛与李斯特钢琴比赛的名次，以钢琴为业是再自然不过的事。1990年代她才四十多岁，正是出作品的大好年华。她与法国小提琴家杜梅以及后来的华裔大提琴家王健合作，录制了不少室内乐的好唱片。打理农场也许是偶尔为之，生活轶事一桩，她可绝对不是一位“业余大师”。

说来有些奇异，皮雷斯最初闻名乐坛，是1970年布鲁塞尔纪念贝多芬诞辰200周年的大赛。她弹奏的贝多芬赢得大奖。原本是要顺着演绎贝多芬这条路寻找发展轨迹，可后来弹奏的莫扎特与肖邦影响力越来越大，德国的一流唱片公司开始拿她主打市场，录制多种曲目，深得乐迷喜爱，赚得盆满钵满。

乐评家常把皮雷斯的琴艺与阿格里奇比较。在我听来，阿格里奇善作大块文章，激情洋溢，而皮雷斯内在而精致，见微知著。在对肖邦的演绎上两人各有风格，秋色平分。但在莫扎特的作品上，皮雷斯更胜一筹。若不是如此，唱片公司不会让她两次录制莫扎特钢琴奏鸣曲全集，可谓罕有。她弹奏的莫扎特规模不大，每个章节却十分致密，富有精神内涵。皮雷斯去掉莫扎特作品里的某些享乐与感官成分，呈现其笃信的天主教“含泪微笑”的信仰内核，在深具可听性的同时使作品有了情感与信仰相结合的厚度。

关于莫扎特作品里的即兴、重复与享乐，近年有不少争议。有人说莫扎特的作品自我模仿的成分太多，自己抄自己，心猿意马，有的地方冗长，不精致。此种论调源自莫扎特的作品不够痛苦，太多和谐与快乐，缺乏深沉情感。但这就是莫扎特。听皮雷斯弹他，会觉得每个小节都大有意趣，绝不是逸笔草草，而是结构谨严。莫扎特的快乐也在其间流露，却是内在之灵的快乐，并非外在听觉上的表层熏染。这是“渊面黑暗”——“要有光”的神学命令所寻求的快乐，也是超越了世界与生命给人的重负，把自己交予最高者之后的释然。必须说，在这个真正的内在快乐愈来愈少、确定性不存的时代，皮雷斯的莫扎特有一种确定性的快乐，相信者的快乐。

弹奏莫扎特出名的女钢琴大师众多。前几年去世的西班牙裔钢琴家拉罗查，生前就以弹莫扎特誉满全球。她的琴声比皮雷斯更暖，更厚，但没有皮雷斯肌理细腻，每一乐句都充满的内涵。皮雷斯的演绎相对于拉罗查那代钢琴家而言是新演绎美学，更重细节的精确性，即尽量控制感情的弥漫，避免简单的感伤与浪漫，去除杂质，回到结构本身说话。

关于当下对莫扎特作品的演绎美学，有人认为已经失真，现代钢琴与莫扎特所在时代使用的钢琴不是一回事。当然这是一个阐释者改造原创者的时代，现代钢琴中的莫扎特已被普遍接受。乐器的进步带动了演绎美学的前行。当代演绎，其实对钢琴家提出了更高要求：作品的内核如何，如何理解与表现才让人信服，对内功的要求更多，也更复杂。皮雷斯成功做到了内功与新演绎美学的结合，而她后面年轻些的钢琴家多有技术，却不知道如何认识莫扎特作品的神学内核了。

安吉拉·休伊特

加拿大钢琴家

2010-1-4

线描　休伊特像

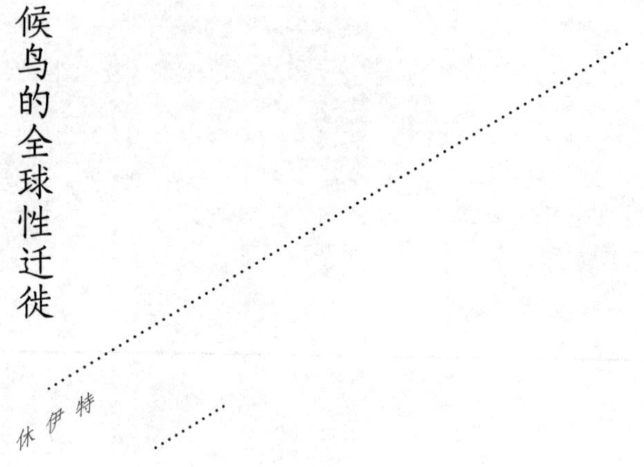

候鸟的全球性迁徙

休伊特

1958年生于渥太华的安吉拉·休伊特，与1932年生于多伦多的格伦·古尔德，是不同境况下的两代人。在1970年代的一个电视片里，格伦·古尔德作为多伦多最为有名的人物介绍该城。观众惊讶地发现他对当下的多伦多所知甚少，所说的一切不过是自己童年的记忆。可见表面上以“酷”闻名世界的格伦·古尔德，其实属于一生守护故土的老派人物。他年纪轻轻，就取消登台演出，是为了不做被演出商控制的国际候鸟，在陌生城市的旅馆里漂浮地活着。休伊特已经完全不同。作为当下最有名的巴赫诠释者，她乐意全球性迁徙。渥太华是其偶尔回访的旧地，她住在伦敦，拥有加拿大与英国双重国籍。

与休伊特息息相关的城市，还有一座与伦敦有“双城记”意味的巴黎。年轻时她居此城有好几年时间，曲目里时常出现弗雷、拉威尔与梅西安，即是巴黎留给她的印记。不过，休伊特赢得全球名声的是她的巴赫《平均律》。早在1985年（格伦·古尔德去世后没几年），不到三十岁的她就获得了多伦多巴赫国际钢琴比赛奖；从1994年到2005年，休伊特几乎录制了所有巴赫的键盘作品（其中《平均律》最引人关注），甚至被封了“巴赫女王”的称号。她2008年到北京，2011年抵广州，演奏会主打的曲目是巴赫。在全球化的今天，国际音乐大腕候鸟般南来北往，不像十几年前那般引发国内媒体关注。信息爆炸的今天，古典音乐信息的影响力大打折扣了。

我最早是从一张 Hyperion 公司出品的巴赫钢琴作品里听到休伊特的。她的录音多由此家公司操办。最初听没觉得怎么样，因为巴赫作品的录音太多了，浩如烟海，听不胜听。后来是在一张纪念巴赫逝世 250 年的影碟上，见到她的真容，这才开始留意。影碟的名字叫《48 首前奏曲与赋格》，也就是《平均律》，咖啡色封面，图像是一座古老的城堡，上面有一只十字架。休伊特与俄罗斯钢琴家德米登科一起出现在影碟里。德米登科是北京国家大剧院的常客，我曾听过他的肖邦与梅特纳，自然想了解他的巴赫什么样子。与此同时，休伊特的演绎也不能忽略。大约反复看了十遍以上，休伊特的巴赫让人不得不服，特别地棒。

说到“棒”，是拿她与同时代的钢琴家做比较。谁都知道《平均律》听起来容易，弹起来难，把几个片段搞得有声有色可以，但全体拿下，且自有一派格调与气派，必须有真功夫与独特的理解，近乎临摹王羲之的“兰亭”。《平均律》与“兰亭”，是键盘音乐与书法的百科全书般的存在，既属于基础，又堪称终极。休伊特的《平均律》层次多变，音符水流里的各种几何形体舞蹈不已，让人心向往之。但与格伦·古尔德等大师的演绎比较（只要是弹了《平均律》，都难逃与其他版本比较的宿命），其线条没有那么干硬，水润润的，光影婆娑，甚至迷离，但就对建构的理解、对称与内在变化上，则有所不及。结像，语句相接处的精致与微妙，即确定性——是其问题所在。

但休伊特也许代表的是今天的演绎美学。取消了从前作品上所谓的精神深度，细节上的严丝合缝，能演绎出作品既有的神秘已经很不错了。当下的欧洲，谁还要求你画出列宾水准的素描，安格尔的油画人体？演绎的美学观正在发生前所未有的变化，“印象式”的表达也许契合的是时代的需求。休伊特作为筑出巴赫巢穴的候鸟，在全球演绎，已经是一个福音使者。如今，谁还有能力诵读全本神圣经典呢？让人好好倾听巴赫，已是功德无量了。

总体来讲，在人人都像候鸟、气流般忽起忽伏的今天，欧美大师依旧保持了出场时应有的技术水准，从无苟且与欺骗，大多对得起被乐迷撕下的那片票根。几年前听德米登科，觉得他的技术大于他的名声，演奏时的沉迷程度让人感动。与此相比，国内那些所谓的大腕小腕，演奏时从没有虔诚的沉迷，像是一边看着琴箱里钞票多少，一边来安排自己的激情与动作的起伏。看人下菜碟，不可能有对音乐的忠诚与真正的热爱。休伊特敢用十一年时间打造与磨砺巴赫，对于我们这个讲求速成的环境来说，实在太长了。

线描　德米登科像

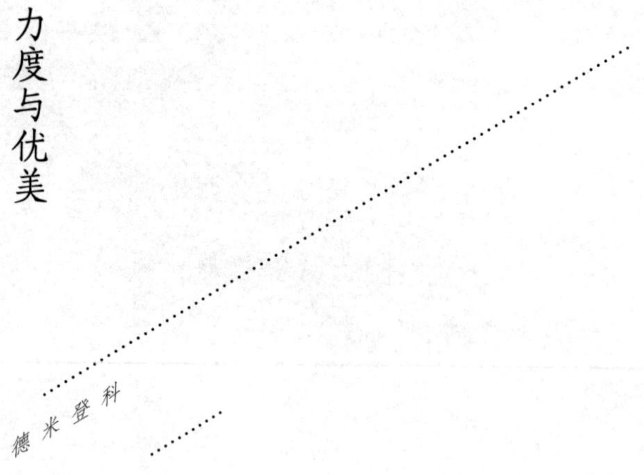

力度与优美

德米登科

在国家大剧院2013国际钢琴系列里，俄罗斯钢琴家尼可莱·德米登科这个名字相较于席夫、佩莱希亚、艾克斯、格里莫等大牌人物，没有多少供报刊与评论界炒作的内容。他唯一能震撼听众的是其实力。2月22日的独奏音乐会上，德米登科以扎实的技术，力度与优美相结合的美学特点，感动了北京听众。尤其是下半场弹奏的肖邦，尽现这位作曲家“鲜花”与“大炮”对立的两极，感情波澜壮阔，又有内在的精致。他是当今世界弹奏肖邦最好的钢琴家之一。

德米登科1976年与1978年分别入围过蒙特利尔与柴科夫斯基国际音乐大赛的决赛，曾与欧洲的许多知名乐团合作，被评论界认为是“激情型”的演奏家。但他又是位隐士，有一段时间远离演出江湖，与加拿大钢琴家格伦·古尔德颇有相似之处。虽说退隐了，却与格伦·古尔德一样录制唱片，以与音乐会表面隔离的方式，在唱片中与听众秘密交流。

作为俄罗斯学派的代表钢琴家之一，德米登科与他的前辈大师一样，都擅长演奏感情强烈的浪漫主义时期的音乐作品。这种来自19世纪俄罗斯音乐文化的传统，香火传递，在琴声的表达上呈现一种浓得化不开的情怀，像伏特加酒一样，给人特别的酣畅与迷醉感。

音乐会上半场，选择的曲目是梅特纳的《怀旧奏鸣曲》（作品 38 号）以及拉赫玛尼诺夫的《柯雷里主题变奏曲》。就一般乐迷而言，梅特纳的名字恐怕是第一次听到。按照英国柯林斯音乐辞典的通行译名，梅特纳应叫做梅特涅尔（生于 1880 年，1951 年去世）。德米登科此前一直擅长演奏梅特纳，为这位名声不大的作曲家录制的唱片曾获《留声机》所评的年度大奖。以梅特纳开场，足见德米登科渴望为乐迷的欣赏范围增加新的内容。也许可以这么理解，上半场梅特纳与拉赫玛尼诺夫联袂出现，在于他们都是俄国作曲家，与下半场的波兰作曲家肖邦两相对照。德米登科弹奏的拉赫玛尼诺夫，以高超的技术作为底子，大块面铺陈，却又结构异常清晰。他信手拈来，速度与力度并举，张弛有度。

说及肖邦，演奏他的知名钢琴大师太多了，能把肖邦弹出新花样，不是容易的事情。德米登科演奏的《降 b 小调第二钢琴奏鸣曲》与《降 A 大调幻想波兰舞曲》，充满了内心的复杂与挣扎，巨大的轰鸣与慢乐章的絮语相映成趣，口气与节奏上从不紊乱，重与轻、快与慢的处理堪称完美。他把肖邦力度的一面强化出来，自成一格。作为一个中型力度的作曲家，肖邦在德米登科的阐释中有了一张崭新的画像，异常迷人。

肖邦－圆舞曲五线谱

线描　谢霖像

慢生活，听谢霖

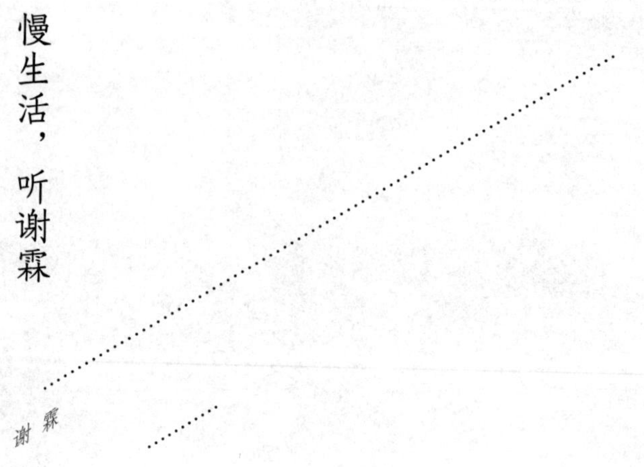

谢霖

墨西哥籍波兰裔小提琴大师谢霖的盛名，自 20 世纪 90 年代从港台传过来时，距离他辞世没过几年光景。乐迷不把他译作“谢林”，而称“谢霖”，有一重敬意在里面。他在日本评论家那里深受推崇。巴赫的两部小提琴协奏曲，以及无伴奏小提琴奏鸣曲与组曲，日本《古典艺术三百首名曲》选中的都是谢霖在飞利浦与 DG 录制的版本。要知道这几部作品演奏家多如牛毛，谢霖作为不二之选，可见崇拜权威的日本人对他的痴迷。

谢霖生于波兰，童年时的家就在离肖邦旧居不远的地方。他少年时师从一代名家弗莱什学琴，是弗莱什最得意的弟子之一。后来，到巴黎跟随蒂博等大师学习，一度还迷恋作曲。1940 年代，二十多岁的谢霖受墨西哥音乐之父彭斯的感召，离开欧洲，远赴墨西哥，从事音乐教学工作。还是波兰裔钢琴大师鲁宾斯坦在 20 世纪 50 年代重新找到他，鼎力推荐，尽力把躲避镁光灯的谢霖拉回了台前。从此“谢霖神话”不胫而走，风靡欧美。也许是冥冥注定，他不可能过自我放逐式的隐秘生活，而欧洲才是最终的归宿：1988 年谢霖于一次演出途中去世。

我最早在上世纪90年代听到了谢霖演绎的巴赫小提琴曲，唱片是哥伦比亚公司推出的双张，深蓝色封套，中间有谢霖的黑白照片。当时知道谢霖擅长巴赫的小提琴作品，与格伦·古尔德擅长演绎巴赫的键盘作品一样，哥伦比亚公司推出套片的设计也是两人属于同一风格。初听那套唱片，感到与其他小提琴大师的味道完全两样，琴色乌光，不亮，初听甚至有点隔膜；必须多听几遍，才能慢慢品出好来。有专家说，他的演奏美学与格罗米欧类似，但我觉得他在线条的处理上与其有异曲同工之处，但绝没有格罗米欧的明亮与温暖。谢霖太不像蒂博了，没有浪漫处理，而是古典与克制：像一颗遵循天文规律运转的星球，不动声色地幽暗行进。谢霖绝无感伤（与此相比，帕尔曼的演奏多么泪水涟涟，撩人情感），却对巴赫的作品充满学者般的深究，一字一句，都是深思熟虑的结果。巴赫在他的琴声里暗暗发光，比那些一开始就散发光热者要光源稳定，光力持久。

谢霖的演奏得到同行赞许，有许多一流大师与他合作。大提琴家富尼埃，钢琴家鲁宾斯坦与他组成的三重奏团，得到过格莱美唱片大奖。他的演奏被认为是最正宗的古典味，有颗不曾变更的古典之心，一如钟摆。在新一代演奏家崇尚个性与时尚的表达时，谢霖愈加老派的演奏近乎令人不安。他是绅士，言行里的高贵尽显周遭美学趣味的简陋与野蛮。

RCA红线系列出品过一张勃拉姆斯的小提琴奏鸣曲全集，由鲁宾斯坦与谢霖联袂完成。唱片录制于1960年年底到1961年年初，算是谢霖与自己的发现及推助者的合作。鲁宾斯坦作为老一代钢琴大师，与谢霖既是同乡（鲁宾斯坦是美籍波兰裔，谢霖算墨西哥籍波兰裔），又在演奏理念上完全地一致。按传统理解，勃拉姆斯的室内乐多有浪漫心绪困扰，他一生奉行古典精神，与瓦格纳的创作方法对抗，但感情世界却是挣扎与自我折磨的。三首小提琴奏鸣曲在两位大师手下严谨，克制，有理有节。鲁宾斯坦的钢琴与谢霖的小提琴，都因克制好像小了一号。谢霖跟随鲁宾斯坦的钢琴，小心翼翼拉出旋律线条，不温不火，两人像在慢慢呷酒，越品越醇。

这些年，我们见识了太多大明星为消费准备的演出，营销策略下的花哨卖点。尤其是国产明星，多以堂会般的浮夸表演忽悠乐迷的耳朵，所谓互联网时代的风格与模式。但对于谢霖这样的大师而言，演奏是自我人格与精神的产物，不是简单批发给世界的商品：与梅菲斯特可以签约，但不可能出卖给魔鬼。他没有见到古典音乐这二十多年的零落，时代正在颠覆他所坚持的那种美学。但这也没有什么，“娱乐至死”的玩法没准哪天也会过时，快餐的消费文化会发生变更。听谢霖，会觉得是与他的琴声一起在过“慢生活”；内在的表达，必须来自“慢”。

线描　梅纽因像

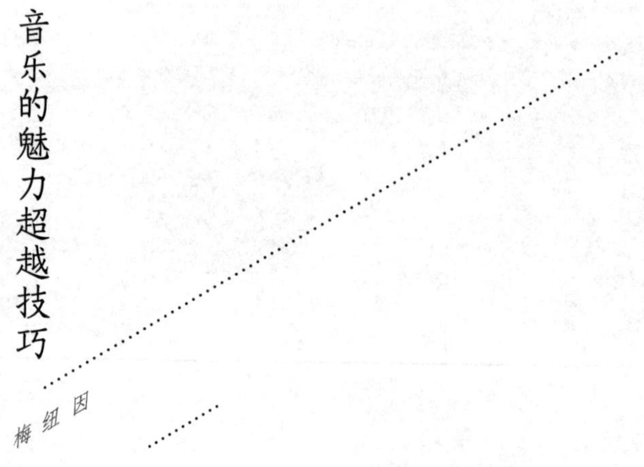

音乐的魅力超越技巧

梅纽因

美国小提琴家梅纽因与斯特恩，是20世纪七八十年代中国古典乐迷最为熟悉的名字。梅纽因曾是中国旅欧钢琴家傅聪的岳父，尽管傅聪与其女儿的关系最终以离异告终，但梅纽因难以言说的东方情结让他来到中国，为培养小提琴手不遗余力。斯特恩因在特殊时期莅临中国被人津津乐道，国外以此为引子拍的一部纪录片，在1980年曾经获得奥斯卡最佳纪录片奖。梅纽因、斯特恩与小泽征尔是国内改革开放时期古典音乐与国际接轨的三大恩人，而梅纽因在其间做的音乐培育工作，让受益者无数。

梅纽因的回忆录《未完成的旅行》，在2001年被译介到中国。在这本书里，梅纽因充满了感恩情怀，回忆了他在20世纪与知名作曲家以及演奏家交往的趣闻轶事。他的一生尽管有不少起伏，但从未失去西方大师们的相助：一度，他世界范围内的声望盖过了其他小提琴家。他说自己是理想主义者，针对20世纪后半叶虚无主义盛行的境况，大力弘扬古典音乐的价值与精神。在另一部著作《人类的音乐》里，梅纽因对不同文明下的音乐进行全新的反思和读解，不再以西方古典音乐当作唯一的主轴。这两部书在国内乐迷中影响深远。

近两个星期，我重听了梅纽因于 1962 年至 1964 年间为百代公司录制的莫扎特小提琴协奏曲全集。这两张与英国巴斯室内乐团合作的作品，是莫扎特小提琴曲的绝对经典演绎。百代公司其后重新制作，推向市场，备受乐迷推崇。在唱片里，梅纽因的琴声如同光雨飞舞，其间流露出来的热情与爱意不是做出来的，而是人文主义在他血液里影响的结果。莫扎特旋律的优美与饱满，“含泪微笑”的人生信条，在梅纽因的表现里浑然天成。

许多乐评家认为，中年之后的梅纽因技术与速度都出现了问题，时常在演绎中出现错音，引发诟病。可错音真的影响一部作品的表达吗？中国有伯乐相马忘记马匹颜色的故事，因为伯乐关注的是本质，而非表象。音乐作品的核心是精神，手段与方法皆属其次。我听梅纽因时感觉到了金光普照，仅此已经足矣，哪有闲暇管他的所有音符是否与曲谱一致呢。对于作品精神的领悟至为重要，技术永远是第二位的。我们听古典音乐时的感动就是根本；技术层面的分析，属于音乐学院专家们关注的命题。听者首先需要的是被音乐迷住。梅纽因的表达由里及外，不是那种故作姿态与表面上的煽情。可见无论作曲家还是演奏家，只要“真”和“诚”就能打动人心，技术在此作为次要参数。

也许可以这么解释，梅纽因关注作品的大轮廓，忘了表达的细节；对音乐作品的极度痴迷，成就了琴声的别样魅力。与他相比，小提琴大师海菲兹是技术高手。他演绎中冷静的线条，点和块面之间的呼应，是小提琴演绎的极致。但海菲茨的技术太过精确，音乐作品的情感内涵被忽略了。他演绎得无误，为专家们称道，但远没有梅纽因更直指人心。我们在梅纽因的声音里能感到温暖的存在；他的琴声像太阳之下缠绕的线团，不停编织，直至我们的心在光明的蛹中变形，再生，成为羽化之蝶，与无限同在。倾听梅纽因时，我们会忘记了自己，像在春光里与自然结为一体，不再感受自我的局促。此时，梅纽因的琴声是歌唱的灵鸟，让我们追寻其间，呼应其声，进入陶醉之境。

我喜欢梅纽因，在于他的小提琴艺术有一种对人类文明的关照，与来自西方文化传统的深厚人文主义情怀。也许，他在小提琴的技术上是个有瑕疵者，与他同时代的小提琴大师以及这个世纪最新涌现的小提琴手，都要比他技术高超。但在人文主义退场，消费文化催育物质浪漫主义的当下，有哪一种琴声像梅纽因那样给予我们温暖与挚爱呢？梅纽因在 20 世纪末逝去，预示了受人文主义传统熏陶的小提琴家在这个世界上的消亡；好在录音不会轻易死去，在音符重现的光明里，我们得以与梅纽因重逢，与莫扎特相见。

净光里的慈爱与温暖

梅纽因

20 世纪的小提琴演奏大师中，人性最为温暖的是斯特恩与梅纽因。斯特恩晚年热衷帮助贫穷却有音乐天赋的孩子，常把自己收藏的名琴借给他们拉，尽管英国乐评家莱布雷希特在《谁杀了古典音乐》一书中爆料说斯特恩是商业高手，逼乐团给其开出高薪，一度是美国最贵的乐手。而梅纽因的后半生，主要精力用于开办音乐学校，扶助后生，遇到好苗子会出钱并动用关系，将其一步步带往高处。他晚年还成了素食主义者，热衷瑜伽，甚至拍摄电视片，介绍养生与静心心得。有一张著名照片是梅纽因在佛像前打坐，一副清空自我的样子。

但梅纽因帮助过的后生或合作过的晚辈并不领这个痴迷学佛、圣诞老人般派发爱意者的情。最有名的例子，是 1990 年代风靡一时的乐手肯尼迪。此君以另类演奏闻名于世，把维瓦尔第《四季》拆成 12 个小节演绎，商业上的拉风与得意一时无二。当年磁带还流行时他就被引入中国，我买过一盒，封面是他扮酷、怪怪的样子。梅纽因一直对其呵护，他却三十几岁就隐逸在一座山顶的房子里，不与人来往。加拿大钢琴家格伦·古尔德是肯尼迪的先驱，找梅纽因录制古典音乐电视节目，其实是为了揶揄古典音乐与音乐厅演奏。梅纽因是厚道的老派人，对叛逆味十足的格伦·古尔德尽力配合，慈悲为怀。他其实知道时代变了，坏孩子已经成为时代偶像，而他曾是好孩子，尽管屡遭人生挫折。在自传《未完成的旅行》里，他说“我一直在用毕生的心血来营造理想的境界。”

乐迷们热爱梅纽因，在于能从他的演绎中感到一种来自内心真实的温暖，神学与哲学意味的表达。苛刻的乐评人说他在琴艺上有瑕疵，甚至常出错音，与新一代乐手在准确性上有差距。但这不是关键问题。就技术而言，有人说克莱斯勒的演绎无论是运弓还是节奏全是错的，甚至还不如音乐学院的新生好，可全球乐迷喜欢的就是克莱斯勒的不正确。那里面自存韵味，别有洞天。中规中矩的音乐可用于教学，而个人气质却是魅力之源。梅纽因给人的感动是深厚人性里的爱，这种爱在这个唯利是图的当下世界上已属稀罕之物。一些年轻乐手也许会表面上热情洋溢，但内里却没有真情。听梅纽因的演绎，可以用一句西班牙诗人洛尔加的诗句“我丝一般的心里充满了光明”与其对接。他有盛满净光的心。

莫扎特也有这么一颗赤子心。梅纽因 1960 年代录制的莫扎特小提琴全集，属于两个都曾经名震欧洲的音乐神童的对话。莫扎特擅长拉小提琴，估计在技术上不输梅纽因。在这套唱片里，中提琴是巴尔沙依，乐队为巴斯节日室内乐团，指挥与小提琴都是梅纽因。唱片由百代公司 1990 年推出，2002 年有法国百代的再版。莫扎特少年时写就的五部小提琴协奏曲，以及为小提琴与中提琴的协奏曲，被看作练习作曲技法的作业。其中一些乐章还应乐手要求，做过细节上的修改。在这些作品里莫扎特的感情光明而本真，旋律流畅，几近于靓丽春鸟的歌唱。梅纽因的表达十分契合莫扎特创作时的心境，轻松，自然，潇洒，一副鲜衣怒马的快意模样。梅纽因在莫扎特那个年纪也是内心明朗，被欧洲许多大师喜爱与呵护，像一位即将登基的王子，群神簇拥其后。

五首莫扎特小提琴协奏曲，目前最被演奏家喜爱的是第三与第五。这两只曲子除梅纽因的版本外，格罗米欧与穆特也有名版。华裔演奏家林昭亮在哥伦比亚公司的录音十分精彩。林昭亮的演绎录制于 1986 年，当时他才二十几岁，演绎里有中国文化的味道。而梅纽因生前多次来到中国，与这片土地有着深刻的感情。

在国内古典音乐文化十分薄弱的年代，梅纽因就吸收华裔琴童到他的音乐学校学习，国内媒体在 1970 年代与 1980 年代曾有不少报道。但话说回来，名师与名校未必能培养天才；天才多来自自我教育，自我培养，一如个性与气质是天生的一样，后天的影响有限。克莱斯勒算是自我学习的典范。他错误的弓法，成就了一代大师。如果被大师在教学时扳正了弓法，正确的克莱斯勒相反就不吸引人了。梅纽因也是一样。

2 dinge, nemlich um ein glückliche sterbstund für meine Mutter,
und dan für mich um stärcke und muth – und der gütige gott hat
mich erhört, und mir die 2 gnaden im grösten maaße verliehen.
ich bitte sie also, bester freünd, erhalten sie mir meinen vatter,
sprechen sie ihm muth zu, daß er es sich nicht gar zu schwer und hart
nimmt, wenn er das ärgste erst hören wird. Meine schwester empfehle
ich ihnen auch von ganzen herzen – gehen sie doch gleich hinaus
zu ihnen, ich bitte sie – sagen sie ihnen noch nicht daß sie
tod ist, sondern prepariren sie sie nur so dazu – thun sie
was sie wollen, – wenden sie alles an – machen sie nur,
daß ich ruhig seyn kan – und daß ich nicht etwa ein anderes
unglück noch zu erwarten habe. – erhalten sie mir meinen
lieben vatter, und meine liebe schwester. geben sie mir
gleich antwort ich bitte sie – Adieu, ich bin dero

Rue du gros chenet
vis à vis celle du Croissant
à l'hôtel des quatre
fils aimont

gehorsamste danckbareste diener
Wolfgang Amadè Mozart

莫扎特书信手迹

线描　帕尔曼像

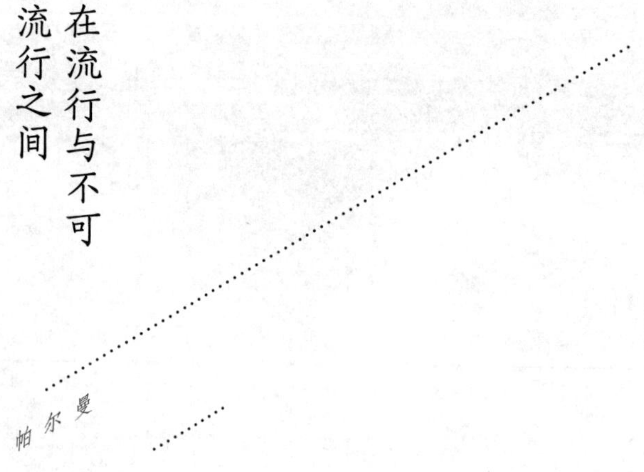

在流行与不可流行之间

帕尔曼

美国导演斯皮尔伯格的电影《辛德勒名单》，让以色列小提琴家帕尔曼名声大噪。片子的主题曲如泣如诉，感人至深。在古典音乐只有借助影像或娱乐的强力，才能为今日的消费主体——大众熟悉的境况下，帕尔曼无疑是个幸运儿。电影上映之后，他的出场价水涨船高；有媒体爆料，他曾经是世界范围内商业价值最高的小提琴家。而双腿的残疾，也成为媒体炒作的话题。如同意大利歌唱家波切利，一双失明的眼睛，更让人们相信他有一副“上帝吻过的金嗓子”。但这些噱头大多来自商业上的玄机，一个艺术家最可靠的，还应当是他戳得住的作品。

古典音乐世界里，钢琴一般用来表现点状，小提琴则呈现与点状相应的线条。记得最早买到的帕尔曼唱片，是他与钢琴家阿什肯纳齐在笛卡公司出品的贝多芬《小提琴鸣奏曲》。那时，他还是一个初出茅庐的小伙子，圆圆的脸稚气未脱，一副青涩的样子。后来可能由于腿疾的缘故，他变得越来越胖，在古典音乐的演奏会上时常大汗淋漓，不停用手帕试汗。几年前看到过一张他在俄罗斯演奏的影碟，每演完一支曲子都要擦汗，整场演奏下来浑身几乎湿透。可见无论钢琴还是小提琴演奏，有时类似于体育比赛，在各种规定动作里比拼的不仅有琴技，还有体力；既要比单项，还要比全能。而习惯性的病痛，也时常侵扰小提琴手（长期按弦、拉弓，会让手指产生各种病变。美国小提琴家斯特恩，老年时因手指问题而不得不告别演出）。

在个人趣味上，我喜欢年轻时期的帕尔曼。那时，他的小提琴线条干净，纯洁，紧贴作曲家的内在精神，从不放纵自己的琴艺与感情，做夸张或多余的表情。比如，他与阿什肯纳齐的贝多芬，虽然说不上十分深刻，但演奏时的专注以及全身心的投入，让这张唱片别有一种动人的魅力。他的运弓，不像成就大名后那般追求曲线，有意把一些非浪漫气质的作品往浪漫的情怀上牵引，为达到浪漫加深情的效果使尽浑身解数。他的后期唱片，有时听多了会觉得发腻，过度地缠绵悱恻，对原作的意思向时尚美学变更。这一点有些像前苏联钢琴才子基辛。卡拉扬当年捧他不择手段，一度让他在世界乐坛中炙手可热。但他弹奏的任何作品，都有一种浪漫派的味道，结构不好；似乎给他的所有食材，都以同一种加工方式。但鱼和熊掌，用相似的烹饪方式给来客享用，肯定会让人受不了。

也许这是悖论：一个演奏家红了，便不得不屈从于商业的魔术，极力与听众的趣味契合，最终变得有名有钱，但作品的质量不靠谱了。帕尔曼中年以后录制的许多唱片，都有跨界特点（大提琴家马友友成名后也是如此，搞丝路系列，玩民间乐器的混合）：与吉他大师合奏古典音乐改编曲目，与女高音合奏一些歌剧片段，等等。这些唱片的一致特点是，音乐变得轻松，好听，也好卖了，但其间，古典音乐那个博大的世界却消失了，作品结构的复杂与精致也没了。帕尔曼也许知道，当今世界的欣赏习惯彻底变了，匆忙的当代人在资讯狂潮中，不可能再深刻领悟音乐内在的世界，更别提美妙的细节了。在快阅读、泛听乐占统治地位的当下，能让听众感知古典音乐浅层次的美好，已是无量恩德。

客观说，帕尔曼是当今世界的小提琴大师，他的运弓技术高超，表达方式也影响甚广。只是他趋于商业与时尚的演绎方法，让古典音乐的真境有点模糊了。如果听众以为《辛德勒名单》的主题曲是小提琴作品的最高境界，那无疑就大错特错了。它只能算是一种大师小品级别的作品。而比其好听的古典作品比比皆是，不一而足。传播的强大力量，让它几近成了古典音乐流行的代表，而真正伟大的作品一致的品质是——不可流行。因为能攀上高峰并与至高者对话的寥寥无几，珠穆朗玛峰，在登山者那里是不可轻易言说的名字。

线描　卡萨尔斯像

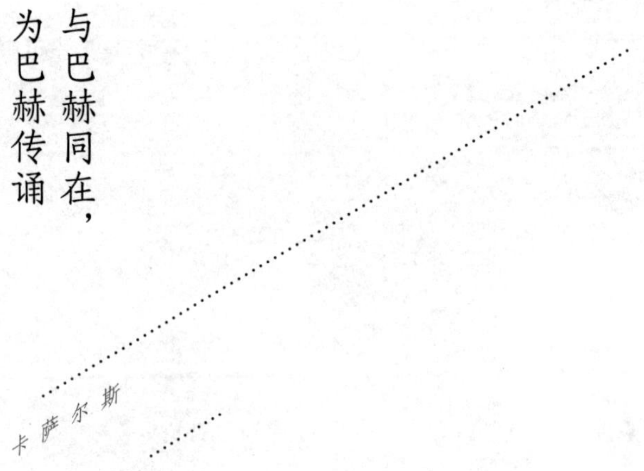

与巴赫同在，为巴赫传诵

卡萨尔斯

20 世纪 90 年代，西班牙裔大提琴家卡萨尔斯与奥地利裔钢琴家施纳贝尔，是中国乐迷既心向往之又内心矛盾的名字。那是欧美古典 CD 涌来的时日，各种数码录音唱片让人领略到音色的质感之美；但卡萨尔斯与施纳贝尔最为活跃的音乐生活年代，却在立体声录音发明之前，留给世人的最佳文本多是老录音。当然也有不少老录音迷，痴恋单声道唱片，认为它们比数码录音更有魅力。而我喜欢新式录音，尽管许多数码录音被人指责为音色虽然动人，但本质上空洞，失却了古典音乐应有的韵味。距我那时买卡萨尔斯录制的巴赫无伴奏大提琴曲，现今已过去二三十年了，但每回听他这套老唱片，还是心生感叹：无论是钢琴还是别的乐器，技术标准复杂而多样，各个演奏家都能使出浑身解数，各成风格，评价的标准难得统一；但惟独只有大提琴，卡萨尔斯的老录音却是丈量每个他之后大提琴大师水平的唯一标尺。

记得最早见到卡萨尔斯的照片，是在国内一本谈论演奏方法的书里。照片里他一丝不苟的拉琴姿势感动了我。有几个晚上，我临摹这张照片，感知他的手与臂之间的关系，发现他的抬臂比一般乐手高一些。后来读他的传记，得知他的严肃认真，嫉恶如仇，是罗曼·罗兰所说的伟大的人道主义者。他与二战期间对纳粹暧昧的一些音乐家一刀两断，再无来往，表现出不少道德勇气。政治与音乐的关系于他泾渭分明，不可有半点含糊。不畏惧强权，也不屈服于强权，1958 年，卡萨尔斯曾获得诺贝尔和平奖提名。

卡萨尔斯 1876 年出生。他 13 岁时，某日在巴塞罗那一间乐谱店闲逛，竟然发现了巴赫于 1717 至 1723 年间写成的无伴奏大提琴组曲的乐谱。这个发现对于古典音乐而言，与考古界发现圣经的《死海古卷》性质完全一样。此后这部曲子经他向全世界演绎，成为了大提琴界的“圣经”。当然，卡萨尔斯向世界推出这部作品的演绎是在 12 年后，25 岁公开演出的时日。这是大提琴演奏划时代的事件。卡萨尔斯不仅向世界奉献了巴赫，还由此提升了大提琴在古典音乐界的位置。有人称他为“大提琴界的帕格尼尼”，但这个称谓显然并不到位。他的伟大至少与帕格尼尼等量齐观，甚至比他还要重要。帕格尼尼是炫技的代表，卡萨尔斯的音乐却充满了深重的精神内涵。他与帕格尼尼一样既是演奏家，也是作曲家。当然，从作曲这个领域去衡量帕格尼尼与卡萨尔斯，可以承认后者输于前者。

说来有点特别，我个人最喜欢的卡萨尔斯唱片，并不是他的独奏作品，而是一张哥伦比亚公司出品的他与小提琴家斯特恩等人演奏的勃拉姆斯六重奏。这张唱片也是老录音，但卡萨尔斯在其中的表现，起到了主轴作用。他的琴声诚挚而苦涩，整个作品开头弥漫的感伤与晦暗不明，被淋漓尽致地表现出来。曾经有一个又一个晚上，我把此曲听到天亮才停止，着迷于第一乐章，尤其难忘卡萨尔斯的大提琴之声。他与其他五个乐手的配合天衣无缝，却又像勾勒作品线条的大师，用厚重的底色。现在想想最初倾听古典音乐的年代，卡萨尔斯是自己最初认识音乐最重要的证人之一。

晚年的卡萨尔斯，居住在美属波多黎各，远离了古典音乐的中心，1973 年去世。这位活了将近 100 岁的古老大师距今辞世已经 40 多年了。他之后的大提琴界尽管大师辈出（无论罗斯特罗波维奇，富尼埃还是斯塔克），但在音乐精神性的体现上面，却无谁能与卡萨尔斯匹敌。进入 21 世纪，大提琴家作为底色深重的古典乐器，有许多技术精湛的录音出现，演奏的新秀频出，但听来听去，我还是觉得与卡萨尔斯相比，多少都有些轻巧与浮躁。也许古典的热爱者都会认为那个消失的世界，要比现实的世界更好。但这可能就是真的。当古典音乐这杯浓酒慢慢变成了葡萄酒、啤酒、果汁甚至可乐时，必须说颜色浓重的一杯能激活我们的血液，让内在的灵魂喜悦，就像巴赫的音乐今天还感动着当代人，而卡萨尔斯与他同在。

线描　斯塔克像

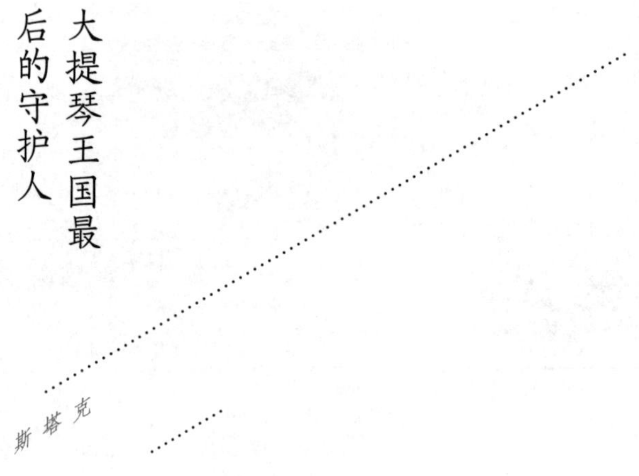

大提琴王国最后的守护人

斯塔克

2013 年 4 月在美国辞世的匈牙利裔美国籍大提琴家斯塔克，生前的名望远不及频频在媒体上出现、热衷于跨界的另一位美国大提琴家马友友。作为二战后去了西方的东欧犹太人（他父亲是波兰犹太移民，母亲家族来自乌克兰，也是犹太人），经历中打下的残酷历史与文化烙印，注定一生不同于其他族裔的音乐家。斯塔克住过纳粹集中营，两个哥哥死在集中营里（与他不同，两人都是小提琴手），未能逃离魔爪。1948 年，斯塔克与许多犹太人一起移居美国，在一些匈牙利裔音乐人占主导的圈子里发展。作为演奏与教学的双栖者，斯塔克后半生倾向某种程度的隐逸。

斯塔克个性耿直、孤傲，做人谋事不愿苟且妥协。一旦与知名乐团合作，感到被指挥摆弄并挑战自己对作品的理解时，他会放弃合作，哪怕经济上遭受损失、名声上被贬抑。对这些年愈演愈烈的古典音乐娱乐化、大提琴手曲解与篡改古典音乐原始文本的倾向，他恪守古典原则，反对讨好听众的煽情式表达方法。保持古典音乐的原汁原味，内在，真实，是他演奏作品一贯的信条。

从师承上讲，斯塔克最早受益于布达佩斯李斯特音乐学院。童子功的练就，来自早年东欧大师的悉心调教。他也深受卡萨尔斯演奏风格的影响，追求自然而真挚的音乐再现。有人把斯塔克的成就，与卡萨尔斯之后的超一流大师罗斯特罗波维奇相比较，认为二者相当，各有千秋。但客观地讲，罗斯特罗波维奇的音乐理念与斯塔克不可同日而语，斯塔克是罗斯特罗波维奇之后与老一代演奏家还有渊源的最后一人。他的出色之处是纯正的断句处理，朴实无华却又深重的音色。

由于求学期间与作曲家柯达依等人是同窗，斯塔克时常演奏并录制匈牙利作曲家的作品。除此之外，他被人提起最多的是 1992 年录制的巴赫《无伴奏大提琴组曲》（曾获格莱美大奖，以及企鹅榜三星评价）。此版我曾多次聆听过，觉得唱片在录音技术上远胜于卡萨尔斯版；在自然与亲和力上，比托特里与王健那两个版也好。斯塔克的巴赫不让人听得累，也没多余的装饰与激情处理。这恐怕是巴赫写作此曲的本意。像不加香料的面包一样，让我们轻松下咽，香料太多则会让人反胃、起腻。倾听斯塔克，无需正襟危坐，甚至可以把他的琴声当作背景音乐。但在无压迫之境下听久了，会有莫名的感动，体会到作品的内在力量，一种难以表述的悲悯弥漫其间。

日本人十分推崇斯塔克，乐评家武田明伦曾把他的巴赫《无伴奏大提琴组曲》列入“三百首名曲名碟”中的第五位。天龙公司买来斯塔克旧时录音的母带重新制作，发烧效果堪称天碟。我听过一张天龙做的斯塔克演奏的小品集，多是古典作曲大师的作品（亨德尔，帕格尼尼，弗雷，法雅，德彪西，拉威尔等），音色极尽透明，连斯塔克鼻孔的呼吸都清晰可闻。有时候听它，会让人忘了斯塔克的演绎美学与流畅的句法，像到了真空里感受净光游弋。在天龙之前，美国擅做发烧片的水星公司录制过不少斯塔克的演奏。多家唱片公司一致看重斯塔克的音色，到天龙那里则登峰造极，制作得都有点失真了。

斯塔克生于1924年，从匈牙利以及西欧，再到美国，一生与古典音乐界的大师多有交集，是百年音乐发展与变化的见证人。2004年他出版了自传，说起许多圈内圈外的趣事。但犹太人内心的深重，对古典音乐原则的坚守，是他最大的话题。1997年，匈牙利裔指挥家索尔蒂辞世，此前也出过自传，讲他作为犹太人背井离乡为音乐奋斗的一生，斯塔克的经历与他几乎同出一辙。

也只有音乐超越了战争与政治，为逃离故土者留下抚慰之音。斯塔克的坚守，不可更改与不可移动，与特殊经历有关。他说过，年轻时的苦难让他以后没什么恐惧的了。他的守护之志在此得到了解释：一个遭过大劫的人，会更自然而真实地歌唱生命；而未经劫难的人，表达时反而喜欢装饰与故作的戏剧性，真是个悖论。

线描　格里莫像

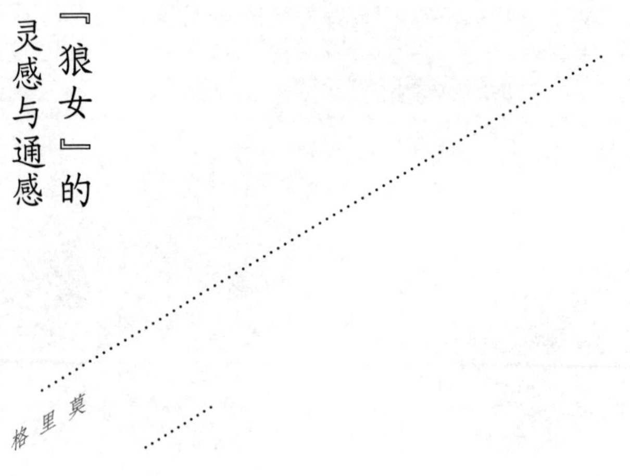

『狼女』的灵感与通感

格里莫

2016年年初，DG公司出品的法裔钢琴家格里莫的唱片《水》，是这位号称“狼女”的特立独行者音乐美学与理念的披露与总结。封套上美人的精致面容依旧，但眼神却有着狼一样的坚硬。有记者问其个性的特点是什么，她以“固执”“有趣”“有主见”自道。在古典钢琴演奏界求新求变，顺应后现代移动与互联生活的当下境况里，格里莫无疑是吸引媒体与大众眼球的成功人士。原本模样是美女坯子，乖乖女，偏偏要在钢琴的影子后面养一群野狼，与狼共舞——这种戏剧性反差，也许就是一种推销自己的“策略”。

有人把格里莫称为女版格伦·古尔德，为两人的我行我素与超然，以及由此而来的自然与悠然。关键是他们有力量挑战权威，并让权威们吃天才这一套。格伦·古尔德与伯恩斯坦的合作，以伯恩斯坦听任格伦·古尔德“天才般的信马由缰”，成就了美谈；但格里莫与阿巴多的争论，却以各执己见结束，再度合作免谈。在莫扎特的钢琴协奏曲里，是指挥的权威大，还是演奏家说了算呢？阿巴多坚持用原始文本，一字一句也不能动，格里莫却要弹奏布索尼改编的华彩段落。当然，阿巴多最终还是听到了狼女悠长的怒叫。那是穿皮靴、牛仔裤的“美国味”十足的狼女，相对阿巴多晚礼服象征的“守旧的欧洲”的冒犯——几乎就像守规矩的父亲，面对叛逆的女儿。1969年出生的格里莫与阿巴多相差36岁。

十年前，有朋友从美国纽约回国，我打听那边的音乐演出状况。他说钢琴家里布兰德尔名声大，已显头角的格里莫也被乐迷议论纷纷，票房的风头盖过阿格里奇。尤其是知识界，认同“叛逆”的新奇这回事。其实，读一读格里莫不断推出的图书以及访谈，她表面上的桀骜不驯是反对音乐的“老生常谈”，蔑视僵化与人云亦云的弹奏。她读诗，也看大部头著作，写作与聊天让人觉得天花乱坠，但却另类，独特，从自己的感受与经验来。对于未理解的作品她绝不上手，而弹奏则是“灵感”与“通感”的共用。许多约定俗成的作品，她几乎是在“忽然想到”或某一场梦境之后，与其相遇，在神秘力量的推动下演奏。也就是说，理性与确定性让位于感性与不确定性，是“巫蛊”在主导一颗心与一双手。格里莫要求“真诚”，不再照本宣科，无异一头野狼跑进了村庄，引得村民的不安与家畜的鬼哭狼嚎。

既然以个性与新鲜阐释示人，也就把自己架在了火上。格里莫的作品，真能在大师云集、名版如林的钢琴世界站得住脚，并站得稳吗？我听过她的拉赫玛尼诺夫，这是她年轻时最喜欢的作曲家。与贾尼斯在水星公司推出的名版比，格里莫要落于下风，甚至不如其他名家的演绎。她是直觉性演奏家，有自己的感受，但不够宏大，一些地方的处理逸笔草草，打磨得不够精致。以一己年轻气盛之力，把其他大师抛在身后，几乎是不可能的。格里莫演奏的小作品却很鲜活，朗朗上口，自成一体。比如她运用通感，会以颜色想象巴赫等大师作品的一些段落，启示并指导自己的演绎，有不少表面上意外而又在情理之中的见解。她的曲目范围在不停扩大，近年来关注跨界与新式链接，以及不同大师碎片的拼贴，追求崭新的美学效果。

像《水》这张唱片，曲目是大拼盘，既有古典作曲家，也有现代与当代作曲家，在“水”这一概念里，加入了环保与神学内涵。此前的2014年，美国纽约，格里莫就现场演绎了“水”，琴声与水景相配，声光电并用，有点类似大型实景演出，音乐只是其间的一个要素。当然，在视觉刺激与声音刺激二者之间，视觉是首要的。

如今是信息如烟花的时代，钢琴如何与时代契合一直是个悖论。是礼仪非凡地古典，西装革履；还是蹬皮靴、穿牛仔裤于当下，已成两难之境。当然最坏的一种选择就是大皮靴配晚礼服，不伦不类。格里莫所做的努力是突围，把演出现场从教堂、音乐厅移到户外。她赢得了名声，却两边都不讨好。据说她喜欢塔罗牌，但让迷宫与城堡里的女主人变身婢女是艰难的。电影《罗马假日》讲的就是这个故事。

线描　卡蒂雅像

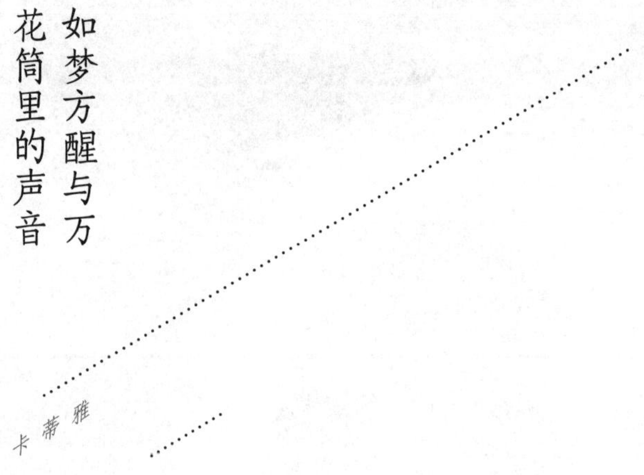

如梦方醒与万花筒里的声音

卡蒂雅

听阿巴多1982年指挥维也纳爱乐乐团的勃拉姆斯《21首匈牙利舞曲》时，我想也许作曲家并不重要的二流作品，避开了“伟大”与“个性”的陷阱，可以更纯正与自然地表现音乐的“游戏”内涵，有时比其一流作品接近人性。它们是原野上的风景，而非高山与大海那般起伏与颠簸。《21首匈牙利舞曲》就是例子。勃拉姆斯在这里没有被贝多芬交响曲压得喘不过气的精神高度要求，也非藏身于舒曼影子里的惶然，而是表达一种风情与舞蹈，尽管有些施特劳斯家族圆舞曲的表面相似性（勃拉姆斯曾经十分推崇与羡慕施特劳斯），内里却尽是作曲家的天性与气质。曲子十分好听，不累。

在网上搜罗此曲的其他版本，见到了国内钢琴家与格鲁吉亚美女钢琴家卡蒂雅·布尼亚季什维莉的四手联弹。这是第一次见到卡蒂雅的视频，她2015年的随性之作给人“耳前一亮”的感觉。不仅人长得漂亮，弹奏的气质也自然而潇洒，有大师模样。

她1987年出生，受俄罗斯与法国双重音乐文化影响。2016年2月，索尼公司推出了卡蒂雅名叫《万花筒》的专辑，里面是穆索尔斯基、拉威尔与斯特拉文斯基的作品。曲目充满俄罗斯与法国的混合味道，可见格鲁吉亚这个国家的音乐文化特性。

说来赶巧，2016 年 3 月在国家大剧院，我听到了卡蒂雅的舒曼《G 小调钢琴协奏曲》。这是她与大剧院乐队的合作，此曲结束后，又加了两个炫技小品。我坐在音乐厅靠右的一侧，正可以看见她在三角钢琴前的表情变化。一头卷发盖住她的脸，琴声激越时就把头发甩开，低头时头发又垂下，反反复复。不过卡蒂雅的琴声不俗，十分大气，节奏舒朗，充满浪漫时代作品的那个味儿，那种呼吸。

舒曼的地位近年呈现升势。有人说他是作曲家中最具人文主义知识分子特质的大师。当然其交响才华并不为学者认可，交响曲的质量众说纷纭。我喜欢舒曼作品里的优雅，徐徐而来的温柔与暖意。他会从女性角度出发，写作爱情与生活。一度我觉得他的作品过于柔软与甜腻，幻化世界，不够深刻。但音乐从来不需要以深刻来衡量好与坏。舒曼的浪漫与纯情，其实是一代中国乐迷最熟悉的美学调子。我听卡蒂雅的演绎，还是有“舒曼真好”的感觉。她传达的是 1980 年代初听舒曼时我痴迷过的那种感觉。那时喜欢勃拉姆斯，肖邦，柴可夫斯基，舒伯特，舒曼，而真正领悟巴赫、莫扎特与贝多芬，则是 1990 年代以后的事情。浪漫主义的那种魅力是林妖的诱惑，近乎蒲松龄作品里夜晚潜伏寺庙的鬼魂。

现场听她的演绎，不由得让人陷入保守与先锋的悖论与争执。卡蒂雅舞之蹈之的弹奏风格，大幅度的身体起伏，总有种表演成分，是当下演绎美学催育的结果，即煽情的力量。而在舒曼时代，钢琴的演绎风格是古典的。从克拉拉·舒曼的照片来看，她的穿着与表情十分保守，近乎修女。到后几代钢琴家弹奏时，依旧是贵族范儿十足，没有动作的大起大伏。手指可以让音符万花筒般缤纷，身体却岿然不动，仿佛佛陀。但这些做派真的过去了。时代的魔术是烟花迅速绽放，消散，然后留下冷漠的夜空与黑暗。这是一切都有期限的当下，把烟火一次性放够，才是滋味。但为卡蒂雅魔术师般操控的声音，对她自己又是什么呢？

对我而言，倾听音乐即感知永恒，诱惑只是开始，远非终点。听舒曼的音乐，为的是感知他爱与美的双重奏鸣。可这个演绎的时代，“表现者”遮蔽了作曲家这些“原创者”，作品的味道发生了更改。关于舒曼本真的演绎，有可能吗？也许，当年的弹奏远没有卡蒂雅的过度飞扬，可舒曼与克拉拉弹奏的，就一定好吗？作曲家弹奏自己的作品往往没有色彩与激情（比如拉赫玛尼诺夫），还是霍洛维茨这样的高手，将其作品弹出了“最后的浪漫主义”。

现今古典音乐的业界普遍处于盘整期，互联网与跨界让旧的演绎美学发生突变、激变与畸变。必须在市场里占据有利位置并保持生命力，笑到最后，才是最好。卡蒂雅是新锐，还需要用大作品证明自己。

线描　切利比达克像

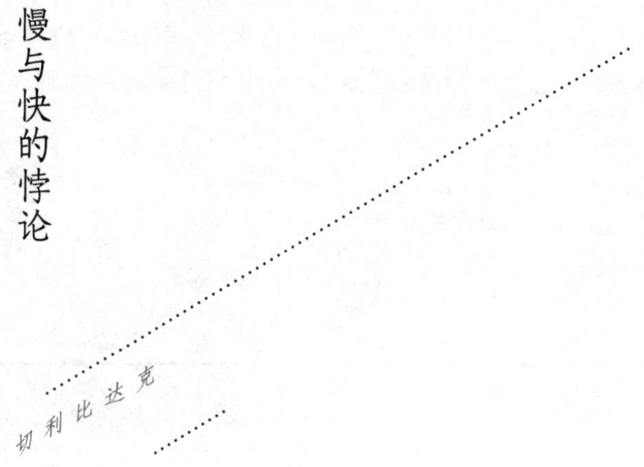

慢与快的悖论

切利比达克

十几年前，全球唱片业兴盛的最后阶段，生前拒绝发行唱片的罗马尼亚裔指挥大师切利比达克，去世后还是赶上了末班车。坊间说他的儿子向西方知名唱片公司出售了他只在广播里出现过的录音。一时间，切利比达克这个名字以及他生前的录音，传遍世界，在国内的爱乐界也引发极大的反响。当年有一部编译的切利比达克传记成了古典乐迷人手一册的必读书。

自从卡拉扬于 1989 年去世，当年与他一起竞争柏林爱乐指挥宝座的切利比达克，成为乐迷热议的话题人物。作为一个东欧人，他输给了萨尔兹堡出生的卡拉扬，好多人为此愤愤不平。而在卡拉扬之前，很多人认为切利比达克才是富特万格勒指挥艺术的真正传人。卡拉扬上任之后，被挫败的切利比达克就离开了西方古典音乐的中心舞台，开始执掌德国的二流、三流乐团，也曾担任北欧乐团的指挥。他当年的许多录音借助于广播这种手段向受众传播。

尽管切利比达克承担了被逐的角色，但还是有好事者拿他与卡拉扬比较。卡拉扬的指挥风格契合时代美学，演奏速度从 1960 年代到 1980 年代有一种飞跃。他对很多古典乐曲的阐释语速越来越快，很多时候超越了乐迷理解的限度。比如卡拉扬的贝多芬第六交响曲，快得令人咋舌。贝多芬原本在乡村漫游的脚步成了快步走。但切利比达克反其道而行之，指挥乐曲的速度越来越慢，也到了不可理喻的程度。

对卡拉扬而言，时代在行进，音乐处理也必须行云流水，类似于中国的行书与草书的表达方式，才被更多人接受。但切利比达克的指挥风格却类似于中国的楷书与隶书。卡拉扬的现实人生也近于行书与草书，滑雪，开飞机，尽享成功人士的一切。切利比达克却像失败者，以慢速度的演出难为听众的耳朵，避离成功学，到了一个只求内功，无意外表的音乐世界。他也许是要听众回到作曲家作曲时的艰难处境，从音符之间的复杂关系感受音乐的存在。

切利比达克为他的“慢”寻找哲学证据，曾到日本与禅师交流，以东方禅宗解释他的音乐。按照他的说法，许多听众听音乐之前都预设了前提，比如贝多芬是什么，柴可夫斯基是什么，用美国文学评论家布鲁姆的话讲则叫“影响的焦虑”。而他要去除的，既是“影响”，也有“焦虑”。切利比达克的许多唱片封面用的多是日本寺院的图像。他强调，倾听音乐前要清空自我，避免被既有的经验与约定俗成的见解控制。

最近我听了切利比达克指挥慕尼黑乐团的贝多芬第九交响曲。这是1999年百代公司出品的1989年3月17日的现场录音。整首乐曲用了78分43秒才得以完成。我感到这部大作品的任何环节切利比达克都交代得特别清楚，一是一二是二，没加任何调料，仅是本真还原。但大多数乐迷们还是太受不了切利比达克的“慢”了，他们喜欢卡拉扬的“快”与“帅”，而不太接受有意为之的“慢”和“钝”。

奥地利作家伯恩哈德在其名作《历代大师》里，讥讽贝多芬的音乐像德国军队的行进，并质疑贝多芬的名声。但切利比达克指挥的贝多芬第九交响曲，减慢速度，是对伯恩哈德任意贬低贝多芬的最好回答。我觉得慢下来的贝多芬要比快的贝多芬可爱，也更有意思。让听众的耳鼓更贴近作曲家的世界，放掉乐队二度阐释这个环节，接近音乐的本质，是对这个过度阐释，尽是影响的焦虑的时代的一种拨乱反正。

我推崇音乐的减速者，相信敢“慢”下来，一个音符又一个音符地表达才显现不含糊的功力。以慢的哲学秉承古典音乐的真正精神，才有说服力。但以切利比达克的音乐哲学去贬低卡拉扬也属不智之举。卡拉扬的“快”，有他的理由。我们作为听者，还是仁者见仁智者见智吧。

切利比达克的后代把他的录音卖给了唱片公司，得着了最后的晚餐里的汤羹，幸还是不幸呢？父辈们的音乐遗产都被不肖子孙给了商业世界，大数钞票，也使我们从唱片里感知到了他们的存在。这该是另一个不是悖论的悖论了。

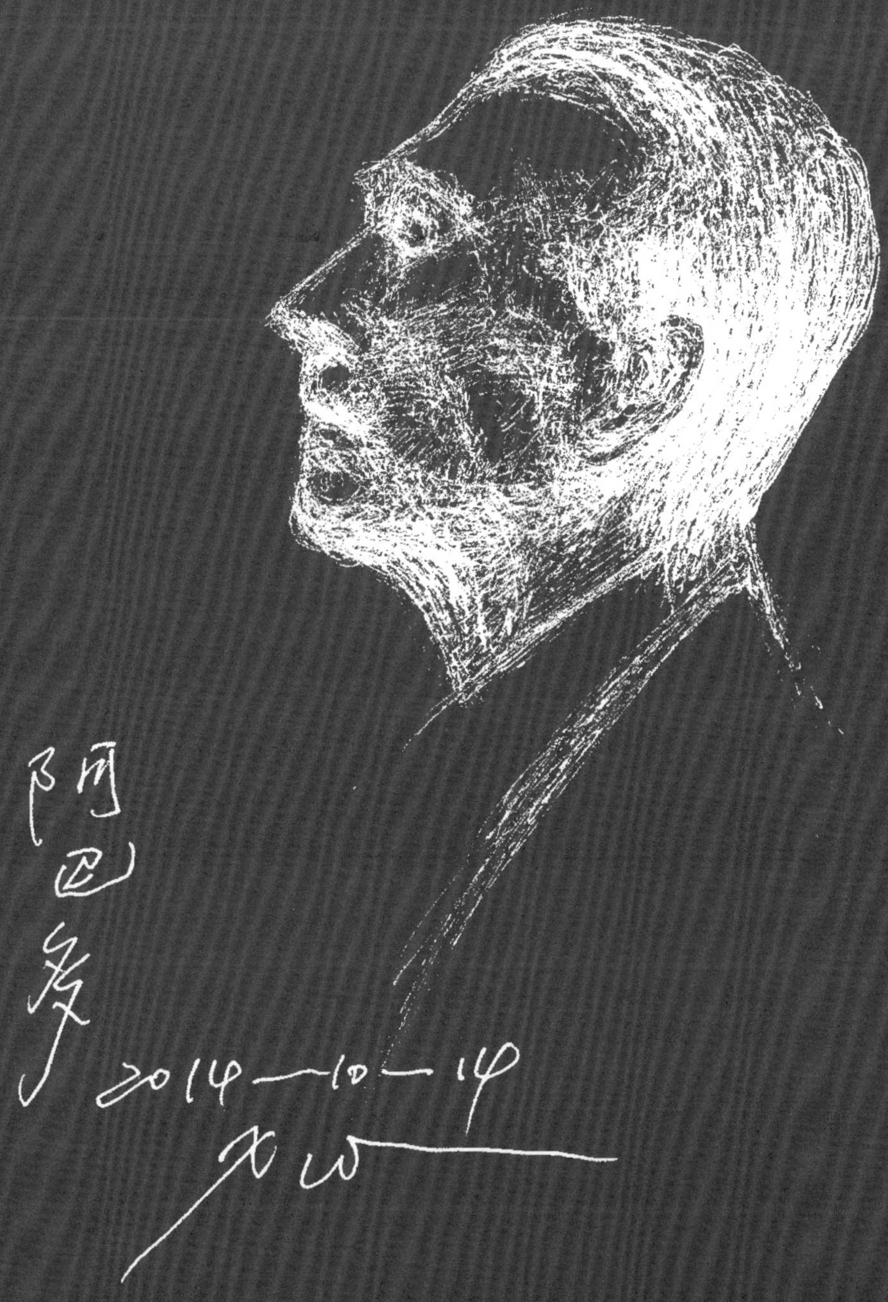

线描　阿巴多像

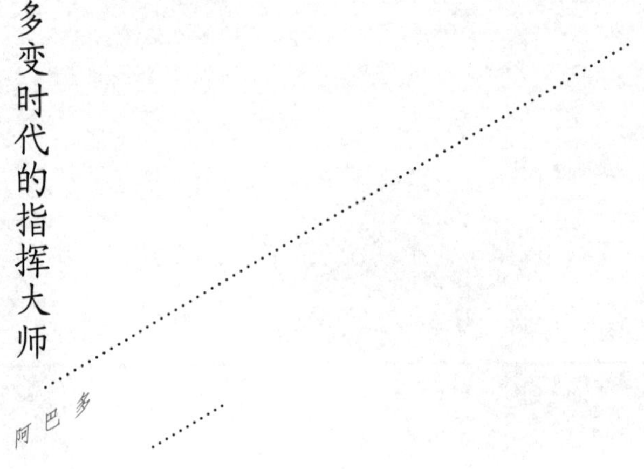

阿巴多于2014年1月20日去世，享年80岁。几年前，在国家大剧院音乐厅听拉特指挥的柏林爱乐时，我就禁不住想起这位2002年就离开柏林爱乐的大师。他之前，卡拉扬帝王般的控制力，把柏林爱乐打造成古典音乐演绎的最高神话；他，无疑是介于卡拉扬“旧美学”王朝与拉特更为时尚的“新美学”之间的大师。唱片业的黄金时代，这些年已经无情逝去，人们在用新的方式接近音乐。他算是以美妙唱片影响全球乐迷的最后使者。

当然，最大的运数归于他的前任，1989年离世的卡拉扬。那是古典音乐演出与唱片业无比辉煌的岁月。说到两人的关系，卡拉扬在阿巴多还寂寂无名时，便对他有知遇之恩，邀他指挥乐队。但卡拉扬在柏林爱乐几十年的经营，与乐团的恩怨与是非，已被坊间解释为“厚黑学”与“权力学”的典范。阿巴多在他之后的接任，尽管是乐手民主投票的结果（其时还有梅塔等若干位炙手可热的人物在待选名单上），还是被媒体胡乱推测，以为有别的“推手”。当时阿巴多已56岁，绝非少壮，而柏林爱乐选帅事关重大。他被乐手接受，但被市场与挑剔的德国乐迷接受吗？那可是要拿他与卡拉扬相比的。全球乐迷的火眼金睛，从来都是苛刻的。

今天斯人已去，当初对他的非议，在离开柏林爱乐时就画上了句号。批评家曾指责他这个意大利人“过分看中作曲家的原谱”，不轻易讨好听众，是“托斯卡尼尼第二”。这显然属于偏见。阿巴多的指挥贵族味十足，自我沉湎于音乐的内在世界，不愿他顾。他的手势不似卡拉扬端在胸前，从里到外的动作如同威严的帝王调遣私家乐队；也不像拉特搞明星效应，热衷搞乐队与听众之间的互动。作为音乐传播方式发生革命性变化时代的大师，阿巴多对古典的坚守，既是对自我内心的尊重，也是对媚俗的拒绝。他的指挥准则在娱乐化的大潮下不合时宜，有了不少崇高与悲壮的味道。

我最早听阿巴多的音乐是在20世纪90年代初，京城乐迷刚刚懂得发烧的时日。记得买到他的第一张镭射唱片，是门德尔松的交响曲，数码录音，音质极其干净，把作曲家的浪漫与纯洁表达得淋漓尽致。阿巴多的指挥，有一种自己的节奏与呼吸，旋律的展现宽广，尤其善于传达大自然的温润与美好。他的表达张弛有度，却又不失深度与内涵。其后，听他的其他唱片，惊讶其指挥曲目的广泛与复杂。当然，业界对他评价最高的还是马勒，尤其是《第二交响曲》，被乐迷视做此曲的不二之选。阿巴多的贵族风范与马勒内在的文化情怀，在此得到完整沟通；贵族情怀渐渐成了人文主义的另一种表达。

卸去柏林爱乐的重负，近十几年阿巴多一直与胃癌做斗争，人也日渐消瘦。但他从来不愿离开古典音乐，一直执掌琉森音乐节，在世界范围内不遗余力地推广他所喜爱的大师们的作品。他最后一次来中国是几年前，并答应日后再来；但每况愈下的身体状况，已无力践约。

我们生活在一切彻底商业化的时代，也是听觉的意味与以往不同的时代。现在想想刚有镭射唱片的二十多年前，卡拉扬，阿巴多，柏林爱乐，是何其令人敬畏并心向往之的名字。今天，新一代的乐迷已从网络上下载音乐，对音乐家其人其乐点击后便知大概。网络让一切方便了，但也失去了早年乐迷寻找的乐趣，也不再觉得有所谓的“神圣”存在。但我推崇郑重其事倾听音乐的方式，并把此当作对大师的参拜。倾听，应当不是一件容易的事，因为大师们创造，事关诗人里尔克所说的“严重的时刻”。在阿巴多这样的人文主义音乐大师离场的当下，也是娱乐化甚嚣尘上的时日。

阿巴多——一个不愿妥协的老人的背影！在人人屈从于时代的新美学与技术革命的方便时，他见证了逝去的昨日世界的美好；而这份只可能归属于记忆的美好，意味早已不同寻常。

后记

从1993年写第一篇古典乐评开始，算来已经二十多年了。在声音的魔术里踌躇并蹉跎到暮色四起，里尔克所说的“古老习惯的忠诚”，让音乐成了生活的基本构成。起初表达听音乐的感觉，是1980年代我在南方读大学时作为一名校园诗人到北京后“诗情的延续”，不久就赶上了诗歌式微，诗与音乐的互换几乎成了一生重要的事情。其中滋味，不可言说；幸好是音乐，拿别的换诗歌，都不太值得。

今天说来，自己的写作风格，随着时代气流发生了不少变化。个人感情与心绪的投入，逐渐让位于事实的陈述，句式越来越短，腔调由歌唱慢慢变成了说话。文字的彩鸟，必须化妆成土鸡，才更容易被时代的美学接纳。但音乐是所有艺术形式里最近于翱翔之物，接不了所谓地气。它极度抽象，让其落地，就是砍了声音的腿与脚。

写乐评，我不爱看资料，预置前提。这种状态像猫在空院子里捕鸟，在声音的一片虚空里，自然会有语言神秘地结像，成形。我知道很多评论者热衷材料使用，好像没有他人之言，就做不出菜肴。而别人的影子于我多是妨碍。如今除非求证年代或译名，引用自己说不了的大师整段的话，我依旧是争取少用材料，在空空的屏幕上敲字，四周不放一本音乐书。

书中的文章，大多发表在南方的报刊上。南方，在我的求学岁月已有情结。那边植物的丰盛，水流与光影的变化，更让人联想到音乐的存在。巴赫、莫扎特与贝多芬，生活在风物复杂的地方；在北京，能想象某个贝多芬写出“田园”吗？音乐的委婉、曲折和结构变化，是精致生态带给人的。好在现代与后现代作曲家已经不再向大自然寻找灵感了。数理模型如今是塞那基斯等今天爆得大名的作曲家的最爱。技术之变，带来一个纯人工的世界。能猜想莫扎特坐着跑车构思，而不是忍受马车的颠簸吗？速度越来越快，演绎速度也越来越快，钢琴如今被普遍认为是打击乐器。三角钢琴，那么大的体量，霍洛维茨坐在前面，会让手指出鞭抽打吗？

在这里，要感谢几年来南国报刊友人的合作。如今还有报刊能为古典音乐留下完整版面，可谓福德义举了。

谢谢，让我用书的形式与读者对话。我喜欢古老的交流方式，书籍，是加长并放大的书信。十几年前，听完音乐，我就想给作曲家修书一封，不寄，仅仅留给自己看。其实写出的一切，最终还是都要回到自己身上。而音乐的荣耀与降临，作为言说的开始，也必然是言说的退场与消失。词语作为凭证，在音乐前面成就了意指与提示，是在一旁报幕；好在我对音乐的虔诚与爱，可以临时当作摆脱这个窘境的理由吧。

贾晓伟

2017 年春，北京